여성, 귀신이 되다

여성, 귀신이 되다

초판 1쇄 발행 2021년 5월 10일
초판 2쇄 발행 2023년 6월 30일

지은이 | 전혜진
펴낸이 | 조미현

책임편집 | 김솔지
디자인 | 이경란

펴낸곳 | (주)현암사
등록 | 1951년 12월 24일 · 제10-126호
주소 | 04029 서울시 마포구 동교로12안길 35
전화 | 02-365-5051
팩스 | 02-313-2729
전자우편 | editor@hyeonamsa.com
홈페이지 | www.hyeonamsa.com

ISBN 978-89-323-2130-1 (03810)

책값은 뒤표지에 있습니다. 잘못된 책은 바꾸어 드립니다.

여성, 귀신이 되다

전혜진 지음

현암사

차례

인용한 옛이야기는 가급적 원전을 따르려 했으나, 이야기로 재구성하는 과정에서 생략이나 축약 등의 변형을 가했다.

작가의 말

여자 혼자 밤길을 다니면 봉고차를 탄 인신매매범에게 쥐도 새도 모르게 끌려간다고 했다. 몸값을 노린 유괴범에게 끌려가 비참하게 살해당한 아이들의 이야기가 사람들을 분노하게 했다. 어느 지역에서는 여자들이 계속 잔인하게 살해당했다고 했지만, 그곳 사람들만의 문제가 아니었다. 그건 경찰이 범인을 잡아내지 못했다는 이야기였으므로. 강도가 들어 일가족을 해쳤다는 이야기, 집에 들어온 도둑이 돈이며 패물만 털어간 게 아니라 젊은 새댁에게 '몹쓸 짓'을 했다는 이야기도 들려왔다. 그런 이야기도 멀리 있지 않았다. 같은 학교 6학년 언니 하나가 '몹쓸 짓'을 당해서 갑자기 전학 가게 되었다는 소문들이, 골목을 스치는 바람처럼 사람들의 입에 오르

내렸다.

TV를 틀면 실종된 아씨의 혼령이 사또 앞에 나타나 억울함을 고하는 〈전설의 고향〉이 나왔다. 아이들은 두려움에 떨며 늦게까지 학교에서 놀지 말라는 뜻으로 만들어졌을지도 모를 XX국민학교의 열두 가지 비밀 이야기나 홍콩 할매 괴담 같은 것을 속삭였다. 큰 사건 사고가 생기면 그와 관련된 괴담들이 하나둘씩 퍼지기도 했다. KAL기 폭파 사건 무렵의 비행기 괴담이나, 에이즈에 관한 괴담도 있었으니까.

그렇게 아이들이 소곤거리던 괴담들은 종종 현실의 사건 사고나 범죄, 혹은 고통스러운 이야기들과 맞닿아 있었다. 지금도 그렇다. 인터넷에 떠돌아다니는 불쾌하고 기분 나쁜 괴담이나 공포 글들은 현실의 범죄나 쉽게 떨쳐버릴 수 없는 주변의 존재를 연상시킨다. 다른 문화권의 공포 소설들이 은근히 덜 무서운 이유도 거기에 있을 것이다. 가장 원초적이고 가장 살갗에 불쾌하게 달라붙는 현실의 집요한 공포가 아니라, 한 다리 건너 보게 되는 남의 일이므로.

문자로 기록되어 현재까지 전해지는 여성 귀신들의 이야기는, 사실 그 기록의 주체들에게는 한 다리 건너 남의 일인 것들이 많았다. 이 이야기들은 당대의 여성들이 겪었던 범죄, 공포, 수난과 맞닿아 있었지만, 당대의 남성들에게는 귀신의 억울함을 풀어주는 훌륭한 사대부의 이야기로 받아들여졌다. 어쩌면 기록과 전승이라는 과정을 거치며, 우리가 알지 못하는 절절한 공포의 흔적들이 흐려지고 잊혔을 수도 있다. 하지만 지금껏 살아남은 이야기들은 흐려지고 변형되었을지언정 과거 이 땅의 여성들이 두려워했던, 어쩌면 지금의 여성들도 알 경험들을 아주 가까이 반영하고 있다.

가정 안에서도 보호받지 못했던 여성들과, 지금도 여전히 현재진행형인 범죄와 차별의 이야기. 손 모아 기원하던 여성들의 간절한 마음을 묵묵히 들어주었을, 인간으로 태어났지만 신으로 좌정한 여성들의 이야기. 우리는 시대를 뛰어넘어 현재와 닿아 있는 이 과거의 이야기들을 통해서 다시 위로받고, 더러는 쓴웃음을 지으며, 다시 앞으로 나아갈 힘을 얻을 수 있을지도 모른다.

데뷔작이었던 『월하의 동사무소』를 쓰면서 자료를 찾고 공부했던 우리 귀신들의 이야기가 우여곡절 끝에 되돌아왔다. 『어우야담』과 『기문총화』에 붙여놓은 포스트잇을 꼼꼼히 떼어내서 냉장고에 일렬로 붙이는 만행을 저질렀지만 대체로 이 작업에 원만히 협조해주었던 우리 집 어린이들과, 웹진 텍스트릿에 올렸던 짧은 에세이들에서 이 책의 가능성을 알아보고 먼저 제안해주셨던 김솔지 편집자님께 특히 감사드린다.

2021년 4월 전혜진

들어가는 글

그들의 목소리에 귀 기울여라

▩ 당신은 귀신을 믿습니까

"귀신은 정말 있을까?"

누군가 이렇게 묻는다면, 대부분의 사람은 고개를 저을 것이다. 설마 아직도 귀신 같은 것을 믿겠느냐며 웃을지도 모른다. 철없는 이들이나 귀신을 두려워한다고, 그런 것은 모두 옛날이야기에 지나지 않는다고 말할지도 모른다.

하지만 정말 그럴까? 사람들은 요즘 세상에 누가 귀신을 믿느냐고들 말하면서도 늘 인터넷에 올라오는 괴담에 관심을 갖는다. 요즘 사람들만 그렇게 이중적인 태도를 보이는 것도 아니다. 옛날 사람들 역시 그랬다.

『논어 술이편』 20장에는 "자불어괴력난신(子不語怪力亂神)"이라는 말이 나온다. 공자께서는 비현실적이고 초자연적이며 괴이한 일들이나 귀신의 일들을 이야기하지 않았다는 이야기다. 옛 사대부들은 그 말을 따라 군자는 괴력난신을 함부로 말하지 않는다고들 했다. 그러나 사대부들은 기일에는 제사를 지내고 명절에는 차례를 올리며 조상을 숭배했다. 『주자어류』에서는 "하늘의 신(神), 사람의 귀(鬼)"라는 말을 설명하며, 신은 기가 펼쳐져 항상 존재하는 것, 귀는 기가 움츠러들어 이미 흩어진 것이지만, 제사를 통해 조상의 귀와 감응할 수 있다고 했다. 즉 사대부들은 이와 같은 성리학적 귀신론을 기반 삼아 귀신사생론과 제사감격설을 말하고, 귀신에 대한 믿음을 설명했다.

한편 보통 사람들에게 귀신은 좀 더 즉각적으로 길흉화복을 불러일으키는 존재였다. 조상의 제사를 제대로 모시지 않았거나 제사 음식에 머리카락 한 올이 들어가서 자손들이나 며느리가 재앙을 받았다는 민담들이 전해졌고, 산 사람들이 재앙을 받지 않으려면 제사를 제대로 지내야 한다는 믿음이 이어졌다.

하지만 세상을 떠난 사람이라고 해서 누구나 제사를 받을 수 있는 것은 아니었다. 제사를 받을 수 있는 것은 정상적으로 죽은 사람뿐이었다. 그러니까, 자식들 다 자라도록 살다가 너무 이르지 않게 자기 집에서 세상을 떠나서, 뒷동산 양지 바른 곳에 묻힌 조상신만 해마다 누릴 수 있는 특권이었다. 흔히 제사나 차례는 기본적으로 세상을 떠난 사람의 혼을 위로하며 살아 있는 사람의 결속을 다지기 위해서 지내는 것이라고들 말한다. 그러나 정작 한을 품고 죽은 사람, 슬프고 비참하게 죽은 사람들은 원칙적으로는 제사의 대상, 다시 말해 조상이 되지 못했다.

사실 우리나라의 귀신 이야기에서, 죽은 사람이 조상이 되는지 원귀(冤鬼)*가 되는지는 그 사람이 얼마나 착하게 살았는지에 달려 있지 않다. 그 사람이 이승에서 각종 통과의례를 별 탈 없이 거치고 살아왔는지, 얼마나 정상적으로 죽었는지에 달려 있는 경우가 많다.[1]

어려서 죽은 이들은 부모 가슴에 못 박고 죽은 불효자식이라고, 제사는 고사하고 장례도 제대로 치르지 못했다. 젊은 사람이 결혼하지 못하고 죽으면 강한 원한을 품어 세상에 해코지를 하는 처녀 귀신이나 손각시, 몽달귀신이 된다고 믿었다. 이들 역시 제대로 묘를 쓰지 못했다. 함부로 세상에 나와 돌아다니지 못하게 한다는 이유로 뭇 사람들이 밟고 다니도록 길 한복판에 묻기도 했다. 혼인을 했어도 자식 없이 죽은 사람, 혹은 아이를 낳다가 죽은 여성 역시 마찬가지였다. 자식 없이 죽은 사람은 누군가의 조상이 될 수 없으니 제사를

---

* 원통하게 죽어 한을 품은 귀신.

받지 못하고, 제사를 받지 못하니 원귀가 된다고 생각했다.

자식이 있다고 해서 모두 조상이 될 수 있는 것도 아니었다. 자식은 있으되 아들이 없어도 원귀가 되었고, 집에서 죽지 못하고 다른 곳에서 죽은 사람은 객사한 원귀, 소위 객귀(客鬼)가 되어 떠돈다고 믿었다. 요즘처럼 대부분의 사람이 병원에서 세상을 떠나는 시대에는 모두 객귀가 될지도 모른다. 전염병에 걸리거나 호환(虎患)을 당해 갑작스럽게 죽은 사람도 원귀가 되었다. 요즘이야 호랑이에게 물려가는 일은 거의 없겠지만, 각종 사고로 죽은 사람들이 이에 해당할 것이다. 이쯤되면 원귀를 면하고 무사히 제사를 받을 수 있는 조상이 되는 것이 하늘의 별 따기처럼 어렵게 보이기까지 한다.

그래서 사람들은 원칙적으로 성리학적 제사의 대상이 될 수 없는 이들을 받아들이기 위해 별도의 의례들을 마련했다. 죽은 사람에게 굳이 양자를 들여 제사를 잇게 하고, 결혼하지 못하고 죽은 이들을 위해 사후 혼사굿을 했다. 객사한 이들이나 재해로 죽은 이들을 조상으로 안주시키기 위한 굿도 있었다.[2] 그조차도 여의치 않아 결코 조상이 될 수 없는 이들을 위해 무속과 불교의 의례를 동원했다.[3]

그렇게 우리의 조상들은, 군자는 괴력난신을 함부로 말하지 않는다면서도 꾸준히 귀신과 조상령의 존재를 믿고, 원귀들에 대해 이야기했다. 과학을 믿고, 귀신을 누가 믿느냐고 웃으면서도 괴담에 귀를 기울이는 현대의 우리들처럼.

원한을 품고 되돌아오는 여성들

사람들은 정상적인 죽음을 맞은 사람만이 조상이 되고, 그렇지 않은 이들은 원귀가 된다고 믿었다. 특히 살해당하거나, 사고로 갑자기 죽거나, 억울한 일을 당해 자살한 사람은 강한 원한을 품은 원귀가 되었다. 우리가 흔히 생각하는 처녀 귀신들, "사또, 억울하옵니다."를 외치며 한밤중에 나타나 민원을 넣는 이들이 이에 해당한다.

하지만 우리가 흔히 떠올리는 처녀 귀신은 전래의 처녀 귀신과는 조금 다르다. 하얀 소복에 머리를 풀어헤치고, 입가에 피가 흐르는 모습은 드라마 〈전설의 고향〉*에서 만들어진 모습에 가깝다. 가끔 그런 처녀 귀신이 입에 칼을 물고 있는 모습을 떠올리는 경우도 있지만, 엄밀히 말하면 그건 하얀 옷을 입고 입에 칼을 물고 자정에 거울을 보면 미래의 배우자가 보인다는 일본 괴담에서 온 이미지다.

우리 옛이야기나 필기·야담집에 기록된 처녀 귀신들은 흔히 가슴에 칼이 꽂혀 피가 흐르거나 신체가 토막 나고 바위에 깔린, 죽을 당시의 참혹한 모습으로 나타났다. 그러다가 귀신을 보고도 놀라지 않는 용감하고 현명한 원님을 만나 억

---

* 1977년부터 1989년까지 KBS에서 제작한 드라마로, 한반도 전역의 전설과 민간 설화를 소재로 삼았다. 이후 1996년부터 1999년까지, 그리고 2008년과 2009년에 여름 납량 특집으로 편성되었다.

울함을 풀고 다시 장례식을 치르고 나면, 말끔한 옷차림으로 나타나 원님께 하직 인사를 올렸다.

〈전설의 고향〉을 생각하면 우리나라 옛이야기나 전설에서 처녀 귀신이 상당히 많이 등장할 것만 같다. 하지만 과연 그럴까? 처녀 귀신이 나오는 이야기를 떠올려보자. 기껏해야 『장화홍련전』이 떠오를 것이다. 사실은 『콩쥐팥쥐전』에서도 콩쥐가 원귀가 되어 나타나지만, 우리가 어렸을 때 읽었던 동화책에서는 그 대목이 빠져 있는 경우가 많다. 귀신 하면 반사적으로 처녀 귀신을 떠올리다가도, 막상 자신이 아는 처녀 귀신 이야기를 열 가지도 채 헤아리기 힘든 것에 놀랄지도 모른다.

당연한 일이다. 애초에 필기·야담집에 기록된 이야기 중 처녀 귀신 이야기 자체가 무척 적기 때문이다. 조선 시대의 대표적인 필기·야담집인 『청구야담』에 수록된 183편의 이야기 중 귀신 이야기는 여섯 편에 불과하며, 여성 귀신이 나오는 이야기는 두 편이다. 『기문총화』에는 637편의 이야기가 실려 있는데, 이 중 여성 귀신이 나오는 이야기는 한 편 뿐이다.[4] 『국역 대동야승』의 총 543편의 자료 중 귀신 이야기는 32편인데, 이 중 여성 귀신이 원한을 품은 이야기는 일곱 편에 불과하다. 게다가 다른 필기·야담집에 실린 것과 중복되는 이야기가 많다.

그렇다면 여성 귀신 이야기는 얼마 없을까? 사실 꼭 그런 것도 아니다. 남성 사대부들이 기록한 필기·야담 밖에도 여성이 귀신이 되어 나타나는 이야기가 남아 있다. 민담이나 고소설 속에서 수많은 여성들은 원한을 품은 채 목숨을 잃고, 되돌아왔다.

더러는 그야말로 전형적인 귀신 이야기 주인공처럼 억울하게 살해당하거나 누명을 쓰고 자살했다가 원님 앞에 나타나기도 하고, 더러는 사랑에 배신당하고 권력자에게 농락당해 직접 복수에 나서거나 괴물이 되어 돌아오기도 했다. 계모는 전처의 딸을 학대하고, 전처의 원혼은 후처를 병들게 하며, 본부인이 첩을 죽이자 귀신이 된 첩은 본부인에게서 남편을 빼앗아 저승으로 데려가기도 한다. 더러는 위정자들을 꾸짖고, 더러는 죽어서도 자식을 걱정하며, 더러는 수많은 고난을 거쳐 신이 되기도 한다.

이들은 이승에 속하지 않는 몸이 되었지만 저승으로도 가지 못하고, 현실에서 여성이 할 수 없었던 이야기들, 눈이 가려지고 입이 틀어막혀 할 수 없었던 이야기들을 이 세상에 꺼내놓는다. 원님이 놀라서 죽든 말든 개의치 않고 받아들여질 때까지 민원을 넣고, 상대가 권력자라고 해도 굴하지 않고 복수에 나선다. 그들은 신분과 나이, 성별과 친족 내에서의 위치 등으로 가부장제가 세워놓은 견고한 틀을 부수고 자신을 죽음으로 몰아넣은 잔혹한 현실을 고발한다.

필기·야담집에 기록되지 않은, 당대를 살아간 여성들이

있다. 이들 역시도 이야기 속 피해자들처럼 가족 내에서 소외되거나 차별당하고 가부장제의 억압을 받았고, 때로는 그 가부장제의 일부로서 다른 여성에게 고통을 주는 데 힘을 보태기도 했다. 그럼에도 이 여성들은 한을 품고 죽은 가족을 위로하고, 조상으로 받아들여지지 못한 이들을 감싸 안았다. 여성들은 남성을 중심으로 규정된 친족의 경계를 훌쩍 뛰어넘어, 친정과 시가는 물론 의붓자식이나 사돈댁까지, 혈연과 정으로 연결된 모든 방향으로 가족의 범주를 확대해 서로를 감싸고 위로하고 슬픔을 이해했다. 때로는 굿으로, 혹은 곡진한 위로로, 산 자와 죽은 자가 서로의 슬픔을 이해하고 손을 내밀어 연대할 때 비로소 일상에는 평화가 찾아온다.

2021년, 21세기가 시작되고도 20여 년이 지난 지금도 여성은 여전히 가정에서 차별받고, 사회의 유리천장에 짓눌려 있으며, 수많은 범죄의 피해자가 되고 있다. 전통적인 개념의 범죄뿐 아니라 기술의 발전에 따라 생겨난 새로운 범죄들까지 여성들의 안전과 목숨을 노리고 있다. 젠더사이드라 할 만한 성감별 낙태로 태어나기도 전에 죽을 뻔했는데, 자라서는 나라와 사회를 위해 결혼하고 아이를 낳지 않는다고 비난을 받는다. 여성들은 앞으로 나아가는데 세상은 여전히 여성들에게 남성 가장과 두 아이가 있는 4인용 식탁에 앉으라고 강요한다.

그렇기 때문에 괴담 속 여성들은 여전히 슬퍼하고 괴로워

한다. 세상을 떠난 옛 여성들의 이야기는 여전히 우리에게 유효하게 다가온다. 과거 가부장제와 성리학적 세계관 안에서, 정조를 의심받고 자결한 여성들이, 신분이 낮다는 이유로 농락당하거나 범죄의 피해자가 된 여성들이, 사회에서도 가정에서도 보호받지 못하고 죽어간 여성들이, 세상을 떠난 뒤에야 비로소 세상과 우리를 향해 계속 말하고 있다. 죽어 돌아와 마침내 목소리를 얻은 여성이 산 자들을 향해 무엇을 말했는지를, 그리고 살아 있는 사람들이 그들의 원한을 어떻게 받아들이고 감싸 안았는지를.

필기·야담이란?

필기·야담은 가담항설(街談巷說), 즉 구술로 전승되어 세간에 떠도는 이야기를 기록한 문헌설화다. 이와 같은 필기·야담은 완전한 창작이 아니라 당시 떠돌던 이야기를 선별하여 기록한 것이기 때문에 같거나 유사한 이야기가 여러 책에서 반복되는 경향이 있다. 그러나 단순히 당대 설화를 기록했다고만 볼 수는 없다. 필기·야담의 기록자는 떠도는 이야기 중 자신의 관심사에 맞는 것을 선별해 나름의 창작성을 더했다.

필기·야담의 주된 기록자와 향유층은 성리학자인 사대부 남성이었기에, 통속적인 귀신관보다는 성리학적 이기론에 기반한 시선으로 귀신 이야기를 기록했다. 애초에 귀신 이야기가 많이 기록되지 않은 것도, 그나마 기록된 이야기들은 괴력난신을 물리치거나 원귀의 억울함을 풀어주는 사대부의 훌륭함을 강조하는 내용인 것도 이 때문이다.[5]

연구하는 학자들에 따라 필기는 야사를 포함한 당대의 기록, 패설은 풍자와 해학을 담은 짧은 이야기, 야담은 당대의 일상을 재현하면서도 이야깃거리가 많은 작품으로 구분하고, 특히 야담 중에서도 소설적인 성향이 강한 것을 한문단편으로 따로 분류하기도 한다. 이들을 포괄하는 말로 문헌설화라는 용어를 쓰는 경우도 있다.[6]

1

범죄의 피해자가 된 여성들

귀신은 끝없이 민원을 넣는다

깊은 밤 동헌에 홀연히 바람이 분다. 원님이 글을 읽느라 켜 놓은 촛불이 바람결에 꺼지고, 귀곡성과 함께 젊은 여자의 목소리가 들려온다.

"사또, 억울하옵니다."

여성 귀신이라고 하면 흔히들 억울함을 호소하기 위해 나타나는 처녀 귀신을 떠올린다. 아무에게나 나타나는 것도 아니다. 자신을 죽인 원수 앞에 나타나 복수하는 대신 몇 번이나 계속해서 원님 앞에 나타난다. 원님이 놀라서 죽든 말든 상관하지 않고. 마치 집요하게 민원이라도 넣는 것처럼.

그렇게 끊임없이 민원을 넣은 끝에 귀신은 결국 놀라서 죽지 않고 이야기를 들어주는 원님을 만난다. 용감하고 지혜로운 원님은 귀신의 이야기를 듣고 진짜 범인을 잡아 억울함을 풀어준다.

「아랑 설화」는 이와 같은 이야기의 가장 기본적인 형태, 즉 원형이다. 이 이야기에서 밀양 부사의 딸인 아랑은 억울하게 살해된 뒤 원님의 앞에 나타난다. 아랑을 살해한 범인은 아름다운 아랑을 보고 반해 유모를 매수하고 아랑을 꾀어낸다. 하지만 범인은 아랑을 농락하려다가 뜻을 이루지 못하자 그를 참혹하게 살해하고 시신을 버렸다. 현재에도 계속 일어나는 잔혹한 여성 대상 범죄들을 떠올리게 한다.

그렇다. 민원을 넣는 여성 귀신들의 이야기는, 바로 범죄 피해자들의 이야기였다.

살해당한 피해자는 귀신이 된다

아랑 설화

신임 밀양 부사는 흔들리는 촛불을 바라보았다. 동헌을 지켜야 할 아전들이며 관노들은 초저녁부터 모습을 보이지 않았다.

"한심한 자들 같으니."

애초에 부임한 부사들마다 줄줄이 죽어 나간다는 흉읍이었다. 몇 년 전부터 동헌에 귀신이 나온다는 소문이 돌며 아무도 이곳에 부임하려 들지 않아, 밀양은 폐읍이 될 지경이었다. 결국 조정에서는 부사로 자원할 사람을 모집하기에 이르렀다. 그는 담대하고 용감한 무변이었지만 영 관직 운이 없었다. 이렇게라도 부사 자리를 손에 넣는다면 나쁘지 않은 일인 데다, 귀신 따위에 놀라 호락호락하게 죽진 않을 자신도 있었다.

그가 도착했을 때, 아전들은 이번 부사도 하루를 못 버티고 죽을 것이라 수군거리고 있었다. 저 뒤에 둘둘 말린 거적이며 장례 도구 같은 것이 미리 나와 있는 것이, 아마도 내일 아침이면 또 초상을 치르리라 지레짐작하는 듯했다.

사람들의 말로는 이런 일이 벌어지기 시작한 것은 전 밀양 부사의 딸, 아랑이 실종된 이후라고 했다. 장부며 일지들을 찾아보니 정말로 몇 년 전 밀양 부사에게 아랑이라는 딸이 있었다. 아랑은 일찍 어머니를 여의고 유모의 손에서 자랐는데, 어느 날 유모와 함께 실종되었다. 딸이 갑자기 사라져 그 행방을 알 수 없자 밀양 부사는 자신이 딸을 잘못 가르친 탓이라고 상심해 관직에서 물러났고, 얼마 지나지 않아 죽고 말았다. 밀양에 부임한 부사들이 줄줄이 죽어나간 것도, 아랑의 원귀가 나타난다는 소문이 돌기 시작한 것도 바로 그때부터였다.

"……그런데 대체 아랑은 어디로 사라진 걸까."

그때 으스스한 바람이 불었다. 문은 닫혀 있었는데, 어디서 바람이 부는 것인지 촛불이 당장이라도 꺼질 듯이 깜빡거렸다. 그리고 갑자기 문이 열렸다. 부사는 깜짝 놀라 고개를 들었다. 머리를 풀어헤치고 가슴에서 피를 줄줄 흘리는 젊은 여성이, 아니 귀신이 그 자리에 있었다.

"네가 아랑이냐."

귀신은 대답하지 않았다. 대신 눈물을 줄줄 흘리며 선명한 붉은 깃발을 들어 올릴 뿐이었다.

"내 생각에는 네가 원통한 일을 호소하려 이렇게 나타난 것 같구나. 내가 원수를 갚아주마."

그 말에 귀신은 조용히 물러났다. 부사는 뜬눈으로 밤을 지새우며, 귀신이 들고 있던 붉은 깃발에 대해 생각했다.

"주기(朱旗), 주기라……."

문득 아까 들여다본 장부에서 그런 이름을 보았던 것이 떠올랐다.

"틀림없다. 그 주기라는 놈을 조사해 봐야겠어."

날이 밝았다. 부사의 장례를 치를 준비를 하던 아전들은 그가 멀쩡히 살아있는 것을 보고 깜짝 놀라 주저앉았다.

"사람이 멀쩡히 살아 있는데 송장 치울 준비부터 하고 들어오는 놈들이 어디 있느냐!"

부사는 아전들에게 호통을 치고는 당장 주기를 잡아들이라 명했다. 주기가 끌려오자, 부사는 그를 형틀에 묶어놓고 물었다.

"유모와 함께 사라진 부사의 딸, 아랑을 기억하느냐?"

"소인은 모르는 일이옵니다."

"그동안 아랑의 원귀가 나타나 원통히 죽었음을 호소하였으나, 이곳의 부사들이 겁에 질려 그 귀신을 보자마자 죽어버려 뜻을 이루지 못하였다. 어제 나를 만나 억울함을 고하였으니, 나는 마땅히 그 원한을 풀어줄 것이다. 이래도 아랑에 대해 모른다 하겠느냐!"

주기는 더 이상 발뺌할 수 없다는 것을 깨닫고 잔뜩 겁에 질린 채 어깨를 움츠렸다. 그는 머리를 조아리며 자신이 한 일을 털어놓았다.

"소인은 영남루를 구경하러 나온 아랑 아씨를 보고 그만 마음이 동하였습니다. 어떻게든 아랑 아씨를 만나고 싶어 견딜 수가 없었습니다. 고민 끝에 유모를 매수하여 아랑 아씨를 달밤에 저 뒤편에 있는 대나무밭 근처의 누각으로 데리고 나오라 했는데, 아씨는 소인이 끌어안자 비명을 지르고 저항하는 것이었습니다."

"고얀 놈! 그래서 죽였다는 것이냐!"

"처음부터 죽이려고 했던 것은 아니오나……."

주기는 계속 변명을 했다. 그 횡설수설하는 이야기를 가만히 들어보니, 아랑이 저항하자 이 일이 들통나 벌을 받을 것 같아 그만 칼로 찔러 살해하고 유모까지 죽여 몰래 파묻었다는 것이다. 부사는 크게 노하며 소리쳤다.

"꾀어내어 겁탈하려 하다가 뜻을 이루지 못했다고 죽여버리다니, 이런 흉악한 놈이 있느냐!"

부사는 주기가 아랑과 유모의 시신을 암매장했다는 곳을 파보았다. 땅속에는 칼에 찔려 죽은 아랑의 시신이 몇 년이 지나도록 썩지도 않고 그대로 있었다.

"원한이 깊으면 시신이 썩지도 않는다더니 과연 그 말대로구나!"

부사는 이 일을 관찰사에게 고해 주기를 사형에 처했다. 그리고 아랑의 시신을 파내어 새 옷을 입히고 잘 염습해 선산에 묻힐 수 있도록 손을 써주었다. 이후 밀양에는 아무 일도 일어나지 않았고, 신임 부사가 죽어 나가는 일도 더 이상 없었다. 그리고 이 일을 해결한 부사는 유능하다고 소문이 나서 크게 출세했다고 한다.

「아랑 설화」는 우리가 생각하는 가장 전형적인 처녀 귀신 이야기다. 흰 소복에 머리는 길게 풀어헤친 귀신이 바람과 함께, 때로는 찢어지는 듯한 귀곡성과 함께 원님 앞에 나타난다. 가끔은 죽은 당시의 모습을 보여준다며 토막 난 시신의 형태로 나타나기도 한다. 원님 몇 명은 원귀를 보고 도망치거나 놀라서 죽어버리지만, 새로 부임한 원님은 다르다. 용감하고 유능한 새 원님은 귀신의 억울한 사연을 듣고 단서를 추적하여 범인을 잡아 억울함을 해결한다. 복수와 명예회복에 성공한 귀신은 감사를 표하고 사라진다.

밀양 부사 딸 아랑의 이야기는 『청구야담』에 수록된 이래, 『성수패설』과 『교수잡사』, 『동야휘집』 등 여러 책에 수록되어 널리 알려졌다. 죽은 사람이 밀양 부사의 딸이 아닌 기생이라거나, 영남루에서 낮잠을 자던 선비가 꿈에서 아랑을 만난 뒤 과거에 급제하고 밀양에 돌아와 문제를 해결했다거나 하는 식으로 조금씩 변형되기도 했다. 아랑 이야기는 이렇게 원님을 찾아가 억울함을 호소하는 이야기의 전형이 되었다.

여성이 범죄의 피해자가 되고 억울한 누명을 쓰거나 잘못된 소문으로 고통받는 것은 가해자의 잘못이지, 피해를 입은 여성의 잘못이 아니다. 하지만 과거 여성들은 이런 억울한 일을 겪고 어디다 호소하는 것조차 쉽지 않았다. 과거에만 그랬을까. 현대에도 여성이 범죄의 피해자가 되면 사람들은 어두운 밤거리를 돌아다녀서, 외진 곳에 혼자 있어서, 옷을 단정하게 입지 않아서, 조심하지 않아서 그런 일을 당했다며, 범죄의 원인을 손쉽게 여성에게 돌려버린다. 직장에서, 학교에서, 자기 집에서, 어두운 밤거리에서, 그 어디에 있었다 해도 여성이 범죄 피해를 입어야 할 이유는 되지 못하는데도 말이다. 그 누구도 "여자가 조심해야 한다."라고 말할 수 없을 만큼 번화한 지역에서도 여성은 살해당했다.

반면 가해자인 남성은 그에 합당한 처벌을 받지 않는 경우가 오늘날에도 너무나 많다. 술을 마셔서, 정신병이 있어서, 여성이 자신을 무시하는 것 같아서, 그런 이유로 사람을 강간하고 살해했다는 변명이 법정에서 받아들여져 감형을 받거나 집행유예로 풀려나기도 한다. 아직 기저귀를 입은 어린 아기부터 노인까지, 나이에 상관없이 여성들을 살해하고 성적으로 착취하고 협박하는 범죄가 계속 일어난다. 그런데도 법원은 여성 피해자들보다 살아 있는 범죄자의 앞날이 더 중요하다는 듯이 군다. 그러니 여성들은 이런 귀신 이야기를 두고 자조하기도 한다. 귀신을 보고 놀라서 죽은 무능한 원님이나, 어떻게든 범인을 잡고 문제를 해결한 이야기 속 원님이 현실의 법원보다 나을 거라고.

하지만 이와 같은 이야기가 만들어지고 기록되던 당시에도 원님이 귀신의 억울함을 해결하는 이야기들은 온전히 피해자의 것이 될 수 없었다. 피해자인 여성이 아닌 사대부 남성들을 위해 기록되었으니까.

객사에 나타난 기생의 원귀

어느 객사에 사람이 묵으면 반드시 죽는 방이 있었다. 어느 날 한 관리가 중국에 사신으로 가다가 이 객사에 들렀는데 공교롭게도 다른 빈 방이 없었다.

"상관없으니 이 방에 묵겠다."

그날 밤 관리가 잠이 들려는데 천장에서 토막 난 시체가 떨어졌다. 관리가 깜짝 놀라 일어나 보니 시체 토막들은 서로 붙어 여자의 형상을 갖추었다.

"저는 본디 이 고을 기생입니다. 이 마을 포졸 놈이 저를 겁탈하려 해 저항하였더니 돌로 치고 큰 바위로 눌러 이렇게 참혹한 모습으로 죽었습니다. 상공께서는 부디 제 억울함을 풀어주십시오."

다음 날 관리는 고을 원을 불러 포졸 명부에서 범인을 찾아내고, 여자의 시체를 찾아 장사를 지내주었다. 훗날 이 관리는 높은 벼슬에 올랐다.

이야기 속에서 여성 원귀들이 억울함을 호소하는 대상은 남성 사대부이다. 그 남성 사대부는 대부분 고을의 원님이나 어사나 무변과 같은 사법권을 쥔 관리였다. 때로는 과거 길에 오른 선비로 나오기도 하는데, 이 경우 선비는 합격하여 높은 자리에 오른다.

한편 피해자는 젊은 여성, 특히 어머니가 없는 젊은 처녀나 기생, 비구니, 여종처럼 약자의 입장에 놓인 이들, 억울함을 직접 말하기 어려운 이들이었다. 특히 아랑처럼 성폭력의 피해자가 되면 피해 사실을 직접 말하지 못하고 단서만을 주기도 한다. 이런 경우 여성의 이야기는 범행 내용 외에는 흐릿해진다.

이야기는 여성의 억울한 죽음이 아닌, 사대부들의 유능함을 과시하는 데 초점을 맞추는 셈이다.

원님의 목숨을 구해준 처녀

시골 선비가 벼슬을 얻으려고 잣골 양반에게 뇌물을 바쳤다. 하지만 잣골 양반은 뇌물만 받고 벼슬자리를 주지 않았다.

"하루를 살아도 벼슬 한자리 해보고 싶어 있는 재물 다 긁어 바쳤는데, 어찌 이러시오!"

"하루를 살아도 좋다면야, 못 줄 것도 없지."

잣골 양반은 요즘 귀신이 나온다는 밀양에 그 선비를 고을 원으로 보냈다. 밀양은 요즘 부임하는 원님마다 갑자기 죽어 폐촌이 될 지경이었다.

선비가 원님이 되어 부임하던 날 밤 억울하게 죽은 처녀가 나타났다. 선비는 처녀의 이야기를 듣고 그 억울함을 해결해주었다. 며칠 뒤 잣골 양반은 선비가 아직 죽지 않은 것을 알고 자기 아들들을 보내 죽이려 했다.

"하루면 된다더니 무슨 욕심이 이렇게 많으냐, 순순히 목이나 내놓거라!"

그때였다. 칼을 들고 선비에게 덤비던 잣골 양반의 아들들이 갑자기 새하얗게 질리더니 그 자리에 주저앉거나 도망쳐도 몇 걸음 못 가 쓰러지는 것이었다. 선비가 깜짝 놀라 주위를 둘러보았더니, 죽은 처녀가 자신의 등 뒤에서 그들을 노려보고 있었다.

애초에 이와 같은 필기·야담은 기록하는 사람도 사대부 남성이요, 읽는 사람도 공부하는 선비나 관리와 같은 사대부 남성들이었다. 이들은 현대의 독자들이 심심할 때 주인공이 남다른 능력과 운을 타고나 어려움을 손쉽게 돌파하는 이야기를 보는 것처럼, 뛰어난 사대부들의 무용담을 심심풀이 삼아 읽으며 자신을 동일시했을 것이다.

그런 그들에게 죽은 여성의 억울한 사연은 부차적인 문제에 불과했다. 기록자와 독자들이 자신과 동일시할 수 있는 사대부 주인공은 원귀의 억울함을 손쉽게 해결해주었고, 원귀들은 이들 앞에 나타나 감사를 표한 뒤 사라진다. 마치 문제가 해결되었으니 더는 거추장스럽게 굴지 않겠다는 것처럼.

이원지와 재상의 딸

어느 날 이원지가 과거를 보러 가던 길에 절에 들렀는데, 인상이 험악하고 술 냄새를 풍기는 중이 있었다. 그는 이원지를 붙잡고 자신이 재상가에 시주를 청하러 갔다가 그 집 처녀를 겁탈하려 했는데 뜻대로 되지 않아 목 졸라 죽이고 시체를 연못에 버리고 왔다는 이야기를 무용담처럼 늘어놓았다. 이원지는 화로로 중을 내리쳐 죽였다.

이원지가 과거를 보기 전날 밤 공중에서 흰 가마가 내려왔다. 이원지가 깜짝 놀라 일어나 보니 재상의 딸이었다.

"그 추잡한 자에게 억울한 일을 당하여 죽고 말았는데, 상공께서 그 원수를 갚아 주시니 감사하기 이를 데 없습니다. 상공께서는 이번에 반드시 급제하실 것이니, 그러면 제 부모님을 찾아가 제가 어디 있는지 말씀 아뢰어 주십시오. 그러면 반드시 은혜를 갚아주실 것입니다."

과연 이원지는 과거에 급제했고, 재상가에 찾아가 처녀의 시신이 연못 안에 있다고 아뢰었다. 재상은 이원지를 둘째 딸과 혼인시켜 사위로 삼았고, 이후 이원지의 앞날은 평탄했다.

원귀들은 자신의 억울함을 해결해준 사대부에게 반하지 않는다. 그들을 끝까지 따라다니는 일도 없다. 억울함을 밝히고 깨끗하게 다시 매장되고 나면 대부분은 두 번 다시 나타나지 않는다.

물론 은혜를 갚기 위해서라면 이야기가 다르다. 이들은 간혹 원님이 위급한 일을 당했을 때 「원님의 목숨을 구해준 처녀」처럼 목숨을 구해주기도 하고, 「이원지와 재상의 딸」처럼 자신의 가족들을 찾아가 현실적인 보답을 받게 하기도 한다. 감사를 표한 뒤에는 더는 미련도 원한도 없다는 듯이 정말로 사라진다. 영명함은 과시하고 싶지만 귀신과 오래 얽히고 싶지는 않았을 사대부들의 입장에서는 정말 편리한 설정이 아닐 수 없다.

그리고 후일담처럼 이 사대부들이 훗날 과거에 급제했다거나, 높은 벼슬에 올랐다는 이야기가 따라붙는다. 착한 일을 하면 복을 받는다는 권선징악적 결말이긴 하겠으나, 읽고 있으면 억울하게 죽은 여성도 남성의 출세를 위한 발판일 뿐인지 묻고 싶은 삐딱한 마음이 비죽 고개를 든다.

귀신 잡는 사대부들

우리 옛날이야기에서 가장 강한 사람은 지나가는 나그네, 특히 선비나 스님이더라는 우스갯소리가 있다. 지나가던 선비나 스님은 구렁이에게 새끼를 잃을 뻔한 까치, 도깨비나 괴물에게 겁박당하는 젊은 처녀처럼 곤경에 처한 이들을 돕는 의롭고 용감한 인물이다. 그런데 왜 하필 선비이고, 스님이었을까?

삼국 시대부터 조선 시대 이전까지 대부분의 사람들은 불교를 믿었으며, 법력(法力)으로 사악한 것들을 물리치는 이야기도 불교와 함께 전해져왔다. 이를테면 『삼국유사』에는 이름난 고승 밀본 스님이 둔갑한 여우와 사악한 귀신들을 물리친 이야기가 나온다.

조선이 개국하고 성리학이 사회의 기반이 되었다고 해서

이와 같은 신앙이 단번에 사라지는 않았다. 여성들은 무속과 불교 신앙에 의지했으며, 조선 전기까지는 남성이나 왕족 중에도 불교에 심취한 이들이 있었다. 세종대왕은 소헌왕후가 죽자 상심해 불경을 읽고 창덕궁 안에 내불당을 지었으며 수양대군에게 명해 붓다의 일대기인 『석보상절』을 편찬하게 하기도 했다. 이처럼 사람들은 조선 개국 이후에도 상당 기간 불교에 의지했다. 이 시기의 이야기 속에서 사람들은 명산대찰에 기도해 귀한 아들을 얻고, 고승의 법력이나 부처의 가피로 삿된 것을 물리쳤으며, 지나가는 스님에게 도움을 받았다.

하지만 조선 성종 이후 숭유억불 정책이 강화되자 이야기 속 스님들의 위상도 달라졌다. 스님은 이제 정의의 사도가 되지 못하고, 심지어는 물리쳐야 할 적폐가 되었다. 남성이 살해당해 원귀로 나오는 몇몇 드문 이야기에서, 피해자인 어린 신랑은 성숙한 여성과 혼인하나 부인과 정을 통하던 중에게 살해당한다. 어린 신랑의 귀신이 지나가던 선비에게 억울함을 호소하자 선비가 그 중과 부인을 죽여 원한을 풀어준다는 식이다. 이렇게 사대부 남성이 기록하는 필기·야담에서 옛이야기에서 스님이 맡던 민중의 영웅 자리는 자연스럽게 사대부 남성으로 교체되었다.

앞서 말했듯 사대부들은 기본적으로 괴력난신을 논하지 않는다. 공자는 지혜로움에 대해 "사람이 지켜야 할 도리에

힘쓰고 귀신을 공경하되 멀리 하는 것"이라고 말했다.[7] 계로가 귀신을 섬기는 일에 대해 물었을 때에도 "사람을 잘 섬기지 못한다면 어떻게 귀신을 섬길 것이며, 삶을 모른다면 어떻게 죽음을 알겠느냐."라고 대답했다.[8] 하지만 공자가 괴력난신에 대해 함부로 말하지 않았다고 해도 살아 있는 다른 사람들은 죽음과 영혼의 문제에 끊임없이 관심을 갖기 마련이다.

성리학자들은 삶과 죽음, 그리고 영혼의 문제를 이기론을 이용해 해명하려 했다. 이들은 필기·야담과 같은 문집에서 자신들의 흥미와 관심 분야를 드러내며 귀신 이야기를 다루었다. 자신들이 흥미를 느끼는 대목들만을 골라서.

필기·야담의 귀신 이야기에 등장하는 사대부들은 이상적인 모습에 가깝다. 훌륭한 선비란 학식이 높을 뿐 아니라 약자의 호소를 못 본 체하지 않는 의기가 있고, 현명한 판단을 내리며, 대담하고 용감한 데다 경우에 따라 활을 쏘는 정도의 무력도 있는, 완벽하고 전인적이며 사대부의 자부심을 드높일 만한 인물이다. 이런 인물은 이야기 속 약자들의 억울함을 풀어주는 것으로 자신의 유능함을 증명한다.

귀신이 된 피해자들이 원님 앞에 나타나 자신의 사연을 이야기하는 과정에서 약자의 호소에 귀를 기울일 생각이 없는 원님들은 두려워하거나 놀라서 죽어나간다. 이렇게 죽거나 놀라는 원님들은 기존의 질서를 상징하는 동시에 사대부의 이상에는 미치지 못한다.

『계압만록』에 수록된 이야기는 귀신을 두려워하는 것에 대해 당대 사대부들이 어떻게 생각했는지를 보여준다.

남구만과 민정중

함영 선화당에는 귀매(鬼魅)*가 있어, 감사들이 종종 놀라거나 병들어 죽곤 했다. 어느 해 민정중이 함영 감사로 갔다가 선화당에 들어갔더니 민정중의 모친을 닮은 노파가 나타났다. 그러나 민정중은 꿈쩍도 하지 않고 귀매를 꾸짖었다.

"내 어머니는 세상 떠나신 지 오래요, 무덤도 여기에 없으니, 요사한 귀신은 썩 물러가지 못할까!"

훗날 남구만이 함영 감사로 왔을 때도 같은 일이 있었다. 남구만이 선화당에 들어갔더니 그의 어머니를 닮은 노파가 반가워하며 그를 아들이라 불렀다. 남구만은 어머니를 닮은 귀매에 홀려 문밖까지 이끌려 나왔다가 겨우 정신을 차리고 한탄했다.

"내가 귀매를 제압하지 못하고 치욕을 당했구나."

이런 것만 보아도 남구만은 담기(膽氣)가 민정중에 미치지 못했다.

---

* 도깨비, 두억시니 등 인간을 홀리는, 인간의 혼백이 아닌 존재.

『계압만록』의 이 이야기에서는 남구만이 민정중만큼 담대하지 못하다는 점을 지적하며, 그 방증으로 함영 선화당의 귀신 이야기를 내세운다. 이 시대 사람들이 생각하는 이상적인 사대부라면 귀신이 나타나도 경거망동하지 않는 담대함과, 인간의 삶에 비추어 그 억울함을 풀어주는 지혜가 있어야 했다.

『용재총화』를 쓴 용재 성현은 괴력난신 앞에서도 침착하고 담대한 사대부의 모습을 자신의 외조부인 안종약의 일화에서 형상화했다.

귀신 잡는 사대부, 안종약

용재 성현의 외조부인 안종약은 담대하고 귀신의 형상을 잘 알아보았다. 이를테면 대숲에 붉은 저고리를 입고 머리를 푼 여자 귀신이 나타나곤 했는데, 안종약을 보고 달아나기도 했다. 또 한번은 안종약이 이웃 고을 관리들과 술자리를 가지는 중에 사냥개가 이유 없이 나무를 향해 짖기 시작했다.

"개들은 사람이 보지 못하는 것을 보는 법인데 갑자기 놀라서 짖는 것을 보니 수상하구나."

안종약이 자리에서 일어나 나무 쪽을 자세히 보니 얼굴이 크고 높은 갓을 쓴 괴물이 나무에 기대어 있었다. 안종약이 뚫어지게 바라보니 괴물은 곧 사라졌다.

안종약의 별장 근처 길가에는 하늘을 찌를 듯한 고목나무가 있었는데, 날이 흐리면 귀신이 그곳에서 휘파람을 불었고, 밤이 되면 시끄럽게 떠들었다. 어느 날 마을의 어느 사내아이가 제 담력을 뽐내느라 그 나무를 베러 갔다가 그만 고목나무 귀신이 붙고 말았다. 안종약은 그 이야기를 듣고 말했다.

"그 아이의 머리카락을 붙잡아 끌고 오너라."

아이가 끌려오자, 안종약은 엄격하게 말했다.

"너는 200년이나 이 마을에 있으면서 해괴한 짓들을 일삼고 내가 지나가도 불손하게 걸터앉아 있더니, 이제는 죄 없는 아이를 괴롭히느냐. 대체 무엇을 얻자고 이런 짓을 하는 것이냐."

안종약이 추상같이 이르고는 동쪽으로 뻗은 복숭아나무 가지를 잘라 칼 모양을 만들어 소년의 목을 베는 시늉을 했다. 소년은 몸을 뒤집고 울부짖다가 쓰러졌다가 사흘 만에 정신을 차렸다.

이와 같은 이야기들은 주인공인 사대부의 용기와 유능함을 부각하고 칭송하는 데 초점을 맞추고 있다. 정체불명의 여귀(厲鬼)*들을 쫓아버리고, 원귀의 억울함을 풀어주는 이는 어디까지나 남성 사대부다. 죽은 여성의 참혹한 사연은 이런 인물들의 유능함을 방증하는 소재가 되었다.

---

* 전염병이나 재해, 전란으로 죽거나 제사를 받지 못하는 귀신.

하지만 후기로 갈수록 이야기의 양상도 달라진다. 이야기는 담대한 사대부 개인의 무용담을 벗어나, 억울하게 죽은 여성 귀신이 원님 앞에 모습을 드러내는 형태로 바뀌어간다. 이는 조선의 중앙집권체제가 완성되고 지방 행정조직이 정비되어 모든 군현에 지방관, 소위 원님이 파견되었음을 의미한다. 모든 군현에 나라에서 보낸 지방관을 두어 지방 토호가 멋대로 횡포를 부리지 못하게 하고, 군현마다 유향소를 두어 수령을 보좌하게 했으며, 수도에는 경재소를 두어 유향소와 연락을 담당하게 했다. 지방관을 중심으로 중앙집권이 이루어진 것이다.

이런 현실을 반영하듯 원님과 같이 행정조직을 대표하거나 어사와 같이 중앙정부를 대신하는 인물이 사법권을 행사하는 이야기가 한국 공안 이야기의 큰 줄기를 형성했다. 원귀 설화 역시 이런 공안 이야기와 결합되었다. 나랏일을 하는 관리가 사람은 물론 귀신의 어려움까지 돌보고 다스리는 존재로 거듭난 것이다.

일제강점기에 기록된 내용에[9] 따르면, 당시 사람들은 관공서 서류 등으로 귀신을 막거나 쫓아낼 수 있다고 믿었다. 순사나 학교 교장, 총독 이름이 쓰였거나 관청의 관인을 날인한 종잇조각, 또는 우체국 소인, 경찰서 서류가 이에 해당한다. "누가 뭐래도 관청의 힘만큼 무서운 것은 없다."라며 관인을 찍은 종잇조각을 말라리아에 걸린 환자의 웃옷에 붙이게 하거나, 우체국 소인이 찍힌 편지를 태운 재를 물에 띄워 마시게 하고, 환자의 등에 소인이 찍힌 우표를 붙이기도 했다. 임산부가 난산일 때 군수의 이름을 물 위에 써서 마시게 하거나, 군수의 이름을 적은 종이를 몰래 등잔불에 태워 그 재를 끓인 물과 함께 먹이면 순산한다고도 생각했다.

사람들은 설령 귀신일지라도 공식적인 질서에 순응하며, 관의 권위와 법률을 무시하지 못하리라 생각했던 것이다.

왜 그들은 원님을 찾았을까

그렇다면 다시, 귀신들은 왜 직접 복수하고 스스로 문제를 해결하는 대신 원님을 찾았을까. 물론 직접 복수에 나서는 귀신들도, 뱀으로 환생해 직접 원한을 풀러 가는 이들도 있다. 하지만 많은 여성 귀신들은 수많은 원님들이 놀라 죽어 나가는 가운데에도 끈질기게 원님을 찾아간다. 왜 이들은 죽어서야 원님을 찾았을까. 바로 당시의 시대 상황 때문이었다.

당시는 여성이 집 밖으로 나와 관청에 억울함을 호소하는 것도, 자신의 피해 사실을 밝히는 것도 쉽지 않았던 시대였다. 특히 성폭력에 대해서는 자신의 피해 사실을 말하는 것조차 집안의 수치가 되었다. 그저 목숨을 끊는 것만이 명예를 지킬 방법이었던 시대, 여성은 살아서는 자신의 억울함을 이야기할 수조차 없었다.

아직 결혼하지 않았거나 결혼했어도 자식이 없는 젊은 여성들은 죽어도 조상이 되지 못하고 제대로 된 유교식 제사를 받지도 못한다. 그렇게 성리학의 세계에 받아들여지지 못한 이들은 성리학의 질서 밖에 놓인 존재, 원귀가 된다. 죽어 귀신이 된 다음에야 이들은 비로소 자신을 둘러싼 성리학과 가부장제의 억압을 넘어, 국가의 권력, 즉 원님 앞에 모습을 드러내어 자신의 이야기를 할 수 있었다. 그것이 원님의 방에 나타나 조용조용 흐느끼며 말하는 것이든, 무시무시한 귀곡성과 함께 온 마을을 죽음으로 몰아넣는 것이든 상관없이. 즉 우리가 보편적으로 생각하는 여성 원귀담은 여성으로 태어나 범죄의 피해자가 되어서도 쉬쉬할 수밖에 없는, 여성이기 때문에 겪는 억압에서 벗어난 자들의 이야기이기도 하다.

하지만 이들은 정말로 억압에서 벗어났을까?

잠시 귀신이 된 여성들의 아버지에 대해 생각해보자. 아랑의 아버지에게는 아버지로서 딸을 보호할 의무가, 밀양 부사로서 딸의 시신을 찾아내고 범인을 잡아야 할 의무가 있었다. 하지만 그는 딸이 사라지자 자신이 딸을 잘못 가르쳤다고 자책하며 밀양을 떠난다. 아버지로서도 부사로서도 자신의 의무를 다하지 않았다.

앞으로 살펴볼 다른 이야기에서도 아버지들은 비슷하다. 『장화홍련전』의 아버지 배 좌수는 계모의 부추김에 넘어가 딸을 의심하고, 『콩쥐팥쥐전』의 최만춘은 이름만 등장할 뿐 서사 내에서 거의 하는 일이 없다. 이렇게 여성 귀신 이야기 속 아버지들은 상당수가 이미 죽어 없거나 무기력하거나 제 역할을 하지 못한다. 혹은 딸의 이야기는 제대로 들어보지도 않고 가문의 명예를 지키겠다며 딸의 억울한 죽음을 방관하거나 딸의 살해에 적극적으로 가담하기도 한다.

다시 말해 여성의 죽음에 아버지들이 한몫했다고도 할 수 있다. 결혼하지 않은 젊은 딸은 가부장제에서 억압받는 약자였고, 어머니마저 없다면 최소한의 보호막마저 없는 셈이었다. 이들은 아버지의 방관과 무관심 속에서 누명을 쓰거나 범죄 피해자가 되었다.

이들은 아버지의 무능함 때문에 입은 피해를 더 큰 아버지에게 호소한다. 여성 귀신들이 원님 앞에 나타나는 것은, 유교적 세계관에서 임금과 국가는 더 큰 아버지요[10], 중앙집권 체제 국가에서 원님, 즉 지방관은 임금과 국가의 대행자였기 때문이다.

살아서는 가부장제에서의 약자였고, 죽어서는 성리학 질서 밖의 존재가 된 이 귀신들은, 자신의 누명을 벗고 원한을 푼 뒤 다시 그 정상적인 세계의 질서와 규범 안으로 들어가 안식을 찾고 싶어 한다. 시신을 찾아 제대로 매장하고, 제사를 받고, 나아가 열녀로 기려져 정상성 안에 편입되기를 바란다. 그래서 이들은 국가를 대행하는 원님에게 집요하게 호소하는 것이다.

원귀는 문제를 해결하기 위해 자신의 죽음을 방관했던 사회의 얄팍한 평화를 걷어내고 현실의 모순을 일깨우지만, 이는 어디까지나 문제가 해결될 때까지만이다. 이상적인 사대부인 원님이 그들의 억울함을 해소하고 나면, 원귀는 감사를 표한 뒤 자발적으로 이 세상을 떠나고*, 살아 있는 사람들은 다시 평범한 일상으로 돌아간다. 원귀가 사라지면 현실이 복원되고, 모든 것은 다시 기존의 질서인 국가와 원님과 아버지가 통제하는 가부장적 세계 안에 들어온다.

그러니 사실 여성 원귀들의 이야기는, 귀신의 이야기가 아니라 원님의 이야기다. 원님들은 억울함을 호소하는 귀신들을 정상성 안에 편입시키는 방식으로 그들을 평화롭게 내쫓은 뒤 현실을 복원하고 가부장적 세계의 평화를 되찾는다. 현실에서 약자들이 받는 억압은 바뀐 게 없고, 아버지는 처벌받지 않으며, 권력자인 원님은 명관이 된다. 이 얼마나 체제 수호적이면서도 당대의 사대부들에게 흥미진진한 이야기였을까.

---

* 최기숙은 『처녀 귀신 – 조선 시대 여인의 한과 복수』(2010)에서 "남자 귀신이 조상신으로 영원히 기려지는 데 비해, 여자 귀신은 권력자가 억울함을 풀어주면 다시는 나타나지 않는다."라고 언급한 바 있다.

공안 이야기란?

공안소설(公案小說)은 중국 고전 소설의 장르 중 하나다. 공안이라는 말 자체는 원래 공문서라는 의미로, 조정이나 민간과 관련된 민·형사 사건을 관청에서 주도하여 조사하고 판결을 내리는 이야기를 말한다.

공안소설에서는 특히 법에 따른 공정한 판결을 강조한다. 법이 모든 경우를 대비할 수 없다면 덕이 높고 지혜로운 사람이 신중하게 법을 집행해야 한다. 즉 공안소설은 현실 세계의 관리가 지혜롭게 문제를 해결하고, 인간이 해결할 수 없는 문제는 귀신이나 염라대왕에 호소하여 저승의 관청에서 판결하게 하는 이야기였다. 명판관이나 귀신의 지혜를 빌려 문제를 해결하는 이야기는, 법률 자체가 공평하지 못하고 명관을 만나기도 쉽지 않았던 당대 백성들의 소망을 반영한다.

우리나라에서도 『삼국유사』에서부터 몇몇 송사에 대한 이야기가 전하고 있지만, 본격적으로 공안 이야기가 형성된 것은 『포공연의』가 들어온 이후다. 흔히 포청천으로 알려진 북송대의 명판관 포증(包拯, 999~1062)이 각종 범죄와 사건을 해결하는 이야기가 들어온 이후로, 우리나라에도 원님이나 암행어사가 사건을 해결하는 이야기들이 많이 나오게 되었다.

이와 같은 이야기에서 재미있는 점 중 하나가 현실의 관료제 사회가 중요한 배경으로 자리 잡고 있다는 것이다. 이는 우리나라뿐 아니라 동아시아 전반에서 보이는 현상으로, 유교의 애민정신, 중앙집권체제의 발달, 법치주의 등이 반영된 결과다.

하다못해 도사나 무당, 음양사 등이 잡귀나 악령을 내쫓을 때 쓰는 주문에도 그런 흔적들이 남아 있다. "급급여율령(急急如律令)", 즉 율령(법)에 따라 빨리빨리 행하라는 그 말 자체가, 중국 전한 시기 공문서의 서식으로 정해진 용어였으니까. 요즘으로 치면 공문서에 흔히 붙는 "위 관련 다음과 같이 시행하고자 하오니 협조 바랍니다."와 비슷한 느낌이었을 것이다. 각종 고전은 물론 판타지 소설에까지 이 주문이 등장하는 것을 보면, 고대 동아시아의 관료제는 나라 곳곳에 깊숙이 스며들다 못해, 저승의 귀신들까지 관공서의 힘으로 다스리려 한 듯하다.

2

계모의 모함을 받은 전처 딸들

누명을 쓰고 자결한 이들은 돌아온다

백설공주는 계모가 준 독사과를 먹었다. 신데렐라는 계모와 언니들에게 구박을 받았다. 콩쥐도 계모와 동생 팥쥐에게 구박받으며 살았다. 『장화홍련전』의 장화는 계모에게 누명을 쓰고 살해당했다.

계모라고 전부 나쁜 사람일 리 없다. 이혼과 재혼이 늘어나고, 의붓부모와 사는 아이들이 많아진 지금, 이와 같은 이야기들이 아이들과 의붓부모에게 상처가 된다는 지적이 나오는 것도 당연하다. 오히려 자식에게 무관심한 친부모보다 더 정성을 다해 의붓자식들을 기르고 가르치는 의붓부모들도 얼마든지 있다.

계모와의 갈등을 다룬 이야기들이 조선 후기에 나온 것은 그저 계모 한 사람의 악덕 때문만은 아니었다. 계모가 전실 자식들을 견제할 수밖에 없었던 이유들이 있었고, 한 가정에서 일어난 모든 문제를 계모의 탓으로 돌려서 쉽게 봉합해 버리려 한 게으른 의도가 있었다. 그리고 당시 실제로 일어났던 여러 사건이 이런 요소와 맞물려 계모 이야기가 형성되었을 것이다.

전실 자식을 학대하는 계모 이야기의 대표격인 『장화홍련전』부터 살펴보며 이와 같은 이야기의 실마리를 잡아보자.

의지할 곳을 잃은 딸들

장화홍련전

평안도 철산에 살던 배 좌수에게는 장씨 부인 소생의 장화와 홍련이라는 두 딸이 있었다. 하늘에서 내려온 꽃이 선녀가 되어 품에 안기는 꿈을 꾸고 낳은 이 두 딸은 아름답고 영리하여 서로 우애가 깊었다. 하지만 장화와 홍련을 남기고 장씨 부인이 그만 세상을 떠나자, 배 좌수는 아무래도 대를 이을 아들 하나는 있어야 한다는 생각에 허씨 부인을 재취로 맞아들였다.

허씨는 곧 배 좌수가 바라던 대로 아들들을 낳았지만, 곧이어 전처소생인 장화와 홍련을 구박하기 시작했다. 보다 못한 배 좌수는 허씨를 꾸짖기도 하고 달래기도 했다.

"대체 왜 그러는지 모르겠구만. 장화와 홍련은 임자에게도 늘 효성스러워, 이런 일을 내게 고해바치지도 못했다네."

"거 보십시오. 장쇠에게는 잘한다 하는 말씀 한 번 하시는 법이 없으면서, 늘 장화와 홍련만 칭찬하시지 않습니까. 전처소생만 귀히 여기고 후처인 제 아들들은 천히 여기시니 서러워서 살겠습니까."

"무슨 소리야. 장화와 홍련은 때가 되면 시집을 갈 것이고, 대는 자네 아들들이 이을 거야."

하지만 허씨는 배 좌수가 장화와 홍련을 편드는 것이 분해 자매에게 더 심하게 화풀이를 했다. 장화와 홍련은 서로 의지해 허씨의 학대를 견뎌내야 했다.

그러던 어느 날 장화에게 혼담이 들어왔다. 배 좌수는 장성한 딸들에게 혼담이 들어오자 기뻐했지만, 허씨는 그조차도 마음에 들지 않았다. 본래 이 집안의 재산 중 상당 부분은 장씨 부인이 시집올 때 가져온 것이니, 장화와 홍련이 시집을 간다면 당연히 나누어 가져가야 했다. 하지만 허씨는 이 집안의 재산이 전처의 딸들에게 넘어가는 것이 아까워서 견딜 수가 없었다.

결국 허씨는 장화가 외간 남자와 정을 통해서 임신을 했다가 유산이 되었다고 모함했다. 모함에 넘어간 배 좌수는 장화에게 외가에 다녀오라고 했다. 허씨는 아들인 장쇠를 시켜 장화가 연못가를 지나갈 때 물에 빠뜨려 죽였다.
하지만 장쇠는 장화를 죽이고 돌아오던 길에 천벌을 받은 듯이 호환을 당하여 겨우 목숨만 건졌다. 자신이 범에 물린 것도 장화와 홍련 때문이라고 생각한 장쇠는 홍련을 괴롭히기 위해 장화가 가문의 명예에 먹칠을 해서 죽었다고 말했다. 홍련은 그 말을 듣고 슬피 울다가, 장화가 죽은 연못에 뛰어들어 자살했다.
그날 이후 철산 관아에는 원한을 품고 죽은 두 자매의 혼령이 나타나기 시작했다. 하지만 장화와 홍련의 원혼과 마주친 부사들은 놀라 죽어나가기 시작했고, 철산 고을은 황폐해졌다. 그러던 어느 날, 대담한 무관이 철산 부사로 자원해왔다. 밤이 되어 장화와 홍련이 나타나자 철산 부사는 두려움을 이기고 침착하게 물었다.
"그대들은 누구인가. 사람인가, 귀신인가."
"저희는 억울하게 죽은 배 좌수의 여식들입니다."
홍련의 원혼이 대답했다. 홍련이 그동안의 사정을 이야기하자, 철산 부사는 배 좌수를 불러 사건을 다시 조사했다. 자매의 말대로 장화가 모함을 당했고 허씨와 장쇠가 장화와 홍련을 죽음으로 몰아넣었다는 사실이 밝혀지자, 부사는 연못에서 장화와 홍련의 시신을 거두어 장사 지내고, 허씨와 아들들을 처벌했다.
전처의 딸들을 잃고 후처가 낳은 아들들까지 처벌받은 뒤,

배 좌수는 다시 결혼해 슬하에 두 딸을 두었다. 장화와 홍련이 환생해 태어난 아름답고 영리한 두 딸들은 부잣집에 나란히 시집가 행복하게 살았다.

이 이야기는 효종 때 철산 부사였던 전동흘(全東屹)이 처리했던, 계모가 두 자매를 살해한 사건에 「아랑 설화」가 덧붙어 만들어졌다. 다른 사람의 욕망에 휘말려 억울하게 죽은 젊은 여성 귀신이 나타나자 놀란 부사 몇 명이 목숨을 잃고, 담대한 부사가 등장해 사연을 듣고 진범을 찾아 원한을 풀어준 뒤, 시신을 찾아 양지 바른 곳에 장사 지내게 한다. 죽음에 이른 사연이야 다르지만 이야기의 가장 핵심적인 부분은 그대로 일치한다. 이 이야기는 다양한 판본의 소설로 전해졌으며, 개화기에는 창극으로, 현대에는 여러 영화로 제작되었다.

흔히 『장화홍련전』은 『콩쥐팥쥐전』과 함께 계모형 소설로 분류된다. 많은 원귀 이야기에서 성폭력의 피해자가 되거나 살해당하거나 누명을 쓰고 자살하는 이들은 대체로 여종이나 신분이 낮은 처녀, 비구니, 어린 여성, 혹은 계모 슬하의 전처소생 딸과 같은 약자들이었다. 이들은 가족 안에서 가장 무력한 존재들로, 가족사 비극에서 종종 희생자가 되는 이들이기도 하다.

가정에서 어머니는 가부장제의 폭력이나 집안의 여러 분란으로부터 딸을 지키는 보호막이다. 어머니는 어린 딸을 양

육하고 보호하며 여성에게 필요한 모든 것을 가르친다. 나이가 차면 좋은 혼처를 구해 혼인시키는 것도 어머니의 일이다. 다시 말해 가정 내에서 어머니를 여윈 딸들이란, 보호막을 잃은 약자다. 계모형 소설들이 나오게 된 데는 현실에서 전처소생 딸들이 가정 내의 희생자가 되는 경우가 많았기 때문일 것이다.

접동새 이야기

옛날 어느 어머니가 아들 아홉 명과 딸 한 명을 낳고 세상을 떠났다. 아버지는 곧 후처를 얻었는데, 이 후처는 아홉 아들은 차마 해코지하지 못하고 어린 딸만을 걸핏하면 구박하고 미워했다.

세월이 흘러 딸도 아름다운 처녀로 자랐다. 처녀가 시집갈 때가 되어 혼수를 장만했는데, 혼삿날을 앞두고 갑자기 죽고 말았다. 사람들은 계모가 전처소생 딸을 시샘해 죽게 만들었다고 수군거렸다. 누이의 죽음을 슬퍼한 아홉 오라비는 살뜰히 장만한 혼수를 누이가 저승에서라도 온전히 쓰기를 바라는 마음에 혼수를 모아 태웠다. 그때 계모가 나타나 아깝다며 혼수를 불에서 꺼내었다.

"어차피 죽었는데 혼수 같은 게 무슨 소용이람!"

"어머니는 평생 그 아이를 괴롭혀 죽게 만들더니, 이제 그 아이가 남긴 혼수에까지 손을 대시려고요? 그렇게 갖고 싶으시면 가져가 보시지요!"

아홉 오라비는 계모를 불 속에 밀어 넣었다. 그러자 불에 탄 계모는 까마귀가 되어 날아갔다.

한편 죽은 처녀는 접동새가 되어 밤만 되면 오라비들을 찾아가 울었는데, 접동새가 밤에만 다니는 이유는 까마귀를 두려워해서라고 한다.

김소월의 시 「접동새」의 모티브가 된 이 접동새 설화에서도 계모는 전처소생 딸을 집요히 괴롭힌다. 같은 전처소생이라 해도 아들은 대를 이을 존재로 사랑채에서 아버지의 관심을 받으며 자라지만, 딸은 다르다. 어린 딸의 생활공간은 계모의 영역인 안채다. 어린 딸은 계모에게 학대받기 쉬운 취약한 환경에서 자라, 계모의 시샘 때문에 목숨을 잃었고, 죽어서도 오라비들을 찾아 접동새가 되어 돌아온다.

당시 여성들은 출가외인이라 결혼하면 남편 집안의 사람이라 했고, 또 삼종지도라 하여 어려서는 아버지를, 결혼해서는 남편을 따르라 했다. 그러나 실제로 여성이 의지할 곳은 아버지도 남편도 아니었다. 여성이 의지할 곳은 친정어머니와 피를 나눈 형제들, 그리고 자신이 낳은 아이들과 며느리로 이루어진 자궁가족*이었다. 혼인을 하고 남편을 잃어 과

---

* 81쪽 참고

부가 된 여성이 의지할 곳 역시 친정 가족이었다.

접동새 설화를 바탕으로 나온 고소설 『강씨접동』에서는 강씨 부인이 남편을 잃고 무덤을 지키며 시묘살이를 하던 중 집안의 재산을 노린 시매부에 의해 억울한 죽음을 맞는다. 이후 강씨와, 친정에서부터 강씨를 따라온 시비 월덕은 새로 환생한다. 새가 된 그들은 각각 친정 오라비들과 친정 부모님을 부르며 원통해한다.

장화와 홍련이 처한 상황도 마찬가지다. 그들의 친어머니는 이미 세상을 떠났고, 다른 남자 형제들은 계모 허씨 소생이었으니, 실질적으로 장화와 홍련에게는 의지할 가족이 없는 것이나 다름없었다.

하지만 그게 전부였을까?

계모, 전처의 재산을 탐내다

잠시 배 좌수 집안의 재산 문제를 생각해보자. 배 좌수의 부인 장씨는 오랫동안 자식을 낳지 못했고, 뒤늦게 임신해 두 딸을 낳았다. 조선 시대에는 대를 잇는 일이 중요했다. 그래서 요즘 사람들은 조선 시대에는 부인이 자식을 낳지 못하면, 쫓아내거나 첩을 두거나 사내아이를 양자로 들였다고 생각한다. 그러나 이야기 속 장씨 부인의 입지는 결코 작지 않았다.

배 좌수가 장씨 부인 생전에 첩을 두거나 양자를 들이지 않았던 것만 보아도 알 수 있다.

물론 배 좌수가 장씨 부인을 극진히 사랑해서 그랬을 수도 있다. 하지만 사실 여기에는 재산 분할 문제가 얽혀 있다.

『장화홍련전』의 배경이 되는 지역은 평안도 철산이다. 평안도는 고조선 이래 한반도와 중국을 연결하는 교통과 군사의 요지였으며, 인구가 많고 비옥한 평야 지대를 끼고 있어 경제적으로 발전할 여건을 두루 갖추었다. 서북 지방이 차별을 받아 과거에 합격하고도 요직에 나가기 어려워지자, 이 지역의 사대부들은 경제 활동에 많은 관심을 기울이기도 했다.

허씨 부인의 음모에 넘어간 배 좌수가 장화에게 결혼 전에 외가에 다녀오라고 속여 장쇠와 함께 보내는 이야기에서, 장씨 부인의 친정 역시 멀지 않은 곳에 있으며 딸이 죽은 뒤에도 손녀들과 교류했음을 짐작할 수 있다. 집안 재산 중 상당 부분이 장씨가 결혼하며 가져온 재산에서 유래했다면, 아들을 낳지 못했다고 해도 배 좌수가 장씨를 존중하지 않을 수 없는 노릇이었다.

이런 상황에서 장씨 부인이 죽고 후처인 허씨 부인이 들어왔다. 그렇지 않아도 허씨는 여러 판본에서 못생겼다고 언급된다. 장씨가 낳은 딸들은 양반 집안의 적자답게 장화와 홍련이라는 한자 이름이 붙었는데, 허씨가 낳은 아들의 이름*에는 낮은 계층에서 주로 쓰이던 '쇠'가 들어가 있다. 그러니 허씨가 신분이 낮다는 짐작도 가능하다. 다시 말해 허씨는 배 좌수와 결혼했지만, 부인으로서의 권리를 온전히 누리지 못했을 것이다. 후처인 허씨는 자신과 아들들이 집안에서 권리를 제대로 누리기 위해 전처소생 딸들을 구박한다.

배 좌수는 이 갈등을 집안일로 여기고 딸들이 시집가면 그만이라고 생각했지만, 여기에는 두 가지 문제가 있다. 하나는 딸의 결혼을 모친이 주관한다는 점이다. 그리고 딸들 역시 부모의 재산을 물려받으며, 특히 모친의 재산은 그 소생의 자녀들에게 분배된다는 점이다.

이와 같은 문제는 『음애일기』에 수록된 이기빈의 일화에서도 찾아 볼 수 있다.

죽은 어머니의 재산 분할을 도와준 이기빈

이기빈의 강계 수령으로 있을 때의 일이다. 어느 밤 혼자 글을 읽는데 한 여자가 홀연히 나타났다.

"제가 혼인할 때 부모에게 물려받은 땅과 집이 있어, 제 자식이 응당 물려받을 줄 알았는데 제 낭군은 그 재산을 후처의 아들에게 다 주어 버렸습니다. 사또께서는 부디 이 억울함을 살펴 주시옵소서."

이기빈은 기이하게 여겨, 다음 날 그 여자의 남편을 불러들였

---

* 종종 장쇠는 허씨가 전남편과의 사이에서 낳은 아들로 나오기도 한다.

다. 남자는 이기빈이 전후 사정을 알자 당황하며 변명했다.

"빼앗은 게 아니라 그저 맞바꾼 것뿐이옵니다. 전처가 남긴 집과 밭이 마침 후처가 낳은 아들의 집 가까운 곳에 있어서……."

"그러면 전처의 아들은 무엇을 받았단 말이냐."

남자가 얼버무리자, 이기빈은 전처의 재산과 후처의 재산을 정리해 증서를 만들어 전처의 아들에게 어머니의 재산을 찾아 주었다.

"이것은 법을 따르는 일이자 네 어머니의 뜻이니라. 아무리 네 아비가 겁박하더라도 함부로 바꾸지 말도록 하여라."

전처의 아들은 혼령으로 나타났던 어머니를 대신해 이기빈에게 감사를 표했다.

조선 중기까지는 여성도 부모의 유산을 균등하게 물려받았다. 집안의 재산이라 해도 남편이 상속받은 재산인 부변(夫邊)과 아내가 상속받은 재산인 처변(妻邊)이 나뉘어 있어, 친정 부모에게 물려받은 처변은 여성의 명의로 되어 있었다. 명의만 갖고 있는 것이 아니라 여성이 자기 몫의 재산을 남편과 별개로 매매하거나 거래할 수 있었다. 이기빈의 이야기에서 볼 수 있듯이 여성이 죽은 뒤에도 처변은 다른 부인이나 첩의 자식에게는 가지 않고, 온전히 자신이 낳은 자식에게 물려주었다. 자식 없이 죽으면 재산은 친정으로 되돌아갔다.

『장화홍련전』이 전동흘의 이야기에서 유래했다는 점에서 미루어 볼 때, 배경이 되는 시대는 조선 전기다. 이 시대에는 아들, 딸, 출생 순서에 상관 없이 적실 소생의 자녀들은 재산을 골고루 나누어 받았다. 단 제사를 모시는 아들에게는 다른 형제들의 1/5을 더 주었으며, 양첩 소생의 자녀들은 적실 소생의 1/7, 천첩 소생의 자녀에게는 1/10을 주도록 되어 있다. 또한 부부 사이에서도 재산 관리나 상속은 따로 관리되었다.

배 좌수 집안의 재산 중 장씨 부인의 재산은 장차 두 딸들에게 나누어 상속될 것이다. 그렇게 치면 장화, 홍련과 허씨의 세 아들은 다음과 같이 재산을 물려받는다.

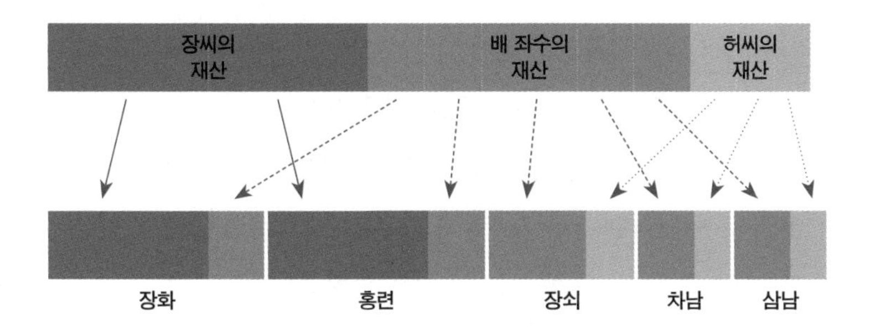

허씨는 전처의 딸들이 결혼하면 자신의 아들들보다 더 많은 재산을 물려받을 것을 질투해서 딸들을 모함하고 살해했다. 이 일은 명백한 범죄 행위다. 하지만 이 과정에서, 배 좌수 역시 허씨의 모함에 넘어가고, 장화에게 외가에 다녀오라는 핑계로 집을 떠나게 해 그 죽음에 일조한다. 딸들이 구박받는데도 적극적으로 대처하지 않고 허씨에게 말 한두 마디 하는 것이 고작이다.

이 이야기에서 궁극적으로 모든 것을 손에 넣는 사람은 배 좌수다. 애초에 장씨 소생의 딸들이 없었다면 장씨가 죽고 나서 처가에 장씨의 재산을 돌려보내야 했을 것이다. 그러나 결국 장씨의 재산은 그의 것이 되었다. 허씨의 음모로 결국 다섯 자식들이 모두 죽었지만, 배 좌수는 죄를 사면받은 뒤 '어질고 현숙한' 부인과 재혼하여 다시 두 딸을 낳았다. 그 딸들은 아름답고 영리하며 부모에게 사랑받고 마음껏 효도하다가 좋은 곳에 시집간다. 죽은 장화와 홍련이 환생하여 이번에는 아버지와 생모 슬하에서 행복하게 산다는 의미는 있겠지만, 마치 장화와 홍련, 그리고 후처 허씨와 세 아들들이 얽힌 비극적인 가정사 따위는 없었다는 듯이 배 좌수 혼자 이렇게 평화롭고 행복해도 좋은 것일까. 가끔 배 좌수도 처벌을 받았다는 판본도 있지만, 대체로 배 좌수의 결말은 두 딸의 죽음을 방조한 사람치고는 평화롭다.

잠시 상황을 바꾸어보자. 만약 계모 허씨가 들어와 아들인 장쇠를 낳자, 대를 이을 귀한 아들이 태어났다고 기뻐하던 배 좌수가 문득 딸에게 더 많은 재산이 돌아갈 상황에 대해 생각했다면 어떨까. 그래서 아들에게 더 많은 재산을 주기 위해 두 딸들을 핍박하고 죽음으로 몰아갔다면 그래도 장화와 홍련은 원귀가 되어 나타날 수 있었을까? 혹은 생모인 장씨가 죽지 않고 막내 아들을 낳았다면? 21세기에도 자식들을 차별하거나 재산은 전부 아들에게 물려줄 테니 딸들은 재산 분할 같은 것은 꿈도 꾸지 말라고 말하는 부모들이 있는데, 조선 시대에 그런 일이 없지는 않았을 것이다. 만약 생부와 생모가 아들을 편애해서 딸들을 학대했다면 이 딸들은 죽어서라도 원님에게 억울함을 호소할 수 있었을까?

답은 그렇지 않다는 것이다. 조선은 형법에 있어 중국의 『대명률』을 조선 실정에 맞도록 수정한 『대명률직해』를 따랐다. 여기에서 불효는 모반, 대역, 내란 등과 같은 반열에 있는 열 가지 악행 중 하나로 꼽힌다. 부모를 고발하는 행위도 불효죄에 포함되며, 장 100대, 도(徒)* 3년에 해당하는 처벌을 받았다. 부모를 무고할 경우 교형(絞刑, 교수형)에 처한다는 대목도 있다. 이런 상황에서 원귀가 나타나 억울함을 호소한들, 부모의 뜻에 순종하지 않는 불효자식이라고 호통이나 듣지 않으면 다행이다. 만약 허씨가 계모가 아니었다면 장화와 홍련은 귀신으로 나타나 억울함을 호소할 수도 없었을 것이다.**

---

* 도형. 중노동에 종사시키는 형벌이다.

** 여성 인물이 원치 않는 결혼 때문에 자살해 귀신이 되는 이야기들이 있다. 하지만 『유문성전』의 경우 춘영이 문성과 한 정혼을 강제로 파혼시키고 우승상 댁으로 시집보내려 한 인물이 친아버지였기 때문에, 계모가 원치 않는 결혼을 주도하는 다른 이야기들과 달리 자결한 춘영이 귀신이 되지 않았다.

다시 말해 남성 사대부 관리가 해결할 수 있는 문제는 어디까지나 가부장제 이념에 부합하는 것뿐이었다. 장화와 홍련은 집안을 단속하지 못한 어리석은 아버지 배 좌수 대신 용감하고 현명한 원님으로 대표되는 국가에 자신들의 억울함을 고한다. 가부장제의 확장이자 또 다른 아버지인 국가는 '친부모도 아니면서' 가정 내 학대와 폭력, 살해를 자행한 계모를 벌한다. 장화와 홍련은 젊은 처녀가 부정을 저질렀다는 불명예에서 벗어나 다시 아버지의 딸들로 태어남으로써 복권한다. 다시 태어나 좋은 집안의 자제들과 결혼함으로써 이들은 온전히 정상성에 편입된다.

그런데 이전 시대의 필기·야담과 달리 18세기 이후의 이야기에서는 처녀가 음행을 저질렀다는 누명을 쓰고 살해당하는 경우가 종종 보인다. 『청구야담』에 수록된 배이발의 딸 이야기를 함께 살펴보자.

숙부와 계모에게 살해당한 배이발의 딸

어느 날 조현명이 잠을 자려는데 웬 처녀의 혼령이 나타나 말했다.
"저는 배이발의 여식이옵니다. 억울하게도 숙부와 계모의 손에 살해당했으니, 제 억울함을 풀어 주시옵소서."
다음 날, 조현명이 배이발을 불러 묻자, 배이발은 고개를 들지 못한 채 한탄했다.

"제 여식은 죽은 전처소생인데, 10년 전 부끄러운 일을 저지르고 자진하였습니다."

그 말을 듣고 조현명은 무덤을 파헤쳐보라는 명을 내렸다. 10년 전에 죽은 처녀의 시신은 살아 있는 듯 생전 모습 그대로였다. 시신 여기저기에는 상처가 남아 있었다. 때려서 맞은 상처, 칼에 찔린 상처였다.

배이발은 후처와 살고 있었다. 자식이 없어 조카를 양자로 삼은 것도 확인할 수 있었다. 조현명은 배이발과 그 가족들을 불러 엄격하게 말했다.

"세상 어디에 자살한 사람이 이런 모습을 하고 있다더냐. 제대로 고변하지 않는다면 너희들 모두 엄벌에 처할 것이다."

한참 심문한 끝에 배이발의 동생이 고백했다.

"실은 형님께 재산이 많은데 아들은 없고 여식 하나뿐이라, 제 아들을 형의 양자로 삼으려 하였습니다. 그런데 형님이 사위를 들여 재산을 물려줄 것이라 하시니, 조카가 살아 있는 한 이 돈은 제 것이 될 수 없겠다 싶었습니다. 마침 후처인 형수가 조카를 미워하시니, 형수와 짜고 조카가 부정을 저질렀다고 거짓 증거를 만들었습니다. 형님이 그래도 천륜이라 조카를 죽이지 못하시기에, 살해한 뒤 자진한 것으로 꾸몄습니다."

조현명은 배이발의 후처와 동생을 엄벌에 처했다.

『장화홍련전』과 마찬가지로 배이발의 딸 이야기에서도 재산을 둘러싸고 딸에게 누명을 씌우는 모습이 보인다. 조선 중기가 되자 여성의 정조를 강조하는 사회 분위기가 형성되어 여성의 음행이 '죽어 마땅한 죄'가 되었고, 가족 안에서 명예살인을 해도 되는 근거로 자리 잡았다. 또한 『장화홍련전』과 이기빈의 이야기와 함께 생각해보면, 양자나 후처의 자식이 장성한 전처의 딸과 재산을 두고 벌이는 분쟁이 조선 후기에 사회 문제로 대두되었음을 짐작할 수 있다.

성리학 기반의 가부장제는 기본적으로 남성 중심 사회로, 여성은 많은 면에서 배제된 듯 보인다. 하지만 가족 외적으로는 가부장제가 중심이 되지만, 가족 내에서는 앞서 잠시 이야기한 바와 같이 여성을 중심으로 하는 자궁가족이 형성된다. 결혼으로 시가의 구성원이 된 여성은 자신의 아이를 낳고 어머니가 되어 집안 내에서의 영향력을 점차 손에 넣는다. 하지만 이 자궁가족은 기본적으로 자궁을 매개로, 어머니와 그 자식들을 중심으로 하기 때문에, 이미 장성한 전처 자식과 새로 들어온 후처 사이에는 이 관계가 제대로 형성되지 못한다. 세월이 흐름에 따라 응당 손에 넣어야 하는 존경과 권력을 제대로 얻지 못하는 것이다.

자궁가족의 어머니로서의 권력은 어디까지나 비공식적이다. 부와 권력을 가진 남편의 아내, 혹은 대를 이을 아들의 어머니로서 갖게 되는 간접적인 권력이다. 그러니 부유한 전처에 비해 가진 권력이 약한 후처는, 자신의 자식들에게 재산과 권력을 물려줄 영향력을 손에 넣기 위해서라도 전처소생 자식들이 기득권을 상실할 만한 근거를 만들어야 했다. 그러기 위해 계모는 쥐를 잡아 장화가 음행을 저지르고 낙태를 했다고 속이고, 장화와 홍련, 나아가 '딸을 잘못 키운' 전처에게 오명을 씌운 것이다.

자살, 결백을 증명하는 수단이 되다

장화는 살해당했다. 하지만 홍련은 스스로 목숨을 끊었다. 『장화홍련전』에서 억울함을 호소하는 것은 살해당한 장화가 아니라, 언니를 따라 죽은 홍련이다. 고전 소설이나 설화에서 자살은 더 이상 당사자가 어떻게 해볼 수 없는 상황까지 몰렸을 때, 생존의 문제가 걸렸을 때 자기 자신의 억울함을 증명하기 위해 선택하는 수단이다.

옛이야기 속에서 남성 인물이 자살하는 경우는 많지 않다. 처녀 귀신을 연구한 최기숙은 총 855편의 고소설에서 작중 인물의 자살을 분석했는데, 이 중 남성 인물의 자살 기도가 제시된 것은 총 16편이고, 자살 기도자 수는 19명이었다. 반면 여성 인물의 자살 기도가 나온 소설은 103편, 자살 기도자 수는 147명, 자살 횟수는 156회에 달하는데, 71%가 누군가의 구원을 받아 살아났다. 정조를 잃을 위기를 모면하기 위해 자살로 위장한 경우가 여섯 편, 다른 사람을 속이기 위해 자살한 것으로 위장한 경우가 한 편이었으며 실제로 자살을 하진 않았지만 자살 충동이 표현된 것은 다섯 편이었다. 여성 인물의 경우 파혼을 당하거나 소중한 가족을 잃고, 누명을 쓰거나 강요에 의해 자살했는데, 이때 자살을 강요당해 죽음에 이른 여성 인물은 100% 귀신이 되어 나타났다고 한다.[11]

남성 인물은 자신의 명예를 지키기 위해, 혹은 나라에 충성하고 절개를 지키기 위해 스스로 목숨을 끊었다. 억울한 상황에 몰리더라도 남성은 살아서 억울함을 증명할 길이 있었다. 하지만 당시의 여성들에게는 억울함을 풀 방법이 없었다. 누명을 쓰거나 정조를 잃거나 파혼을 당했을 때 여성 인물은 자살을 택한다. 이는 당대의 보수적이고 이중적인 성담론과 여성들의 취약한 입장에서 기인한다.

보수적인 사회에서 정조를 잃은 여성은 소위 정상적인 인생, 혼인을 하고 자손을 낳는 보편적인 통과의례를 치르며 사는 것이 불가능해진다. 당대의 질서에 맞는 통과의례를 제대로 거치지 못하고 죽으면 원귀가 되기 마련이었다. 여기에 가문의 명예를 중요시하는 풍조도 거든다. 그토록 딸을 사랑하는 듯 보였던 배 좌수는 정조 문제가 걸리자 허씨의 장화 살해를 묵인하고 방조한다. 파혼을 당한 여성은 다른 곳에 시집갈 수 없었고, 이는 사회적인 죽음을 의미했다. 이런 문제로 '가문의 이름을 더럽힌 여성'은 소문이 나기 전에 쉬쉬하며 명예살인을 당하기도 했다. 즉 자살을 하지 않더라도 사회적인 죽음을 맞거나 가족 손에 살해당할 상황이었다.

여성은 자살을 통해 자신의 결백을 증명한다. 자살을 삶에 대한 좌절이나 도피로 볼 수도 있겠지만 현실에서라면 명예를 지키기 위해 강요된 죽음에 가까울 것이다. 하지만 서사 속에서는 조금 다르다. 어린 처녀의 몸으로 언니의 결백을 주장하고 계모에 맞서 싸울 수 없었던 홍련은 자살을 통해 원님 전동흘에게, 나아가 국가권력을 향해 억울함을 토로할 기회를 얻는다.

『정을선전』의 추연도 마찬가지다. 직접 원님과 국가를 향해 말할 수 없었던 이들은, 죽음을 통해 비로소 말할 권리를 얻는다.

정을선전

명나라 가정제 무렵, 경상좌도 계림부 자산촌에 정진희라는 재상과 부인 양씨가 살았다. 이들은 부와 명예를 다 갖추었으나 자식이 없어 근심하던 중, 봉래산에서 백일기도를 한 끝에 재주가 뛰어나고 효성스러운 아들 을선을 낳았다.

한편 익주에는 정 승상의 오랜 벗인 류한경이라는 재상이 살았는데, 그의 아내 최씨는 추연이라는 딸 하나만을 낳고 산후병으로 세상을 떠났다. 추연은 학식이 높고 효성이 지극한 데다 빼어난 미인이라, 류 상서는 이 외동딸을 보물처럼 사랑하고 아꼈다. 하지만 류 상서의 후처 노씨는 악하고 간교하여 추연을 늘 미워하고 해치려 했다.
류 상서가 회갑이 되던 해, 정 승상은 열여덟 살이 된 아들 을선과 함께 익주로 찾아왔다. 을선은 추연을 먼발치에서 본 뒤로 상사병에 걸리고, 그 사실을 알게 된 정 승상은 류 상서에게 혼담을 넣었다. 그 무렵 마침 별과가 있었는데, 추연과 혼인하게 되었다는 말에 자리를 털고 일어난 을선은 별과에서 장원급제를 했다. 황제의 동생인 조왕은 을선을 사위로 삼으려 했지만 을선은 추연과 정혼했다며 사양했다.
추연과 정혼한 을선이 한림학사가 되자 후처 노씨는 이를 시기해 추연을 독살하려 했다. 하지만 식사에 독이 든 것을 알게 된 유모가 추연에게 따로 밥을 지어 올려 겨우 위기를 면할 수 있었다. 그렇게 여러 차례 죽을 고비를 넘긴 추연은 아름답지만 수심 가득한 얼굴로 혼례를 치르게 되었다. 그날 밤 을선이 신방에 들었는데 밖에서 웬 남자 목소리가 들렸다.
"아무리 시랑 벼슬에 올랐다 하나 남의 정인과 혼인이라니, 죽고 싶은 모양이구나."
을선은 깜짝 놀라 뒤쫓아 가보았지만, 남자의 모습은 온데간데없었다. 사실 그 남자는 계모 노씨의 사주를 받은 자였으나, 을선은 이 일로 추연을 의심하고 고향으로 돌아가 버렸다. 소박을 맞은 추연은 아버지인 류 상서가 묻는 말에도 대답하지 않고 입을 다문 채 눈물만 흘리다가, 유모에게 혈서를 쓴 적삼을 남기고 그만 죽고 말았다. 류 상서가 그 혈서를 보고 슬퍼하며 집안의 시비들을 잡아 엄격하게 문초했다.
"이런 음모를 꾸밀 자는 반드시 집 안에 있을 것이다. 명백히 그 죄상을 밝히리라."
그때 허공에서 추연의 목소리가 들렸다.
"아버님은 죄 없는 시비를 문초하지 마십시오. 소녀에게 누명을 씌운 자는 여기 있습니다."
그 말과 함께 계모 노씨는 피를 토하며 쓰러졌고 사람들이 죽어 나가기 시작했다. 추연의 시신을 염하려 방문을 여는 이들도, 추연의 곡성을 들은 이들도, 마을 사람들도 모두 죽었다. 류 상서 역시 병들어 오직 유모만이 남고 말았다.
한편 을선은 황제의 중매로 조왕의 딸과 혼인했는데, 황제는 조왕의 딸에게 정렬부인의 작호를 내렸다. 이 무렵 정 승상이 세상을 떠나 을선이 삼년상을 치르고 돌아왔는데, 익주 자사가 장계를 올렸다.
"류 상서의 딸이 젊은 나이에 죽어 원귀가 되었는데, 그 곡성을 들은 사람들이 죽는 변괴가 있어 백성들이 살 수가 없습니다."
을선은 황제의 명을 받아 익주로 향했다. 인적이 끊기고 폐읍이 된 익주에서 유모를 만난 을선은 추연의 혈서를 읽고 그간의 사정을 듣고서야 자신의 잘못을 깨달았다. 하지만 추연의 혼령은 을선을 믿지 않고 만나지 않으려 했다. 그러자 익주 자사가 추연의 빈소에 절을 올리고 고했다.

"나는 이 고을 자사이옵고, 이 분은 익주 순부어사 정을선 공이오니 신령께서 부디 정 상공을 만나주셨으면 하옵니다."

"이승과 저승의 일이 다르다 하나 남녀가 유별한 법. 아무리 정 시랑이라 해도 어찌 곧이 듣고 만나자 할 것입니까."

을선은 이 일을 황제에게 아뢰었다. 황제는 추연의 원혼에게 충렬부인의 직첩과 교지를 내리며 정을선과 만나 이야기를 나눌 것을 명했다. 그제야 추연이 을선이 방으로 들어오는 것을 허락했는데, 그 방에는 그동안 아무도 염을 하러 들어오지 못해 추연의 시신이 그대로 남아 있었다.

을선이 금성산에 가서 신비로운 구슬을 얻어오자, 추연은 되살아나 을선의 첫째 부인이 되고 곧 임신했다. 하지만 정렬부인은 억울했다. 자신은 조왕의 딸이고 을선과 혼인했는데 갑자기 나타난 추연이 자신의 자리를 밀어내는 것을 내버려 둘 수 없었다.

추연의 산달이 가까워오던 어느 날, 을선은 평서대원수로서 전쟁터로 향했다. 그동안 추연을 해칠 기회만 노리고 있던 정렬부인은 을선이 떠나자마자 시비 금련에게 남장을 해서 추연의 침실에 숨어들게 하고, 시어머니 양 부인의 사촌오라비에게 뇌물을 주어 추연의 침실에 남자가 숨어 있더라고 양 부인에게 고하게 했다.

양 부인이 깜짝 놀라 추연의 처소에 갔을 때 남복을 한 금련이 일부러 뛰어나와 도망쳤다. 양 부인은 추연이 부정을 저질렀다고 생각해 옥에 가두었다. 추연의 시비 금섬은 오라비에게 부탁해 이 억울한 사정을 을선에게 전하고, 양 부인 침전의 시비 월매를 설득하여 추연을 옥에서 몰래 데리고 나온 뒤 자신이 옥에 들어가 그 안에서 자결했다.

한편 상자에 겨우 몸을 숨긴 추연은 월매가 가져다 준 음식으로 연명하며 혼자 아이를 낳았다. 하지만 금섬도 죽고 금섬의 가족들은 물론 월매까지 붙잡혀 문초를 당하는 바람에 아무도 산바라지를 하지 못해 추연은 사경을 헤매게 되었다. 그 무렵 전쟁에서 이긴 을선은 소식을 듣고 깜짝 놀라 말을 달려 사흘 만에 황성에 돌아왔다.

을선이 돌아왔을 때 월매는 가혹한 형벌을 받고 있었고, 추연과 아이도 위험한 상태였다. 정렬부인의 음모가 모두 밝혀지자, 황제는 정렬부인에게 사약을 내리고 금섬과 월매를 위해 충렬문을 세워 주었다. 위왕이 된 을선과 충렬부인 추연은 세상의 모든 광영을 누리다가 훗날 한날한시에 나란히 세상을 떠났다.

추연은 모함을 당한 억울함과 파혼을 당한 슬픔을 안고 자살한다. 다행히 그의 아버지 류 상서는 딸의 결백을 믿고, 누군가가 죄를 뒤집어씌운 것이라 생각하지만, 정작 추연은 누명과 불명예 속에서도 계모의 죄상을 밝히면 가문에 누를 끼칠까봐 입을 다문다. 추연의 해명은 죽기 전 적어내린 혈서이며, 죽은 다음에야 얻는 원귀로서의 목소리다.

귀신이 되어 돌아온 추연은 계모는 물론 이에 연루된 이들을 모두 죽게 만든다. 류 상서는 물론, 추연의 귀곡성을 듣거나 추연을 염하려 방문을 열었던 이들까지 모두 세상을 떠난다. 추연의 귀신으로 인해 류 상서의 가문은 물론 마을 사람들 대부분이 죽고, 익주는 폐촌이 될 지경이 된다. 이 정도의 변괴가 발생한 다음에야 개인의 비극이 공론화되어 조정에 보고될 수 있었다.

억울한 누명을 쓰고 파혼당해 죽은 추연은 자신의 잘못을 깨닫고 찾아와 반성하는 을선의 사랑 때문에 되살아난다. 하지만 을선이 추연을 다시 만나기까지는 쉽지 않았다. 처음에 자신이 그 도망친 신랑임을 밝혔지만 추연은 만나기를 거부한다. 익주 자사가 중개하여 둘을 만나게 했지만 추연은 여전히 거부한다. 그는 황제에 의해 충렬부인에 봉해진 다음에야 을선과 재회한다. 추연이 자신의 결백이 사회적으로 온전히 인정받아 잃어버린 명예를 되찾기 바랐기 때문이다.

한편 추연의 시비인 금섬은 자살했지만 원귀가 되지 않는다. 금섬이 개인적인 억울함이나 원한 때문이 아니라 추연에 대한 충정으로 의로운 죽음을 택했고, 그의 죽음이 황제가 내린 충렬문의 형태로 보답을 받았기 때문이다.

아버지는 대체 어디에 있는가

『장화홍련전』의 배 좌수는 사회적인 치욕을 당하느니 죽는 게 낫다고 생각하며, 특히 사랑하는 딸이 결혼도 하기 전에 낙태를 했을지도 모른다는 데 생각이 미치자 자신까지 치욕을 당하는 것이 두려워 딸의 죽음을 방관한다. 그는 전처의 경제력에 의존하면서도, 자신을 가부장으로 만들어주는 가정이라는 체제를 유지하고 자손을 얻기 위해 결혼을 거듭한다. 세 번째 결혼에서 다시 두 딸을 얻은 그의 안중에는 죽은 장화와 홍련, 그리고 배씨 소생의 세 아들이 없는 듯 보이기도 한다.

어떤 면에서 배 좌수는 자신의 안위에만 관심이 많은 이기적인 남자이지만, 그는 딸이자 피해자인 홍련의 바람대로 죄를 면한다. 그것은 장화와 홍련이 남다른 효녀여서가 아니라 그들이 정상적인 가정 질서 안으로 돌아가기를 소망했기 때문이다. 그 소망의 결과로 장화와 홍련은 다시 배 좌수의 딸로 태어나 친어머니 슬하에서 사랑받으며 자란다.

대신 죽어나가는 사람들은 신임 부사들이다. 가부장적인 가족 내부에서 발생한 갈등을 수령에게 해결해달라고 호소하는 것은, 18세기 후반 조선의 행정조직이 촘촘히 짜여 있음을, 그래서 작은 마을까지 국가의 직접 지배체제가 확립되어 있음을 보여준다. 이때 부사들의 죽음은 단순히 그들이 소심해서 일어난 개인적인 사건이 아니라 사회 질서를 제대로 확립하지 못한 수령은 죽어 마땅하다는 사회적인 응보다.

이보다 후대에 나온 『콩쥐팥쥐전』*에서는 어떨까.

콩쥐팥쥐전

전라도 전주 인근의 퇴리 최만춘은 딸인 콩쥐가 태어나고 백일 만에 부인 조씨가 세상을 떠나자, 과부인 배씨를 후처로 맞아들였다. 배씨는 팥쥐라는 딸을 낳았는데, 배씨는 친딸인 팥쥐만 예뻐했다. 물론 배씨도 전처 자식을 구박한다고 남들 입에 오르내리는 것은 싫었는지, 무슨 일을 시켜도 둘을 함께 시키긴 했다. 하지만 눈 가리고 아웅이라고, 사람들은 계모 배씨가 콩쥐를 구박한다는 것을 알고 있었다.

콩쥐는 밥을 제대로 주지 않고 나무 호미로 자갈밭의 김을 매라고 해도, 고기반찬을 먹고 쇠 호미를 들고 모래밭에 간 팥쥐보다 더 일을 잘해냈다. 둘이 베를 짤 때, 콩쥐에게는 손이 끈끈해지도록 찰밥을 주어도 콩쥐는 손을 물에 적셔가며 베를 말끔히 짜냈다.

"콩쥐와 팥쥐는 고작 한 살 차이인데 계모가 너무하네."

"그런데도 콩쥐가 더 일을 잘했다는 거야. 참 야무지지."

무슨 일을 해도 콩쥐가 잘해내니, 배씨는 콩쥐를 더욱 눈엣

---

* 흔히 우리에게 『콩쥐팥쥐』로 알려져 있는 이 이야기는 『콩중이 팥중이』로 기록된 경우도 많다. 요즘 나오는 그림책에서는 이쪽 이름을 채택한 경우도 종종 보인다.

가시로 여겼다.

하루는 콩쥐의 외삼촌댁에 잔치가 열렸다. 마을 사람들이 다들 잔치 구경을 간다고 했다. 배씨는 팥쥐와 함께 치장하고 나서며 콩쥐에게 말했다.

"꼭 오고 싶으면 아홉 칸 방을 모두 쓸고 닦고, 벼 석 섬을 모두 찧어놓고, 저기 커다란 독에 물을 채우고서 오려무나!"

콩쥐는 먼저 아홉 칸 방을 모두 쓸고 닦았다. 콩쥐가 마당에 나와 보니, 참새들이 벼 석 섬에 몰려들어 쌀알은 먹지 않고 벼 껍질만 전부 쪼아 벗겨놓았다. 커다란 독은 깨져 있어 아무리 부어도 물이 차지 않았는데, 두꺼비가 나타나 독의 구멍을 막아주었다.

하늘의 도움으로 일을 마친 콩쥐는 잔칫집에 가고 싶었지만, 입을 옷이 없었다. 콩쥐가 울음을 터뜨리자, 하늘에서 암소 한 마리가 내려와 콩쥐에게 비단옷과 꽃신을 주었다. 콩쥐는 옷을 갈아입고, 꽃신을 신고 잔칫집으로 향했다.

"아니, 하라는 일은 안 하고 잔칫집에 오다니!"

외가에 모인 사람들이 곱게 치장한 콩쥐를 보고 감탄하자, 배씨가 달려 나와 콩쥐를 꾸짖었다.

"그 많은 일을 벌써 다 했을 리 없지! 썩 집에 돌아가거라!"

배씨가 역정을 내자, 콩쥐는 어쩔 수 없이 집으로 돌아갔다. 돌아가는 길에 콩쥐는 전라 감사의 행차와 마주쳤다. 콩쥐는 감사 행차를 피하다가 꽃신 한 짝을 잃어버리고 말았다. 새로 전라 감사로 부임한 김 감사는 그 꽃신의 임자를 찾다가 콩쥐를 만나 혼인하게 되었다.

김 감사는 배씨와 팥쥐가 자신들이 꽃신의 주인이라고 나섰던 것을 잊지 않았다. 감사는 혹시나 계모나 팥쥐가 찾아오더라도 절대 문을 열어주지 말라고 당부했다.

하지만 팥쥐가 찾아와 사과하며 살살 구슬리자, 콩쥐는 마음이 약해져 문을 열어주고 말았다. 팥쥐는 콩쥐를 연못에 빠뜨려 죽인 뒤, 콩쥐의 옷을 입고 콩쥐 행세를 하기 시작했다. 햇볕을 쬐고 콩멍석에 넘어져 얼굴이 변했다는 팥쥐의 말에 김 감사는 속아 넘어가고 말았다.

그러던 어느 날 연못가에 유난히 커다란 연꽃이 피어났다. 김 감사는 아내를 기쁘게 해주려 연꽃을 꺾어 내당에 장식했는데, 팥쥐가 혼자 있을 때마다 연꽃이 팥쥐의 머리카락을 잡아당겼다. 팥쥐는 연꽃을 아궁이에 넣고 불태워 버렸다. 아궁이를 들여다본 할멈이 영롱한 구슬을 발견했는데, 그 구슬에서 녹의홍상을 입은 콩쥐의 혼령이 모습을 드러냈다.

"지금 내당에 있는 것은 내가 아니라 팥쥐라네. 간악한 팥쥐가 나를 속여 연못에 밀어 넣지 않았겠나."

"아이고, 마님. 감사 나리께 이 일을 알려야 하겠습니다."

"자네가 잘못 나서면 화를 입지 않겠는가. 그러지 말고, 자네가 적당히 핑계를 대어 나리를 자네 집으로 모시고, 일부러 길이가 다른 젓가락을 놓아두게."

할멈은 콩쥐의 말대로 김 감사 앞에 나아가 말했다.
"소인이 이번에 생일을 맞아 조촐하게 생일상을 차렸사온대, 감사 나리께서 잠시 제 집에 들러 주시면 크나큰 광영이겠습니다."
연로한 할멈이 부탁하자, 김 감사는 잠시 할멈의 집에 들렀다. 할멈이 차려 놓은 음식을 먹으려던 김 감사는 젓가락이 짝짝이인 것을 보고 할멈을 나무랐다. 이때 병풍 뒤에서 콩쥐의 목소리가 들려왔다.
"젓가락의 짝이 맞지 않은 것은 아시면서 사람의 짝이 맞지 않은 것은 모르시다니요."
깜짝 놀란 김 감사가 병풍을 걷어내자 녹의홍상 차림의 콩쥐가 나타나, 팥쥐가 자신을 연못에 빠뜨려 죽였으며 자신은 연꽃이 되어 돌아왔다고 설명했다.
돌아온 김 감사는 내당의 연못을 전부 퍼내게 했다. 그러자 연못 바닥에서 생전 모습 그대로인 콩쥐의 시신이 발견되었다. 분노한 김 감사는 상소를 올려 팥쥐의 소행을 조정에 고하고 팥쥐를 사형에 처했다.
얼마 뒤 계모 배씨는 포장된 단지 하나를 받았다. 계략대로 팥쥐가 감사 부인이 되어 친정에 선물을 보낸 것이라고 생각하며 단지를 열어 본 배씨는 놀라 주저앉고 말았다. 그 안에는 죽은 팥쥐의 인육으로 만든 젓갈이 들어 있었다. 되살아난 콩쥐는 김 감사와 행복하게 살았으며, 콩쥐의 아버지인 최만춘도 재혼하여 원만하게 살았다.

『콩쥐팥쥐전』은 신데렐라와 같은 구조를 가지고 있는데, 이와 유사한 이야기는 세계 여러 곳에서 발견된다. 유럽은 물론 인도와 아시아 각지, 아메리카 인디언의 설화에도 비슷한 이야기가 있다. 친어머니의 죽음 이후 계모에게 구박을 받던 여성이 돌아가신 어머니나 요정, 신령한 동물의 도움을 받아 상류층 계급의 남자와 맺어지고 신분상승한다는 이야기들이다.

『콩쥐팥쥐전』 역시 『장화홍련전』과 마찬가지로, 계모와 전처소생 딸의 갈등을 다루고 있다. 이 이야기에도 역시 아버지는 등장한다. 하지만 콩쥐의 아버지가 은퇴한 향리인 최만춘이라는 설명만 있을 뿐, 서사 내에서 아버지의 역할은 거의 없다.

『장화홍련전』에서도, 『콩쥐팥쥐전』에서도 이야기의 중심은 계모에게 있다. 가부장제 사회에서 계모는 결혼을 통해 어머니의 지위를 획득하지만 자식을 낳기 전까지 온전한 가족 구성원이 되지 못한다. 특히 전처소생 자식들이 장성했거나, 똑똑하고 영리하거나, 아들이라면, 남편의 자식을 낳고도 온전히 가족에 편입되지 못하기도 한다. 이렇게 가족의 일원이지만 외부인처럼 취급받는 계모는 종종 공동체의 평화를 유지하기 위한 희생양이 된다. 집에 사소한 가정불화만 있어도 그 원인으로 지목되고 비난을 한 몸에 받는다.

『장화홍련전』의 배 좌수가 딸을 죽이려 해도, 『콩쥐팥쥐전』의 최만춘이 콩쥐가 당하는 학대를 묵인해도, 아버지들에게는 비난이 돌아가지 않는다. 가부장은 전처 자식과 후처 사이의 갈등이나 가정불화를 뒷짐 지고 구경할 뿐 책임을 지지 않고, 자식들은 설령 학대를 당해도 친부모의 일을 관에 고발할 수 없다. 부모의 그릇된 판단으로 죽어도 원인이 친부모라면 이야기에서조차 귀신이 되어 복수하지 못한다. 복수의 대상은 오직 혈연으로 이어지지 않은 계모뿐이다.

이와 같은 이야기들은 계모에게 가정 내 차별과 학대의 죄를 몰아놓고, 현실에서 일어나는 다른 차별과 학대를 못 본 척 봉합해버린다. 용기를 내어 내 부모가 나를 학대한다고 호소하더라도, "계모도 아닌데 설마 그러겠느냐."라는 무책임하고 폭력적인 말과 함께, 불효자식이라는 오명이 돌아올 뿐이다. 모든 불화와 잘못은 계모의 몫으로 전가해 놓고, 마치 계모가 없는 가정은 그런 일 없이 평화롭다는 듯이 문제를 봉합해버리기도 한다.

현실에서도 마찬가지다. 각종 가정폭력이나 아동 학대, 재혼한 가정에서 벌어지는 성폭력에 대한 뉴스를 본 사람들은 흔히 그 어머니를 비난한다. 어머니가 계모일 경우에는 당연히 계모니까 아이를 학대했다는 식으로 이야기하기도 한다. 실제로 아이를 때린 아버지나 아내가 데려온 의붓딸을 강간한 아버지에 대한 비난은, 그 어머니에 대한 비난에 쉽게 가려진다.

이야기 속 계모들, 그리고 현실의 재혼 가정에서 계모가 받는 부당한 시선들, 각종 사건에서 계모에게 가해지는 '유죄 추정'의 목소리들 속에서, 우리는 다시 한번 확인해야만 할 것이다. 대체 그 집 아버지는 무엇을 했는지를. 아버지는 대체 어디에 있는지를.

자궁가족이란?

자궁가족(uterine family)은 사회학자 M. 울프가 중국 여성들의 삶을 연구하다 제시한 개념이다. 가부장제 사회에서 갓 결혼한 여성은 새로운 가정에서 낮은 지위와 미약한 권력만을 가진다. 하지만 그가 자신의 자식들, 특히 아들들을 낳고 키우면서 집안에서의 권력이 점점 커지고, 나름의 세력을 형성한다. 마침내 아들이 장성하고 며느리를 맞아 시어머니가 되면 이 여성은 자신이 낳아 만들어낸 사적인 가족, 자신의 자식들과 며느리들, 손자들로 이루어진 가족의 정점에 서서 집안의 주도권을 잡고, 젊은 시절 시집살이로 고생한 보상을 받는다. 이것은 조상 대대로 이어져 온 남성 중심의 가족과는 별개의 것이며, 남편은 자궁가족에서는 그다지 중요한 존재가 아니다.

이와 같은 자궁가족은 농경문화와 유교적 가부장제를 바탕으로 하는 사회 문화에서, 효 이데올로기를 통해 자연스럽게 받아들여졌다. 여성은 새로운 가족에 편입되어 인내하고 봉사하며 효를 행하는 것으로 자신의 자리를 만들어가고, 아들이 성공하면 그 성공이 어머니의 권력으로 이어지며 보상을 받는다. 여성은 가부장제 속에서 아들을 훌륭히 키우는 것으로 자신의 성취를 이룰 수 있었다.

중국 황실을 배경으로 하는 사극에서는 황제의 후궁들이 저마다 권력 다툼을 하고, 황후 역시 이 싸움에서 무관할 수 없다. 그

가운데 느긋한 표정으로 그들을 쥐락펴락하며 가장 큰 권력을 누리는 이는 황태후다. 아들을 낳았고 그 아들이 가문의 대를 이은 데다 사회적으로 성공해 모든 이들에게 존경받는, 권력의 정점에 선 여성. 자궁가족에서 여성이 추구하던 이상적인 미래상은 비록 규모는 가족 단위일지언정 그런 형태였다.

3

권력과 차별 속에 짓밟힌 사랑

연심도 욕망도 여성의 몫은 될 수 없었다

사랑하는 사람과 함께 하고 싶었으나 세상이 기구한 운명의 두 사람을 갈라놓았다는 이야기는 서글프고 쓸쓸하다. 하지만 서로 사랑한다고 철석같이 믿었는데 어이없이 배신당했다면 어떨까. 혹은 신분제가 엄격하던 시절, 신분 높은 남자가 멋대로 신분 낮은 여자의 정조를 취한 뒤 아무렇지도 않게 떠나버렸다면 어떨까.

억울한 일이다. 당시의 여성에게는 인생의 기반 자체가 흔들리는 일이었다. 이런 일의 피해자들은 남성 관리의 해결을 바랄 수도 없었다. 사랑의 배신은 법으로 해결할 수 없는 문제였다. 정조를 잃었다는 누명을 썼다면 억울함을 호소할 수 있지만, 정말로 정조를 잃었다면 여성의 죄가 되었다. 2021년인

지금도 여성이 성범죄 피해를 입는다면 공권력이 이를 공정히 처리하리라고 확신할 수 없다. 가해자가 지위가 높고 권력을 쥔 남성이라면 상황은 더욱 어려워진다. 하물며 이전 시대에 여성이 이런 일의 피해를 호소하고, 가해자는 감옥으로 보내고, 피해자는 일상으로 돌아가는 것은 불가능에 가까웠다.

법으로 해결할 수 없는 문제 앞에서 사람들은 사적 제재, 다시 말해 복수를 생각하게 된다. 현실에서 억울한 일을 복수하겠다고 나섰다가는 억울함을 풀기도 전에 공권력의 제재를 당할 테니, 사람들은 적어도 이야기 속에서만이라도 악인들을 벌하고 싶어 한다. 그래서일까. 배신당한 여성이 복수에 나서는 이야기는 통속적이라는 비판을 받으면서도 언제나 사람들의 이목을 집중시켰다.

예를 들면 1978년 드라마로 만들어졌고, 영화로도 나왔으며, 1999년 리메이크되어 지금까지 회자되는 드라마 〈청춘의 덫〉이 있다. 고아인 윤희는 동우와 사랑에 빠져 아이까지 낳았지만, 동우는 회장의 조카인 영주와 결혼한다. 어린 딸이 죽자, 윤희는 자신과 딸을 버린 동우에게 복수하려 한다. 2008년 방영된 드라마 〈아내의 유혹〉도 비슷한 구조다. 현모양처였던 은재는 친구인 애리에게 남편 교빈을 빼앗기고 그들에게 살해당할 뻔한다. 겨우 살아남은 은재는 이전의 자신을 지우고 새로운 모습과 신분으로 복수를 꾀한다.

이와 같은 드라마 속 복수담은 여성 원귀들의 직접 해원과도 이어진다. 여성의 원한 때문에 가해자인 남성이 뜻을 이루지 못하는 이야기부터, 뱀과 같은 괴물이 되어 돌아와 복수하는 이야기까지.

권력이 두 사람을 갈라놓을 때

같은 이야기가 여러 필기·야담집에 두루 수록된 것은, 그만큼 그 이야기가 유명하거나 사대부들의 관심을 끌었다는 방증이다. 여기 안생의 아내 이야기는 『용재총화』와 『청파극담』, 『태평한화골계전』 등 조선 초기의 여러 필기·야담집에 수록되었다. 그만큼 당대에는 유명한 이야기였다고 짐작된다.

안생과 여종 이야기

여자는 재상 댁 외거노비였지만, 단아하고 아름다운 데다 부유했다. 노비였지만 부지런히 일한 아버지는 꽤 큰 재산을 모았기 때문에, 그 딸들은 나름대로 좋은 신랑감을 만나 혼인할 수 있었다.

안생도 그중 한 사람이었다. 안생은 명문가 출신으로, 나이는 젊지만 재주가 뛰어나 성균관에 적을 두고 있었다. 그는 젊은 나이에 아내를 잃고 혼자 살다가, 이 아름답고 정숙한 여종을 보고 신분 차이를 잊고 사랑에 빠져 혼인했다. 사람들은 다들 노비가 훌륭한 사위를 얻었다고 칭찬했고, 처가에서는 안생에게 극진하게 대했다. 심지어 처가의 재산 대부분을 안생에게 물려줄 생각까지 하게 되었다.

하지만 칭찬이 가득하면 질투도 넘치는 법. 안생만큼 출신이 훌륭하지 못한 다른 사위들이 안생을 질투했다. 그들은 마침내 재상을 찾아가 이 일에 대해 고했다.

"장인이 새 사위를 얻었는데, 글쎄 양반 사위를 맞았다고 얼마나 편애를 하시는지. 가세가 위태로워질 지경입니다."

노비의 딸이 양반과 혼인했다는 말에 재상은 곧 사나운 종들을 보내 안생의 장인과 아내를 잡아들였다.

"이 방자한 놈들. 아무리 외거노비라 하나 내게 허락도 받지 않고 딸을 혼인시키다니. 그것도 주제도 모르고 양반과 혼인을 시키다니. 내가 엄중히 다스려 후세 사람들에게 경계할 것이다."

안생의 아내는 그대로 재상의 집에 갇히고 말았다. 안생은 재상 댁 노복들에게 뇌물을 주고, 밤이 되면 여러 담장을 몰래 넘어가며 아내를 만났다. 하지만 대체 언제까지 이렇게 지낼 수 있을까. 안생은 불안했다. 그는 아내가 예쁜 붉은 신을 신은 것을 보고 말했다.

"이렇게 고운 신을 신고 다른 사람에게 예쁘게 보이려는 건 아니겠지."

"해로동혈하자고 굳게 약속하였으면서, 당신은 어떻게 그렇게 말씀하십니까!"

아내는 화를 내고 눈물을 흘리며 신발을 칼로 찢어버렸다. 안생은 이런 상황에서도 자신과 해로하겠다는 아내를 더욱 사랑하게 되었다. 하지만 곧 안생이 몰래 담을 넘어온다는 것을 안 재상은 무척 화를 냈다. 주인의 말을 무시하는 노비에게 본보기를 보여 주겠다며, 재상은 안생의 아내를 다른 노비와 혼인시키기로 했다. 안생의 아내는 다른 남자와 혼인할 수 없다며 목을 매어 죽었다.

아내가 자결했다는 소식을 듣고 안생은 반미치광이가 되었다. 그런데 안생의 귀에 작은 발소리가 들렸다. 그리고 그의 앞에 아내가 생전과 똑같은 모습으로 나타나 조용히 눈물을 흘렸다.

"여보, 여보!"

안생은 울며 아내의 혼령을 따라갔다. 하지만 아무리 걸어가도 아내를 붙잡을 수 없었다. 안생은 넋이 나간 채 길바닥에 주저앉았다. 얼마 지나지 않아 죽고 말았다.

이 이야기는 대개 안생과 재상댁 여종으로 나오지만, 『태평한화골계전』에는 하성부원군 댁 여종으로 기록되어 있다. 사랑하는 두 사람과 그를 가로막는 권력자란 시대를 막론하고 인기 있는 소재다. 그런 데다 안생의 아내는 천한 노비의 신분임에도 남편에게 절개를 지키기 위해 스스로 목숨을 끊었다는 점에서 사대부들이 높이 샀을 것이다.

필기·야담의 기록자들은 정절을 지키기 위해 목숨을 끊은 여종을 칭송하거나, 아내를 빼앗긴 안생의 억울함과 슬픔에만 집중할 뿐, 재상, 영의정, 혹은 하성부원군의 폭거는 문제 삼지 않는다. 당시 사대부 입장에서 양반이 노비에 대해 재산권을 행사하는 것은 당연한 일이었기 때문이다.

아내를 빼앗긴 안생이 제대로 항거하지 못하고 우유부단하게 구는 것도 마찬가지다. 심지어 안생이 혼령이 되어 나타난 아내를 보고 놀라 도망쳤다는 이야기도 있지만, 이를 비난하는 사람은 없다. 필기·야담의 기록자들은 같은 사대부로서, 권력자인 부원군의 '정당한' 재산권 행사나 안생이 권력자에게 대항하지 못한 것을 비난하기 어려웠을 것이다. 즉 이 이야기는 성별과 계급 면에서 편향되었다.

신분 차이와 성별로 빚어진 모순과 갈등 속에서 안생의 아내는 죽어 귀신이 되었다. 하지만 이 귀신은 분노나 억울함을 호소하지도, 누군가를 원망하거나 복수에 나서지도, 하다못해 귀곡성을 내며 울부짖지도 못한다. 작은 발소리만으로 자신을 드러내고, 눈물 흘리며 그리워하던 정인의 앞에 잠시 모습을 보였다 사라질 뿐이다. 마치 입이 없는 사람처럼.

피해자가 자신의 처지를 슬퍼하다가 조용히 사라지는 모습은 가해자나 그에 동조하는 자들이 바라는 '피해자다운 피해자'의 모습에 가깝다. 자신의 뜻을 관철하기 위해 권력자에 저항해 스스로 목숨을 끊은 이를, 당대의 사대부들은 자신들이 바라는 이상적인 피해자의 모습으로 멋대로 전유해 버린 것은 아닐까.

그렇다고는 해도 이 이야기는 그 자체로 분노와 저항의 메시지를 시사한다. 노비를 주인 마음대로 처분하는 것이 당연했던 시대, 안생의 아내는 노비 또한 자유의지를 가진 주체임을 주장하듯 스스로 목숨을 끊었다. 자살은 노비 제도가 얼마나 비인간적인지를 적나라하게 드러낸다. 조선 후기에 이 이야기가 소설 『안생전』으로 다시 만들어진 것은 권력자의 폭압 앞에 죽음으로써 저항하는 천민 여성의 모습이 일반 대중에게 공감을 샀기 때문이었을 것이다.

운영전

세종대왕의 셋째 대군인 안평대군은 예술적 재능이 뛰어나 대왕의 총애를 받았는데, 장성해 수성궁을 저택으로 삼은 안평대군은 이곳에서 부지런히 글을 읽고 시를 지으며, 도성 문밖에 비해당이라는 별장을 짓고 당대의 문인재사들을 거느렸다. 그러던 어느 날 안평대군은 어리고 아름다우며 재주가 뛰어난 궁녀 열 명을 불러들여 말했다.

"하늘이 재주를 내리실 때 남자에게만 많이 내리고 여자에게는 적게 내리시진 않았을 것이니, 너희도 힘써서 공부하거라. 다만 너희는 어디까지나 궁녀이니, 함부로 궁 밖으로 나가거나 외부 사람과 만난다면 죽음을 면치 못할 것이다."

선발된 궁녀들은 『소학』부터 『사서삼경』, 『통감』, 송서 등을 익히며 글과 시를 갈고닦았다. 운영은 그렇게 선발된 이들 중 한 사람이었다.

5년이 흘러 열일곱 살이 되던 가을, 운영은 안평대군의 문객인 김 진사와 만났다. 안평대군은 외부인이 올 때는 궁녀들을 물렸으나, 김 진사는 아직 나이가 어려 안평대군도 경계하지 않았다. 하지만 운영과 김 진사는 그날 서로에게 마음을 빼앗기고 말았다.

김 진사는 소격서를 찾아가, 수성궁에 드나들던 무당을 찾아가 운영에게 편지를 전해 달라고 부탁했다. 두 사람의 마음은 통했지만, 대군이 열 명의 궁녀들을 다시 다섯 명씩 나누어 거처를 옮기면서 운영은 먼발치에서도 김 진사를 볼 수 없게 되었다.

다시 계절이 바뀌고, 궁녀들은 날을 정해 소격서 근처로 빨래를 하러 가기로 했다. 운영이 소격서 무당을 찾아가 부탁하니, 운영은 마침내 김 진사와 만날 수 있었다. 김 진사는 서궁의 담을 넘어 운영과 밀회하고 가약을 맺었다. 하지만 김 진사는 남의 눈에 띌 것을 두려워했고, 김 진사의 하인인 특이는 장차 운영과 운영이 모은 재산을 차지할 흑심을 품고, 김 진사에게 운영을 데리고 도망치라 부추겼다. 김 진사는 운영에게 함께 도망치자고 청했지만, 운영의 친구인 자란이 두 사람을 말렸다.

"옛말에 하늘의 그물, 땅의 그물이라 하였는데, 진사님과 네가 도망친들 어디를 가겠니. 차라리 죽을병에 걸렸다고 하고 누워 있으면, 대군께서는 너를 딱하게 여겨 귀향을 허락해주실 거다. 그때가 되어 우선 고향으로 돌아간 뒤, 순리에 맞게 진사님과 혼인하면 되지 않겠니. 왜 공연히 서둘러 스스로 화를 자초하려는 거야."

자란의 말에 운영은 궁에 남았지만, 대군은 곧 운영을 의심하게 되었다.

"운영의 시에는 누군가를 그리워하는 마음이 담겨 있구나. 김 진사가 지은 상량문에도 누군가를 그리워하는 말이 있었는데, 혹 너희 두 사람이 나를 배반한 것은 아니냐."

운영은 그 말을 듣고, 그날 밤 찾아온 김 진사에게 작별을 고했다.

"대군께서 의심하시니, 우리가 계속 만난다면 낭군께 화가 닥칠 것입니다. 낭군께서는 상심치 마시고 과거에 급제하여 후세에 이름을 남기시고, 그동안 미리 궁 밖으로 내보낸 제 재산은 부처님께 바쳐 다음 생에서나마 다시 만나기를 기도하여 주십시오."

운영의 처소를 뒤져본 대군은 운영의 옷과 패물이 전부 사라진 것을 보고, 운영이 김 진사와 함께 도망치려 한 것을 알았다. 대군은 서궁에 머무르던 다섯 궁녀들을 모두 벌하려

하고 운영을 별당에 가두었는데, 그날 밤 운영은 목을 매어 스스로 목숨을 끊었다.

김 진사는 운영의 남은 소망을 들어주려 했지만, 특이가 이미 운영의 재산을 모두 빼돌렸다는 것을 알았다. 김 진사는 역시 스스로 곡기를 끊어 운영의 뒤를 따랐다.

운영과 김 진사는 본래 옥황상제를 섬기던 선인이었다. 복숭아를 함께 훔쳐먹은 죄로 인간 세상으로 귀양을 와서, 이 세상의 고통을 골고루 맛보고 돌아간 것이었다. 그들은 이제 천상으로 돌아갔지만, 안평대군이 죽고 주인 잃은 수성궁이 쇠락하고, 다시 전쟁으로 담장이 무너지고 이 아름다운 저택이 잿더미가 되어 들풀과 꽃들만이 그 자리에 남은 것을 슬퍼할 뿐이었다.

『운영전』에서 운영과 김 진사가 맺어지지 못하는 것은 운영이 안평대군의 궁녀이기 때문이다. 이들을 가로막는 것은 수성궁의 높다란 담장으로 상징되는 봉건사회의 권력 그 자체다. 두 사람의 비극적인 사랑이 이야기의 중심축이기는 하지만 이 소설에는 궁중에 갇힌 궁녀들의 괴로움도 절절히 드러난다. 운영의 동료인 자란과 은섬 등 다섯 궁녀들은 운영과 김 진사의 일로 문초를 당하는 동안 평생 궁의 담장 안에 갇혀 사랑조차 할 수 없는 자신들의 처지에 대해 절박하게 항변한다.

"궁의 담장 너머에서는 세상 사람들이 다 누리는 즐거움이 있는데, 그와 같은 일들을 금지당한 저희가 어찌 그 마음을 참을 수 있겠습니까. 다만 대군마마의 위엄을 두려워하여, 절개를 지키며 청춘을 썩히고 죽어갈 뿐입니다."

사랑에 빠진 운영과 김 진사는 자유로운 사랑을 막는 사회상과 안평대군이라는 권력자에 의해 희생된다. 이 이야기는 그들이 원래 천상의 인물로, 죄를 갚기 위해 인간 세상에서 고통을 받았다고 설명함으로써 사랑이 죄가 아니었음을 강력히 주장한다.

안평대군이 죽고 그 영화가 끝난 수성궁은 전란으로 폐허가 되었다. 수성궁의 몰락이 운영의 원혼 때문은 아니다. 그러나 운영과 김 진사의 사랑을 가로막은 수성궁 담장이 무너진 것은, 전쟁으로 인해 봉건사회가 붕괴하던 시대의 일면을 보여준다.

권력자는 귀신의 입마저 틀어막는다

앞서 보았던 「아랑 설화」에서 아랑을 농락하려다 살해한 이는 신분이 낮은 통인이었다. 『장화홍련전』과 『콩쥐팥쥐전』에서 전처 자식들을 학대하고 죽음으로 몰아간 이는 후처였다.

이들은 사대부가 진상을 밝히고 처벌해 원한을 풀어줄 수 있는, 만만한 가해자들이다. 하지만 권력자가 연인들의 사이를 갈라놓거나 농락한 경우, 피해자의 원혼은 아예 원님 앞에 나타나지 못한다. 설령 나타난다고 하더라도 원님이 어떻게 손쓸 도리가 없다. 명쾌한 판결을 내리는 이상적인 사대부의 모습을 보여줄 수 없는 상황이니 사대부들로서는 기록하기 껄끄러운 이야기였을 것이다.

비장의 누이를 농락한 노봉 민정중

노봉 민정중이 젊었을 때의 일이다. 민정중은 자신이 거느린 비장*의 집에서 취하도록 술을 마시다가 말했다.

"그러고 보니 자네 누이가 어여쁘더군. 내 오늘 여기서 자고 갈 테니, 오늘 밤 자네 누이를 내 방에 들여보내게."

술김에 한 말이지만 관찰사의 명령이었다. 비장은 고민 끝에 누이를 단장시켜 민정중의 방에 들여보냈는데 민정중은 그새 곯아떨어져 있었다. 비장의 누이는 어쩔 줄 몰라 하다가 잠든 민정중의 곁에서 하룻밤을 보냈다.

다음 날 아침 민정중은 자신의 머리맡에 앉아 있는, 곱게 단장한 처녀를 보고 깜짝 놀라 호통을 쳤다.

"이게 무슨 짓인가! 자네 이런 사람인 줄 몰랐네. 내가 술에

* 관찰사나 절도사 등 고위 지방 관리를 보좌하던 사람.

취한 틈을 타 한자리 얻어보려고 제 누이를 바치다니!"

비장은 자초지종을 고했다. 하지만 민정중은 비장이 구차하게 변명을 하고 있다 여겼다. 비장은 민정중에게 매달리며 호소했다.

"영감, 소인은 아무 것도 바라는 것이 없사옵니다. 다만 제 누이만이라도 거두어주십시오."

"무슨 소리야, 자네가 멋대로 들여보내 놓고 나보고 책임지라는 건가?"

"영감, 제 누이를 불쌍히 여겨주십시오. 양가의 여식이 되어 이미 영감을 하룻밤 모신 몸인데 다른 곳으로 시집갈 수 없다지 않습니까. 이대로 두었다가는 제 누이는 홀로 늙어 죽고 말 것입니다."

비장은 애원했지만 민정중은 들은 체도 하지 않았다. 술김에 한 말에 민정중의 방에 들었다가 그대로 버림받은 비장의 누이는 한이 맺혀 젊은 나이에 죽고 말았다. 이후 사람들은 민정중이 관직이 삭탈되거나 장흥으로 유배를 가는 등 일이 잘 풀리지 않았던 것은 죽은 처녀의 원한 때문이라고 말했다.

18세기 『삽교별집』에 수록된 이 이야기에서는 죽은 처녀가 원한을 품고 어딘가에 호소하거나, 직접적으로 복수에 나서진 않는다. 다만 민정중이 비장의 누이에게 한 일을 두고 의롭지 않은 일이라고 사람들이 수군거렸음을 짐작할 수 있다.

민정중은 서인 노론 세력의 권력자였다. 잠시 관직을 잃고 귀양을 가기도 했지만 경신환국* 때 송시열과 함께 풀려났고, 돌아와서는 정승의 반열에 올랐다. 그의 동생인 민유중은 인현왕후의 아버지로 부원군이 되었다. 어디로 보아도 사회적으로 실패하기는커녕 나는 새도 떨어뜨릴 만한 권력자들 중 하나였을 것이다.

하지만 당시는 젊은 여성의 정절을 중요하게 여기던 시대였다. 당대의 권력자가 아랫사람의 누이를 잠자리에 불러들이고 끝내 죽음에 이르게 한 것은 당시 사람들이 보기에도 의롭지 못한 일이었다. 비록 당사자는 현실적으로 이 문제를 해결할 수 없어 스스로 목숨을 끊었지만, 사람들은 그 죽음으로 가해자의 죄를 알게 되어 두고두고 이야기했음을 짐작할 수 있다.

19세기 『계압만록』에 기록된 이야기를 조금 더 살펴보자.

스승의 부인을 살해한 심정

심정이 젊었을 때 어느 선비의 집에 드나들며 글을 배우던 중 제 스승의 부인을 겁탈하려 했다. 선비의 부인이 저항하자 심정은 그를 살해하고 도망쳤다. 심정이 도망치다가 한 판수**를 밀쳐 넘어뜨리자, 판수는 심정을 보고 소리쳤다.

---

* 숙종 6년(1680)에 일어난 환국으로, 남인이 축출되고 서인이 정권을 잡았다.

** 시각장애인 점술가. 조선에서는 눈이 보이지 않는 이들에게 음악과 점술을 장려했는데

"네놈이 오늘 아침 큰 죄를 지었으니, 오늘 정오에 천벌을 받을 것이다."

그 말을 들은 심정은 겁에 질려 판수에게 애원했다.

"이보시오, 사람 좀 살려주시오."

판수가 심정에게 이문동 조씨 노인 댁에 가서 몸을 숨기라고 하자, 심정은 그대로 했다. 정오가 되자마자 판수의 말대로 이글거리는 불덩어리가 그 집 앞에 나타나 호통을 쳤다. 심정은 조씨 댁에서 몸을 웅크린 채 밖으로 나가지 않았다. 불덩어리는 한참을 담장 밖을 서성이다가 마침내 흐느끼는 울음과 함께 사라졌다.

자신을 죽이러 온 불덩어리로부터 겨우 목숨을 건진 심정은 조씨 노인에게 인사를 하고 그 집을 나섰다. 그리고 두 번 다시 돌아오지도, 은혜를 갚지도 않았다.

심정은 훗날 남곤을 도와 기묘사화를 일으켰다가 재앙을 면치 못했다. 스승의 부인을 겁탈하려 하고 목숨을 구해준 이에 대한 은혜도 잊은 악인다운 최후였다.

심정은 중종 때 사람으로 기묘사화(1519)를 일으켜 조광조를 비롯한 사림파 인사를 숙청했다. 정승의 반열에 올라 조정을 장악하고, 화천부원군의 자리에 올라 권력을 독점했으

그중 민간에서 독경과 점술을 맡은 이들을 판수라 불렀다.

며, 이조판서 김안로와 권력 암투를 벌인 끝에 김안로를 유배 보냈다.

유배지에서 돌아온 김안로는 심정을 몰아넣을 함정을 파는 한편 심정이 경빈 박씨와 간통했다는 소문을 퍼뜨린다. 심정은 탄핵당하고 끝내 사약을 받았으며 다른 훈구파들이 복권된 뒤에도 사림의 미움을 받아 신원되지 못했다. 한때 권력을 손에 넣었던 그는 남곤과 함께 곤정(袞貞)이라 불리며 두고두고 소인배의 대명사로 불렸다. 흔히 설화나 야담에서는 실존 인물의 몰락을 젊어서 저지른 악행의 인과응보나 그로 인해 억울한 일을 당한 사람의 원한 때문으로 해석한다.

한편 이 이야기는 민정중의 이야기와는 크게 다른 점이 한 가지 있다. 민정중의 이야기에서 비장의 누이는 직접 원귀가 되어 나타나지는 않았지만, 심정의 이야기에서 억울하게 죽은 스승의 부인은 이글거리는 불덩이의 형상으로 나타난다. 전자는 사람들이 "원한을 품었을 것이다."라고 짐작하는 것이지만, 후자는 원한을 품고 복수를 하기 위해 가해자를 뒤쫓는 모습이 직접적으로 드러난다. 조금 거칠게 말하면 원한을 품고 괴물이 되었다고도 말할 수 있을 것이다.

정약용 역시 이와 같은 이야기를 기록으로 남긴 바 있다. 『여유당전서』에 수록된 「고금도의 장씨 처녀 이야기」이다.

고금도의 장씨 처녀 이야기

정조가 죽고 순조가 즉위했을 무렵, 장현경은 인동부사 이갑회와 더불어 주상이 독살당했을지도 모른다는 이야기를 나누었다. 이런 불미스러운 이야기를 한 죄로 장현경은 쫓기게 되었다. 장현경은 잡히지 않았지만, 그 부인과 딸들은 강진형 관할의 신지도로 유배되었다.

"어차피 죄 짓고 여기까지 온 몸인데, 뻣뻣하게 굴지 말고 손목이라도 고분고분 잡혀주면 얼마나 좋나."

이들이 유배되고 얼마 지나지 않아. 신지도의 군졸 하나가 장현경의 큰딸을 희롱하기 시작했다.

"한성에서 유배 온 대갓집 아씨라고 해봤자 지금은 끈 떨어진 연이지. 유배가 풀린다 한들 여기서 좋은 세월 다 보내고 나면 돌아가 봤자 할망구가 될 텐데. 아니, 돌아갈 수는 있나 모르겠네? 그러지 말고 나와 살면 어떠한가?"

군졸은 수시로 찾아와 장현경의 큰딸에게 자신의 아내가 되라고 하며 희롱을 일삼았다. 장현경의 큰딸은 완강히 거부했지만, 당시는 희롱당하는 것만으로도 여성의 평판이 땅에 떨어지던 시대였다. 군졸은 비웃으며 돌아갔다.

"네가 지금은 비록 거부하더라도 결국에는 내 아내가 될 것이다."

그 말을 들은 장현경의 큰딸은 분한 나머지 물에 뛰어들었고, 딸의 죽음을 본 장현경의 아내 역시 함께 투신했다.

"어머니! 어머니!"

둘째 딸도 뒤를 따르려 했으나, 어머니는 물에 빠져 죽어가며 간절히 말했다.

"너는 죽어서는 안 된다. 너는 어린 동생을 돌보고, 네 언니의 일을 관에 고발하여 원수를 갚아다오!"

어머니와 언니를 눈앞에서 잃은 장현경의 둘째 딸은 이 억울함을 관에 고발했다.

"억울하옵니다. 머나먼 이곳 신지도에 유배를 왔다 하나, 사대부 가문의 여식들로서 품행을 단정히 하며 근신하고 있었는데 감히 군졸이 제 언니를 희롱하여 이와 같은 변을 당하게 하였습니다."

이 사실은 강진현에 보고되었고, 현감이 현장을 확인한 뒤 전라도 관찰사에게 보고했다. 며칠 뒤 해남수군사 권탁은 현감도 함께 파직해야 한다고 장계를 올렸다. 갑자기 파직을 당한 현감은 뇌물을 바쳤고, 사건은 흐지부지 되었다. 이 과정에서 군졸의 죄도 불문에 부쳐졌다.

이후 장현경의 큰딸이 자살한 날 무렵이면 남쪽에서 큰 바람이 불어와 모래를 날리고 돌을 굴렸다. 소금이 섞인 비바람과 해일로 섬의 곡식과 초목은 모두 말라 죽었다. 큰딸의 억울함을 알고 있던 신지도 사람들은 죽은 처녀의 원한 때문이라며, 이 바람을 처녀풍이라 불렀다.

강진에서 유배 생활을 하던 정약용은 이 일을 「염우부」라는 시로 남겼고, 좀 더 자세한 사연을 이 「기고금도장씨녀자사」라는 글로 전했다. 양반 가문의 여성들이 유배인이 되어 지역에 머무를 때 관에서 주의할 점을 『목민심서』에 따로 언급하기도 했다. 여성 유배인의 거주지에 남자들의 출입을 금하고, 관비를 파견해 보살피며, 여성 유배인이 관아에 올 때에도 얼굴을 가리게 해 부당한 일을 겪지 않도록 주의를 기울여야 한다는 것이다.

사대부인 정약용은 이 이야기를 접하고 다시는 이런 일이 일어나지 않게 하기 위한 예방책에 관심을 기울였다. 그러나 같은 이야기를 들은 당대의 다른 사람들은 "여자가 한을 품으면 오뉴월에도 서리가 내린다."라는 말을 떠올렸다. 사람들은 이후 이 지역에 일어난 재해가 처녀의 원한 때문이라고 생각했다. 죽은 피해자는 가해자인 군졸을 직접 응징할 수는 없었지만, 재해는 불러올 수 있었다. 그가 억울한 일을 당하도록 내버려 둔 사람들, 이 일을 제대로 처벌하지 않은 사람들에 대한 원한 때문에 해일이 일어났다는 것이다. 이렇게 사람들은 원한이 제대로 해소되지 않은 귀신들이 가해자의 앞길을 막거나 재해를 일으켜 문제를 해결하려 한다고 생각했다.

죽은 여성의 원한이 해소될 수 없었던 가장 큰 원인 중 하나는 가해자의 신분이었다. 가해자가 만만치 않은 권력자일 때, 사대부조차 이들을 징치할 수 없다. 노봉 민정중은 노론의 권력자였다. 심정은 소인배로 이름났지만 살아생전 나는 새도 떨어뜨릴 권력을 누렸던 인물이다. 장현경 큰딸을 죽음으로 몰아넣은 자는 일개 군졸이었으나 그 일을 덮은 자는 강진현감, 즉 그 고을의 원님이다. 가해자가 권력자이거나 시시비비를 가려야 할 목민관일 때, 잘잘못을 가려야 할 사대부는 무력해지고 공적 제재는 힘을 잃는다.

이렇듯 관청에조차 호소할 수 없게 된 원귀들은 나름대로의 방식으로 원한을 풀고자 하지만, 가해자를 죽이지도 못하고 법대로 처벌받게 하지도 못한다. 권력자가 성폭력의 가해자일 때 피해자는 이야기에서조차도 죄를 고발하고 정당한 판결을 요구하거나 가해자에게 복수하지 못한다.

무엇보다도 사대부들은 그들의 범죄나 치부에 대해 여성이 직접 복수하는 이야기를 상상하는 것만으로도 불쾌했을 것이다. 기록을 독점할 권력을 누렸던 사대부들에 의해 이야기가 취사선택되어 결국 그들의 입맛에 맞는 안전한 이야기, 여자가 억울한 죽음을 맞고 원귀가 되었다더라 하는 두루뭉술한 이야기만이 살아남은 것이야말로 기록문학의 한계였으리라.

사랑, 이 세상과 저 세상의 경계를 넘다

많은 사람들은 사랑 이야기를 좋아하지만, 인기 있는 사랑 이야기란 대체로 고난이 수반되는 이야기다. 현실에서야 모두가 응원하는 순조롭고 행복한 사랑을 하고 싶겠지만, 이야기를 볼 때는 다르다. 신분의 차이나 현실적인 제약으로 죽음으로만 이루어지는 사랑 이야기, 혹은 세상에 둘도 없을 정도로 진실하지만 운명적으로 이별하는 비극적인 사랑 이야기를 읽으며 카타르시스를 느끼는 것이다.

『금오신화』에 실린 「이생규장전」과 「만복사저포기」는 이와 같은 비극적인 사랑 이야기 중에서도 죽음으로 그 길이 갈려 이별하게 되는 이들, 살아남아 슬퍼하는 남성과, 죽어 귀신이 되어서도 사랑하는 이의 곁에 머무르고 싶어 하는 여성의 이야기를 다룬다.

이생규장전

고려 공민왕 무렵, 송도 사람들은 누구나 낙타교 옆에 사는 이생에 대해 이야기했다. 나이는 열여덟 살밖에 되지 않았는데도 국학에 들어갈 만큼 글솜씨가 대단한 수재이니, 반드시 큰 인물이 될 것이라 여겼다. 이생은 국학에 오고 가며 선죽교 옆을 지났는데, 언젠가부터 선죽교 옆 최씨 가문의 담장 옆 수양버드나무 아래에 우두커니 서 있는 모습을 보이곤 했다.

한편 권문세가인 최씨 가문에는 외동딸 최랑이 살고 있었다. 용모가 아름답고 자수가 뛰어나며 무엇보다도 시와 문장을 짓는 솜씨가 뛰어난 아씨였다.

"그 재주와 그 얼굴에 누군들 감탄하지 않을 수 있겠나. 이생과 최랑이야말로 하늘이 내린 천생연분이지."

"하지만 최씨 가문 같은 세도가에서는 사위를 고르는 것도 무척 까다롭겠지."

"지금이야 그렇겠지. 하지만 이생이 벼슬길에만 오르면 아무리 세도가라 해도 누가 그런 사위를 마다하겠는가. 누구라도 그 선남선녀 사이에 다리를 놓아주고 싶을 텐데."

어느 날 이생은 국학에 가다가 문득 담 안을 바라보았다. 최씨 가문의 정원은 아름다운 꽃으로 가득하고 그 한가운데 작은 누각이 있었다. 그리고 최랑이 그 안에서 수를 놓다가, 문득 비단 휘장을 걷으며 시를 지어 읊었다.

"저 아씨의 시는 무척 아름답구나. 함께 이야기를 해볼 수 있다면 얼마나 좋을까."

이생은 감탄하다가 국학에서 돌아오는 길에 종이에 시를 적어 담장 안으로 던져 넣었다. 그 시를 본 최랑은 해가 저물면 만나자는 답장을 적어 담 밖으로 던졌다.

해가 저물고 이생이 근처에서 두리번거리는데, 담 위로 복사꽃 가지와 함께 그넷줄이 올라왔다. 이생이 담을 넘자, 최랑은 달빛 아래 꽃이 만개한 정원에서 이생을 기다리고 있었다. 두 사람은 함께 시를 읊다가, 백년가약을 맺기로 약조하고 누각의 신방에서 며칠 동안 남몰래 함께 지내며 꿈같은 시간을 보냈다.

그날 이후 이생은 저녁마다 최랑을 찾아갔다. 그러자 이생의 아버지가 이 일을 알고 꾸짖었다.

"남의 집 담을 넘는다니, 이런 일이 알려지면 사람들이 나를 두고 무어라 하겠느냐. 아비가 제대로 가르치지도 못했다고 손가락질할 게 아니냐! 너는 농사나 짓는 게 낫겠다. 가서 다시는 돌아오지 말아라!"

이생의 아버지는 즉시 아들을 울주로 보냈다. 그날 이후 최랑은 저녁마다 오지 않는 이생을 기다리며 시름시름 앓기 시작했다. 자리에서 일어나지 못하고 음식도 제대로 먹지 못해 나날이 얼굴이 초췌해졌다. 결국 최랑의 부모가 그 속사정을 알아보고 깜짝 놀라 말했다.

"우리가 하마터면 딸자식을 잃을 뻔하였구나."

최랑의 부모는 곧 예를 갖추어 이생의 집으로 중매쟁이를 보냈다. 그러자 이생의 아버지는 중매쟁이에게 물었다.

"최씨 집안이 얼마나 번성한 집안이요?"

"개성에서 가장 부유하고 지체 높은 집안 중 한 곳입지요."

"흥, 우리 아이가 비록 어린 나이에 실수를 했다고는 하나, 앞으로 장원급제 하여 세상에 이름을 떨칠 아이요. 서둘러 혼처를 정하고 싶진 않소이다."

이생의 아버지가 그리 나오자 최랑의 부모는 다시 중매쟁이를 보내 공손히 청혼했다.

"사람들이 모두 그 댁의 아드님이 재주가 뛰어나다고 칭찬하는 것을 들었습니다. 아직은 세상에 그 이름이 드러나지 않았다고 해도, 언젠가는 큰 인물이 되겠지요. 우리 집안이 아드님에게 부끄럽지 않은 집안이니, 부디 혼사를 이룰 수 있기를 청합니다."

그러자 이생의 아버지는 다시 거절했다.

"나도 젊었을 때에는 재주가 뛰어나다는 말도 들었지만 제대로 성공하지 못한 데다, 우리 집안은 궁색하오. 그 댁과 같이 문벌 좋은 집안에서 어찌 빈한한 선비를 사위로 삼겠다는 건지 모르겠소. 아무래도 입 놀리기 좋아하는 사람들이 내 아들을 지나치게 칭찬하는 말에 넘어가신 듯합니다."

이생의 아버지가 다시 한번 거절하자 최랑의 아버지는 마음이 급해졌다.

"예물과 옷차림이며 모든 절차는 저희 집에서 갖추겠습니다. 부디 좋은 날을 가려 화촉을 올리게만 해주십시오."

권력자인 최씨 집안에서 사정사정을 하자 그제서야 이생의 아버지는 혼인을 허락하고 아들을 불러들였다. 이생과 최랑이 혼례를 치르고, 다음 해 이생은 과거에 급제해 벼슬길에 올랐으니, 이생과 최랑은 세상에 부러울 것이 없었다.

하지만 행복은 길지 않았다. 원나라의 공세에 쫓긴 홍건적이 그만 압록강을 넘어 고려를 침공한 것이다. 홍건적은 순식간에 청천강을 넘고 송도까지 쳐들어와 왕궁을 불태웠다. 공민왕은 도성을 버리고 몽진했고 권문세족들도 마찬가지였다. 이생 역시 가족들을 데리고 외진 산골로 도망쳤지만, 그만 최씨가 홍건적에게 붙잡히고 말았다.

"죽어서 승냥이와 이리에게 잡아먹힐지언정, 어찌 개돼지 같은 놈들의 짝이 되겠느냐. 차라리 나를 죽여라!"

최씨가 저항하자 홍건적은 분노해 최씨를 살해했다.

가족을 잃고 목숨만을 겨우 건진 이생은 홀로 송도로 돌아왔다. 그는 모든 것이 불타고 황량해진 가운데 오직 최랑과 처음 만나 인연을 맺었던 그 누각만이 황폐한 정원 한가운데에 남아 있는 것을 보고 슬퍼했다. 그리고 한밤중이 되었을 때 누각 쪽으로 작은 발소리가 다가왔다. 고개를 들어보니 죽은 최씨가 그를 바라보고 있었다. 최씨는 이생의 손을 잡고 울음을 터뜨리더니, 그간의 일을 이야기했다.

"저는 전란 중에 그만 목숨을 잃고 말았습니다. 집도 없어지고 부모님도 돌아가셨으니 제 혼백이 의지할 곳이라고는 없었지요."

그 말에 이생은 눈물을 흘리며 아내를 끌어안았다. 최씨는 가만히 이생의 품에 안겨 속삭였다.

"봄바람이 불어오기에 저도 이승으로 돌아왔습니다. 당신이 우리의 오랜 맹세를 잊지 않으셨다면, 오랫동안 뵙지 못한 정을 다시 이어 곁에 머무르고 싶습니다."

그날 이후 이생은 벼슬길에 나아가지 않고, 친구들이나 친척들의 부름에도 방문을 닫아걸고 나가지 않았다. 그는 오직 최씨와 시를 지어 주고받으며 인간 세상의 모든 일을 잊은 사람처럼 지냈다. 그렇게 몇 년이 지나자 최씨는 다시 이생에게 말했다.

"우리는 세 번이나 가약을 맺었지만, 이제 다시 헤어질 시간입니다. 천제께서 저와 당신의 인연이 아직 끊어지지 않았고 전생에 아무 죄도 짓지 않은 것을 가엾게 여기시어 이 세상에 돌려보내 주신 것이었답니다. 하지만 저는 이미 죽은 사람입니다. 인간 세상에 오래 머무를 수는 없답니다."

이생은 그 말을 듣고 북받치는 슬픔을 걷잡지 못했다.

"차라리 당신을 따라 죽겠소. 어찌 나 홀로 이 세상을 살아갈 수 있단 말이오."

"당신의 목숨은 아직 남아 있으나, 저는 이미 저승의 명부에 이름이 오른 몸입니다. 하늘이 허락하여 당신 곁에 머물렀으나, 이제 제가 인간 세상에 더 미련을 가진다면 명부의 법도를 어기는 것입니다. 저뿐만 아니라 당신에게도 죄가 미칠 것입니다. 그저 바라건대 저의 유골이 어느 곳에 흩어져 있으니 거두어 비바람이나 맞지 않게 해주세요."

최씨는 눈물을 흘리며 말했다. 그의 모습이 점점 흐릿해지더니, 동이 틀 무렵에는 마침내 사라져 자취를 찾아볼 수 없었다. 이생은 아내의 유골을 거두어 장사를 지냈지만, 곧 마음의 병을 얻고 말았다. 그는 몇 달이 지나지 않아 아내의 뒤를 따르듯이 세상을 떠나고 말았다.

「이생규장전」의 이생은 뛰어난 인물이었지만, 전란으로 황폐해진 세상에서 죽은 아내인 최씨와 함께 속세를 떠난 듯한 생활을 한다. 그는 세종대왕도 인정하던 천재였지만 세조의 왕위 찬탈 이후 책을 불사르고 방랑길에 오른 작가 김시습이 스스로를 투영해 만든 인물이다. 개인의 힘으로는 어쩔 수 없는 전쟁 때문에 사회적으로 고립된 이생은, 비현실적이지만 생활감이 없어 더욱 순정한 죽은 최씨와의 사랑에서 구원을 찾지만 그 구원은 영원하지 않다.

죽은 최씨는 세상에 여한이 남아 이 세상으로 돌아온다. 이생은 그가 혼령이라는 그 비일상적 존재임을 애써 의식하지 않는다. 그리고 최씨의 곡진한 하소연을 들어주고, 최씨가 바라는 바가 자신이 바라는 바라고 말해 그 영혼을 이승에 잠시나마 머무르게 한다.

「이생규장전」은 살아서 맺었던 인연이 죽어서도 이어진다는 이야기다. 이번에는 아예 처음부터 산 사람과 죽은 사람 사이의 인연으로 시작되는 「만복사저포기」를 살펴보자.

만복사저포기

전라도 남원의 만복사 동쪽에 일찍이 부모님을 여읜 데다 장가도 들지 못한 양생이 살고 있었다. 그는 사람들이 만복사에 등불을 밝히고 복을 부는 삼월 스무나흗 날 저녁, 남몰래 불상 앞에 나아가 절하고 주사위를 꺼냈다.

"제가 오늘 부처님을 모시고 주사위 놀이라도 해볼까 합니다. 만약 제가 지면 부처님을 위해 법연을 차려 드릴 것이니, 부처님께서 지시면 제게 천생의 배필을 찾아주십시오."

소원을 빌고 주사위를 던지자, 양생이 이겼다. 그때 누군가 불당에 들어와, 양생은 얼른 불좌 뒤에 몸을 숨겼다. 들어온 사람은 열대여섯 살 쯤 되어 보이는 아름다운 아씨였다. 그 아씨는 등잔에 기름을 채워 넣고 향을 꽂은 뒤, 불상에 절을 올리고 그 앞에 꿇어앉아 슬프게 탄식하더니 배필을 얻기를 바란다는 축원문을 꺼내 바쳤다. 양생은 자신의 소원이 이루어졌음을 깨달았다. 양생이 앞으로 나서자 아씨는 이 또한 인연이라며 시녀에게 주안상을 준비하게 했다.

이미 밤은 깊어 새벽인데, 시녀가 차린 방석과 술상은 깨끗하고 향기가 오묘해 인간 세상의 물건이 아닌 것 같았다. 양생이 만강홍의 가락에 맞추어 노래를 짓자, 아씨는 백년가약을 맺기를 청했다. 양생은 아씨의 그 말이 놀랍고 고마웠지만, 한편으로는 조금 기이한 일이라고 생각했다.

동이 트자 아씨는 시녀에게 술자리를 거두라 이르고 집으로 향했다. 개가 울타리에서 짖고 사람들은 아씨의 모습을 알아보지 못했다. 마을을 지나 깊은 숲 속으로 이슬을 밟으며 지나는데, 아씨는 『시경』에 나오는 옛 시를 인용하며 희롱했다. 개령동 어느 곳에 다북쑥이 들을 덮고 가시나무가 무성한 가운데 작고 아담한 집이 있었는데, 무척 깨끗하고 아름다웠다. 양생이 그곳에서 꼬박 사흘을 머무르자 아씨가 말했다.

"이곳의 사흘은 인간세상의 삼 년과 같습니다. 낭군께서는 이제 돌아가셔야 합니다."

아씨는 양생을 돌려보내며 은그릇 하나를 내주었다.

"내일 저희 부모님께서 저를 위하여 보련사에서 재를 지내실 것입니다. 낭군께서 저를 버리지 않으신다면, 절에 가는 길에서 기다리고 계시다가 저와 함께 절로 가서 부모님을 뵈옵는 것이 어떻겠습니까."

다음 날 양생은 아씨의 말대로 은그릇을 들고 보련사로 올라가는 산길에 서 있었다. 과연 어떤 귀족이 딸의 명복을 비는 재를 올리려고 수레와 말을 길가에 세워놓고 산을 올라오고 있었다. 이때 한 하인이 양생이 들고 있는 그릇을 알아보자, 귀족은 깜짝 놀라 양생을 불러 사정을 물었다. 양생이 전날 아씨에게 들은 대로 대답했더니 귀족이 깜짝 놀라 말했다.

"우리 슬하에 오직 딸아이 한 명뿐이었는데 왜구가 쳐들어왔을 때 그만 세상을 떠났다네. 미처 장례도 치르지 못하고 가묘를 마련해 두었다가 오늘에까지 이르고 말았지. 부모 된 심정에 재를 올려 명복을 빌어주려 하는데, 자네가 그 약속을 지키겠다면 내 딸을 기다리고 있다가 함께 올라오게나."
귀족은 그리 말하고 먼저 재를 올리러갔다. 약속한 시간이 되어 아씨가 나타나자 양생은 아씨와 함께 절로 향했다. 아씨가 먼저 불공을 올리고 휘장 안으로 들어섰다. 아씨의 부모는 시험해 보려고 양생과 아씨에게 함께 밥을 먹게 했다. 그랬더니 아씨의 모습은 보이지 않았지만 수저 놀리는 소리가 들렸는데, 산 사람이 음식을 먹는 것과 같았다. 그제야 아씨의 부모가 놀라며 양생에게 휘장 옆에서 함께 잠자게 했다. 한밤중에 아씨가 양생과 이야기를 나누는 소리가 들렸는데, 사람들이 엿들으려 하면 그 말이 끊어졌다.
그 밤이 지나고, 아씨는 양생에게 영원한 이별을 고했다.
"제가 법도를 어긴 것은 알고 있습니다. 하지만 다북쑥 우거진 들판에 홀로 버림받았다가 사랑하는 마음이 한번 끓어오르니 걷잡을 수 없게 되었지요. 부처님 앞에서 삼세의 인연을 만났으니 평생을 함께 하고 싶었으나, 애달픈 업보는 피할 수 없게 되었습니다."
"즐거움을 다 누리지도 못하였는데 이별이라니, 나는 어찌하라고 그런 말을 하시오."
양생은 슬퍼했지만 정해진 이별을 막을 수는 없었다. 사람들이 아씨의 혼을 전송하니 절 문을 나서는 아씨의 은은한 목소리만이 들려왔다. 아씨의 부모는 더는 양생을 의심치 않았고, 양생과 더불어 통곡하며 딸의 몫으로 마련해둔 재산을 양생에게 물려주었다. 이튿날 양생이 술과 고기를 마련해 아씨와 함께 머물렀던 개령동으로 찾아가니 아씨의 시신을 묻어둔 가묘가 있었다. 양생은 제물을 차려놓고 지전을 태우며 아씨의 혼을 위로하고 정식으로 장례를 치렀다. 그리고 물려받은 재산을 모두 팔아 아씨를 위해 재를 올렸다. 그러자 아씨의 목소리가 공중에서 들려왔다.

"저는 낭군의 은혜를 입어 먼 나라에서 남자의 몸으로 태어나게 되었습니다. 저승과 이승이 멀지만 어찌 그 은혜를 모르오리까. 낭군께서도 이제 마음을 바로하고 정업을 닦아 저와 함께 윤회를 벗어나시기를 바라옵니다."

양생은 그 뒤로 다시 혼인하지 않았다. 그는 지리산에 들어가 약초를 캐며 아씨의 복을 빌었는데, 그가 언제 죽었는지는 알지 못한다.

불우하게 살던 청년 양생이 부처님께 간절히 빌어 만난 배필은 죽은 사람이었다. 양생은 아씨가 이 세상 사람이 아님을 짐작하면서도 그를 따라가고 인연을 맺는다. 고생하며 살아온 사람과 비극적인 최후를 맞은 사람은 그렇게 무덤에서, 이 세상과 저 세상의 경계에서 사랑에 빠진다. 양생이 만난 아씨는 「이생규장전」의 최씨와 마찬가지로 아름답고 고아하며 학문도 덕성도 뛰어난 사대부가의 여성이다.

아씨는 전쟁 중에 목숨을 잃어 제대로 된 장례도 치르지 못하고 가묘에 묻혀 있었다. 그러다 양생과 만나 사랑을 나누고 부모님이 자신의 혼령을 위로하러 재를 올려줄 때까지 함께한다. 아씨는 부모님이 올리는 재로 위로받고 다시 장례식을 치렀다. 또 한편으로는 이승의 부모님께 자신이 배필을 만났음을 알리고 인정받는다. 그렇게 통과의례를 죽 거친 뒤에야 아씨는 온전히 저승으로 돌아가고 윤회해 새로운 삶을 받을 수 있었다.*

『금오신화』에서 죽은 이들의 혼령은 무섭거나 산 사람에게 해코지를 하는 존재가 아니라, 이 세상에 여한이 남은 가련한 이들이다. 어렵게 맺어졌으나 죽음으로 갈라진 인연이 이승과 저승을 넘어 다시 필사적으로 서로를 향하는 사랑 이야기는 슬프고 안타깝다. 이들은 죽음에 대한 억울함을 푸는 대신, 정인의 사랑 속에서 위로를 받아 마침내 죽은 자가 가야 할 저승으로 돌아간다. 남은 슬픔과 절망은 살아남은 사람의 몫이 된다.

---

* 「만복사저포기」의 아씨는 이미 죽은 사람이지만 아름답고 고상한 여성이다. 젊어서 죽은 지적이고 우아한 여성 귀신이 백년가약을 맺거나 사랑을 호소하는 이야기는 최치원의 「쌍녀분전기(雙女墳傳記)」에 등장하는 아름다운 자매 귀신의 영향을 받았을 것이다.

자결로 끝나버린 연심들

이제부터 소개하려는 이야기에는 현대인의 감각으로는 이해하기 어려운 부분도 있다. 여성이 남성에게 사랑을 고백했으나 받아들여지지 않자 복수했다는 이야기들인데, 이런 이야기들은 아예 '신립 장군형 설화'라는 이름으로 묶이기도 한다.

우선은 이 유형의 대표 격인 신립 장군에 얽힌 이야기를 살펴보자.

신립 장군과 처녀

일설에 따르면 신립은 어린 시절 부모를 잃고 걸식을 하고 다녔는데, 마침 권율이 그를 보고 위대한 장수가 될 재목이라 여겨 사위로 삼았다. 과연 신립은 용맹하고 무예가 뛰어난데다 호랑이를 부리고 귀신을 알아보는 신비한 능력을 보였다.

젊은 시절, 신립은 사냥을 나갔다가 산 속에서 길을 잃고 말았다. 한참을 헤맨 끝에 인가를 발견했는데, 그 집에는 소복을 입은 처녀 한 사람만이 남아 있었다.

"죄송하오나 오늘 이 집에 묵으시면 안 됩니다."

처녀는 거절했다. 물론 젊은 여자가 혼자 있는 집에 굳이 들어가는 것은 옳지 않았지만, 신립은 어쩐지 처녀의 말이 이상하게 느껴졌다. 자세히 물어보니 처녀가 눈물을 흘리며 말했다.

"저희 가족은 이곳에서 다복하게 살고 있었습니다. 그런데 저희 집 종 하나가 어느 날 제 부모님과 오라비들, 집안의 다른 종들을 모두 죽이더니 제게 말했습니다. 사흘의 말미를 줄 테니 부모님 장례를 치르고 자신의 아내가 되라고 말입니다. 하지만 어찌 부모님의 원수와 혼사를 치를 수 있단 말입니까. 소녀가 그럴 수 없다고 하자, 자신의 아내가 되지 않는다면 죽을 것이라 말했습니다. 그게 사흘 전이니 그자는 필시 오늘 밤 돌아와 소녀를 죽일 것입니다. 그런데 어찌 집에 선비님을 모실 수 있겠습니까."

처녀를 이대로 두고 가면 반드시 그 악한에게 살해당할 것이다. 신립은 만류하는 처녀를 두고 짐을 풀었다.

"내가 이래봬도 활 솜씨로는 이 나라에서 둘째가라면 서러운 몸이라오. 그 몹쓸 놈이 두 번 다시 낭자를 괴롭히는 일이 없도록 해줄 테니, 저녁밥이나 든든히 차려주시오."

과연 한밤중이 되자 종이 도끼로 문을 부수며 집 안으로 들어와 처녀의 방으로 향했다. 신립은 장지문을 열고 활을 들어 한 화살에 종을 꿰뚫어버렸다. 종은 비틀거리며 앞으로 나아갔지만, 끝내 방문을 열지 못하고 쓰러져 죽었다.

"이 은혜를 어찌 갚아야 좋을지 모르겠습니다."

처녀는 신립에게 절을 올리며 감사를 표했다.

"소녀는 부모 형제를 모두 잃고 의지할 데가 없는 몸입니다.

이대로 선비님께 의탁하여, 선비님을 낭군으로 섬기고 싶습니다. 부디 소녀를 데려가 주세요."

"나는 이미 아내가 있는 몸이오."

"선비님께서는 곤경에 처한 사람을 돕고 흉폭한 자를 두려워하지 않는 의롭고 용맹한 분이시니, 장차 큰 인물이 되실 것입니다. 소녀를 선비님의 첩으로라도 두어주세요."

"어찌 양가의 처녀가 함부로 남의 첩이 되고자 합니까. 그런 이야기는 그만둡시다."

다음 날 아침 신립은 다시 길을 떠났다. 그런데 얼마 못 가 등 뒤에서 매캐한 연기 냄새가 나기 시작했다. 급히 되돌아가 보니 어젯밤 머물렀던 집이 불길에 휩싸여 있었다. 신립은 처녀를 구하려 했지만 처녀는 집에 불을 지르고 자결한 뒤였다.

"자네가 내 딸에게 의리를 지킨 것은 고마우나, 내 보기엔 자네가 큰 잘못을 하였네."

사냥에서 돌아온 신립에게 자초지종을 들은 권율은, 사위인 신립을 꾸짖었다.

"그 처녀는 이미 죽을 뻔했다가 살아난 몸일세. 그러니 죽을 용기를 내어 자네에게 아내로 삼아달라고 말한 것이야. 젊은 처녀가 사내에게 먼저 그런 말을 하는 게 어디 보통 일이겠는가. 거절당하면 죽어버리겠다고 생각하고 말했을 걸세. 자네는 한 번 그 처녀를 구했지만, 다시 그 처녀를 자네 손으로 죽인 셈이라네."

⊗

임진왜란이 발발하고, 신립은 삼도 도순변사가 되어 용맹히 싸웠다. 그는 왜적과의 일전에 대비하려 조령에 진을 치고 기다리고 있었다. 그런데 그날 밤 꿈에 죽은 처녀가 나타나 신립에게 나붓하게 절을 올렸다.

"제 말씀이 맞았지요? 선비님께서는 큰 인물이 되실 것이라 제가 말씀드리지 않았습니까. 하지만 어째서 이 험한 조령에 포진을 하시는 것인지요. 저 넓은 충주 평야로 적을 끌어들여 초개같이 섬멸하는 것이야말로 대장군의 기개에 걸맞은 일이 아니겠습니까."

꿈을 꾸고 일어난 신립은 일리가 있다고 여겼다. 그는 탄금대에 배수진을 치고 왜적을 기다렸다. 일설에 따르면 그는 탄금대 북쪽의 기암절벽인 열두대에 산더미만큼 화살을 쌓아 놓고 활시위를 강물로 식혀 가며 왜적과 용맹하게 싸웠다. 하지만 결국 탄금대에서 패배하고 목숨을 잃었으니, 사람들은 처녀의 원혼이 신립을 죽음으로 몰아넣었다고 말했다.

일단 이 이야기에는 틀린 부분이 많다. 신립은 신숭겸의 후손으로 그 아버지인 신화국은 사임당 신씨의 팔촌 동생이다. 어린 나이에 유리걸식을 하지도 않았으며, 무엇보다도 권율 장군의 사위가 아니다. 신립의 이야기가 구비설화로 전해지는 과정에서 전형적인 영웅 설화의 형태가 덧붙어 이와 같은 사실 왜곡이 일어났다. 비정상적으로 태어나 고난을 겪던 영웅은, 양육자를 만나 그 진정한 잠재력을 인정받고, 결혼을 통해 다른 비범한 인물의 후계자가 된다. 이 이야기에서 덧붙여지고 잘못 알려진 부분들은, 용맹을 떨치다 탄금대에서 전사한 영웅 신립을 민중의 영웅으로 편입하며 발생했다.

처녀의 가족들을 해치는 종은, 이야기에 따라서는 도깨비나 이무기와 같은 괴물로 묘사된다. 신립은 고난에 처한 처녀를 폭압적인 괴물의 손에서 구함으로써 민중을 구하는 영웅의 자질을 보인다. 하지만 처녀의 청혼을 거절하고 처녀는 자결해 원귀가 되고 만다. 은인에게 고백했다가 고백이 받아들여지지 않자 원귀가 되어 복수하다니. 지금의 감각으로는 물에 빠진 사람을 건져 놓았더니 보따리 내놓으라고 하더라는 이야기처럼 보인다.

하지만 이 이야기를 단순히 적반하장 격인 이야기로만 치부하고 넘어가도 좋을까? 이와 비슷한 다른 이야기들을 조금 더 살펴보면 힌트를 얻을 수 있다.

석주 권필과 세 과부의 집

조선 선조 때의 문인인 석주 권필이 어느 날 권씨 집안의 집에서 하루 묵어가게 되었다. 그 집에는 남자는 없고, 노마님과 마님, 그리고 젊은 며느리까지 세 명의 과부만이 살고 있었다. 그런데 그 댁의 노마님이 권필에게 간곡하게 말했다.

"내가 복이 없어서 내 손자가 그만 혼사도 다 치르기 전에 죽고 말았다오. 이 아이는 내 손자며느리인데, 초야도 치르지 못하고 과부가 되었소. 그대는 우리 집안과 일가이니, 이대로라면 청춘과부로 평생을 살아야 할 내 손자며느리를 가엾게 여겨 주지 않겠소."

노마님은 권필에게 그 댁의 손자며느리와 동침해 달라고 부탁했다. 하지만 권필은 단호하게 거절했다.

"죽은 부군을 기려 정절을 지키는 손자며느님께 누가 되는 말씀이 아닙니까. 소인은 못 들은 것으로 하겠습니다."

권필이 거절하자 손자며느리는 부끄러움을 이기지 못하고 자결했다. 이후 권필의 인생은 순탄치 않았는데, 사람들은 세 과부 댁 손자며느리의 원한 때문이라고 말했다.

『삽교별집』에 수록된 석주 권필이 겪은 이야기를 잠시 살펴보겠다. 전통적으로 과부들만 사는 집, 특히 시어머니와 며느리가 모두 과부인 집은 여성들끼리 가문을 지키는 열녀의 집이자, 남자가 일찍 죽어나가는 흉가이며, 여성의 억압된 욕망을 상징하는 곳이다. 가부장제는 이들을 열녀라는 이름으로 억압한다. 많은 경우 과부들의 집에서 시어머니나 시할머니는 집안의 가장으로, 며느리들을 감시하는 가부장의 대행자 노릇을 한다.

하지만 이 댁의 노마님은 냉혹한 가부장의 대행자로 행동하지 않는다. 집안의 수치가 될 수 있는 일임에도 권필에게 손자며느리와의 동침을 권한다. 가부장제의 억압으로 고통받는 젊은 손자며느리에 대한 애정과 자비에서 비롯된 일이다. 권필은 노마님과 다르게 이들이 억압받는 것을 뻔히 알면서도 가부장제에 복종할 것을 종용한다. 그가 죽은 과부의 원한을 산 것은 도리만을 알고 긍휼을 몰랐기 때문이다.

이 점을 『양은천미』에 수록된 「이용묵과 과부」 이야기 속 여종은 직접적으로 지적한다.

이용묵과 과부

이용묵의 집 근처에 혼인했으나 합방도 못하고 남편이 죽은 청춘과부가 있었다. 어느 날 과부는 이용묵을 찾아왔다.

"어린 나이에 과부가 되어 혼자 살아가기 쉽지 않던 차에, 선비님을 뵈옵고 마음을 빼앗겼습니다. 선비님께 재가하여 이 한 몸을 의탁하고 싶사오니, 여의치 않으면 첩으로라도 삼아주시기 바랍니다."

이용묵은 그 말을 듣고 과부를 꾸짖었다.

"여인이 세상 떠난 남편을 위해 수절하는 것은 부녀의 당연한 예의요. 그런데 어디 과부가 함부로 남을 엿보며 음탕한 마음을 품는 것도 모자라, 뻔뻔하게도 재가를 하겠다며 찾아 온단 말이오! 돌아가신 부군께 사죄하며 가서 수절이나 하시오!"

그 말을 들은 과부는 수치심을 견디지 못하고 자살하고 말았다. 그러자 과부를 모시던 여종이 이용묵을 찾아왔다.

"저희 마님은 그 팔자가 기박하여 달리 장사를 치러주실 분이 없사옵니다. 마님께서는 선비님께 마음을 두셨으니, 부디 마님을 가엾게 여겨 장사를 치르는 것만이라도 도와주십시오."

그러나 이용묵은 마치 흉한 소리라도 들은 듯이 질색하며 소매를 붙잡고 매달리는 여종을 뿌리치고 가버렸다. 여종은 그 뒤에서 소리쳤다.

"생판 남이라 해도 사람이 죽었다면 가엾다는 빈말이라도 하는 법인데, 세상에 저런 덕 없는 자를 보았는가! 저런 자가 과거에 오르는 것만은 보지 못하겠다!"

이용묵은 과거에 낙방했다. 사람들은 죽은 과부와 여종의 원한 때문이라고 여겼다.

성리학이 조선의 통치 이념으로 자리를 잡으며, 조선 시대 사대부는 연애를 경계하고, 중매를 통해 혼담을 주고받아 규범에 따라 혼인했다. 남녀칠세부동석이라 해 철이 들 무렵부터 여색을 멀리하며 여성의 절의를 숭상하는 것을 미덕으로 여겼다. 물론 이는 같은 사대부 계층 여성에 대한 것으로 한정된다.

남성 사대부들은 가무를 익힌 기녀들을 관기로 두어 연애 놀음을 하였고,* 여종과 같은 하층 계급 여성들과 동침하거나 첩으로 삼기도 했으며, 부인이 이를 투기하는 것을 칠거지악의 하나로 여길 만큼 아전인수적인 면이 있었다. 또한 하층 계급 여성과 남성 사대부가 맺는 관계 역시 동등히 주고 받는 애정과 거리가 멀었다. 사대부 남성은 자신이 여성을 선택해 취할 수는 있지만, 상대가 먼저 애정을 고백해 오는 것은 주제넘고 음탕한 일로 여겨 교화 대상으로 여겼다. 즉 애정사에 있어서까지 사회 규범이 성별에 따라 비대칭적으로 적용되었다.

같은 사대부 가문의 사람이라도 과부와 이용묵은 처지가 달랐다. 이용묵은 원한다면 여종을 취하거나 첩으로 삼을 수 있었고, 홀아비가 되더라도 재혼할 수 있었다. 하지만 남편을 잃은 과부가 할 수 있는 일은 그저 죽은 사람처럼 지내며 수절하는 것뿐이었다. 그는 다른 남자에게 연심을 품는 것만으로도 비난을 받아야 했다.

그럼에도 불구하고 여성들은 여성에게만 수절을 강요하는

---

* 조선의 기녀는 기본적으로 기적에 오른 관기였으며, 관기의 딸은 수모법(隨母法)에 따라 어머니의 뒤를 이어 관기가 되도록 정해져 있었다. 관리는 관기와 동침할 수 없다는 규정이 『경국대전』에 실려 있었으나, 실제로 관기들은 지방의 수령이나 막료들의 수청을 들고 고관의 첩이 되기도 했다.

일이 비인도적인 일이라는 것을 알고 있었다. 사대부 남성이라 해도 수절을 강요당하던 여성이 목숨을 끊었다면 불쌍하고 가련하게 여기는 측은지심은 가져야 한다고 생각했다. 모시던 과부의 죽음을 두고 여종이 외친 그 말에는 당시 사람들의 그와 같은 마음이 담겨 있었다.

남사고와 백정의 딸

어느 날 백정의 딸이 공부하러 서원에 가던 남사고를 보고 상사병을 앓게 되었다. 백정은 딸이 죽어가는 것을 보고 깜짝 놀라 마음에 둔 사내가 누구인지 물었다.
받아들여지지 않을 것을 알았지만, 백정은 딸을 살리기 위해 남사고를 찾아갔다. 그는 자신보다 한참 어린 양반 소년에게 머리를 조아리며 빌었다.
"제 딸은 지금 죽어가고 있습니다. 나리께서 부디 불쌍히 여겨주신다면 죽을 목숨을 살릴 수 있을 것입니다. 부디 제 딸자식을 거두어주십시오."
남사고는 백정을 꾸짖었다. 어쩔 수 없이 돌아간 백정이 차마 딸에게 말하지 못하고 괴로워하자, 딸은 눈물을 흘리며 말했다.
"저는 그분과 이루어질 수 없음을 알고 있었어요."
그 말을 마지막으로 백정의 딸은 숨을 거두었다. 그 이야기를 듣고 퇴계는 죽어가는 사람을 한 번 들여다보지도 않은

> 남사고의 잘못을 꾸짖고 그를 문하에서 내쫓았다.
> 이후 남사고는 지관이 되었는데 풍수를 잘 보아 이름이 높았다. 그런데 그가 아버지 장사를 지내려는데, 자리가 좋지 않아 아홉 번을 옮기고서야 장례를 치를 수 있었다. 알고 보니 백정의 딸이 원귀가 되어, 남사고가 아버지 장지를 정할 때 눈을 가려 흉지를 길지로 보이게 하고, 다시 장례를 치르려 할 때에는 제대로 보이게 한 것이었다.

사화로 일찍 죽거나 살면서 큰 몰락을 경험한 다른 인물들에 대한 이야기들도 남사고의 이야기와 거의 같은 구조로 전하고 있다. 이를테면 조광조가 신분 낮은 여성이 자신을 사모하고 있다는 이야기를 그 여성의 아버지에게 들었지만 거절했더니 그 여성이 상사병으로 죽었는데, 관이 조광조의 집 앞에서 움직이지 않았고, 훗날 기묘사화에 휘말린 것도 그 원한 때문이라는 식이다.

이야기에서 남성 주인공에게 고백을 해오는 사람은 여성의 아버지다. 하층 계급의 사내가 딸을 살리기 위해 새파랗게 어린 사대부가의 도령에게 머리를 숙이는 것이다. 앞서 석주 권필 역시 노마님께 가부장제에 순응할 것을 요구했지만, 적어도 그는 먼 일가가 되는 사대부가의 어른께 감히 무례한 언행까지는 하지 않았다. 그러나 남사고나 조광조는 여성의 아버지를 꾸짖는다. 경우에 따라서는 하층 계급 사내의 종아리를 걷게 하고 매질을 해 돌려보내는 이야기도 있다. 아버지가 딸을 제대로 가르치지 못하니 딸이 분수를 모르고 감히 자신에게 고백해온다는 것이다. 당시의 신분제도에서는 잘못된 일이 아니었을지도 모르지만, 현대인의 관점에서는 아무리 사대부라고 해도 이래도 되는가 싶어지는 부분이다.

사랑을 고백했으나 받아들여지지 못한 여성이 원귀가 되는 것은, 바로 이 지점의 연장으로 일어나는 일이다.

이생과 토관의 딸

이생이라는 선비가 어느 날 객점에서 글을 읽고 있었다. 그런데 토관*의 딸이 이생에게 다가와 말했다.

"선비님의 글 읽는 모습을 보고 소녀는 마음의 병을 앓게 되었습니다. 부디 소녀를 선비님의 곁에 두어주시어요."

"지금 그게 무슨 소리요!"

이생은 깜짝 놀라 꾸짖고, 바로 처녀의 아버지를 불러오게 했다.

"무릇 혼사를 치르고자 할 때에는 그 부모가 사람을 정하고 매파를 보내 중신을 넣어야 하는데, 어찌 젊은 여인이 부끄러운 줄도 모르고 사내에게 이런 말을 한다는 말이오!"

토관은 자초지종을 듣고 딸을 꾸짖었다.

---

* 평안도, 함경도 등 특수 지역에 회유책으로 두었던, 지역 토착민 출신에게 주는 관직.

"어찌 젊은 처녀가 지조도 없이, 저를 마음에 두지도 않는 남자에게 그런 말을 할 수 있다는 말이냐! 사람들이 알고 네가 절개도 없는 여자라 말할까 두렵구나!"

"아버님, 소녀는 이 선비님을 따르지 않는다면 가슴이 아파 죽어버릴 것 같사옵니다. 딸이 죽는 것보다는 차라리 절개를 잃는 편이 낫지 않습니까."

"어리석은 것. 여인이 절개를 잃고 어찌 산다는 말이냐. 차라리 죽는 게 낫겠구나!"

그러자 처녀는 스스로 목숨을 끊고 말았다. 이후 이생은 인생에 난관이 많았는데, 사람들은 처녀의 원한 때문이라고 말했다.

사랑을 고백했으나 받아들여지지 못한 이야기의 주인공들은, 부모를 여읜 처녀나 과부, 국경지역 토착민의 딸이나 백정의 딸과 같은, 정상적으로 중신을 서서 혼담을 주고받기 어려운 이들이었다. 고백을 받아들이지 않은 남자들은 법적으로 문제되는 행동을 했거나 범죄를 저지르지는 않았다. 그러니 고백을 거절했다고 사람이 갑자기 자살을 하고 귀신이 되어 자신의 앞길을 가로막으니 억울했을지도 모른다. 하지만 여성과 남성에게 적용되는 윤리적 기준 자체가 비대칭적이던 시대, 고백을 하는 것만으로도 사회적인 비난을 감수해야 했던 여성들에게, 자살은 기존 사회의 윤리나 사법적 질서에 호소할 수 없어서 택한 돌파구였다.

야담 중에 여성이 남성에게 먼저 청혼해 혼인이 이루어지는 이야기들이 있다. 스스로 전도유망한 남성을 골라 출세시킨 이 이야기들의 여성들은 남달리 뛰어나고 보통 사람의 상식으로 이해할 수 없는 이인(異人)으로 여겨졌다. 그러나 청혼을 거절당한 이야기 속 여성들은 대체로 자살을 택했고 저주를 내린다.

사람들이 남성이 훗날 겪은 고난을 귀신의 저주라고 생각한 것은, 도덕적 명분을 지나치게 내세우는 양반들의 형식적인 사고방식에 대한 비판으로 볼 수 있다. 이는 다른 사람이 자신의 모든 것을 걸고 하는 간곡한 부탁을 재고의 여지도 없이 외면하고 남의 생사가 걸린 문제에 뒤도 돌아보지 않는 냉혈한이라면, 아무리 재주가 뛰어나도 자신의 소망을 이룰 수 없으리라는 당대의 생각이 반영된 부분이다.

괴물이 된 여성, 여성이 된 괴물

한편 사람들은 사랑에 배신당해 죽은 여자의 원혼이 뱀이나 괴물이 된다고도 생각했다. 『용재총화』에 수록된 「뱀이 되어 나타난 비구니」 이야기를 살펴보자.

뱀이 되어 나타난 비구니

홍 재상이 아직 벼슬에 오르기 전 일이다. 길을 가다가 소나기를 만난 홍 재상이 가까운 토굴에 들어갔는데, 그 굴 옆 작은 암자에 열여덟 살쯤 된 어린 비구니가 있었다. 홍 재상은 그 젊고 아름다운 비구니와 이야기를 나누다가 그만 정을 통하게 되었다.

"내가 책임질 터이니 걱정 마시오. 어른들께 말씀을 아뢰고 그대를 맞으러 오겠소. 아무 달 아무 날에 올 것이니, 그때까지 기다려주시오."

비구니는 그 말을 믿고 홍 재상을 기다렸다. 하지만 아무리 기다려도 홍 재상은 오지 않았다. 비구니는 결국 마음의 병을 앓다가 죽고 말았다.

세월이 흘러 홍 재상은 남방절도사가 되었다. 그런데 도마뱀 같은 작은 뱀이 홍 재상의 이불 위에 있었다. 아전을 불러 내다버리게 했더니, 아전이 뱀을 죽였다. 다음 날에도, 그 다음 날에도 뱀은 이불 위에 있었다. 시간이 지날수록 뱀은 더 커지기까지 했다.

"설마 예전의 그 비구니가 나를 찾아온 것인가."

홍 재상은 두려워졌다. 그는 영내의 모든 군졸을 모아 자신의 숙소를 지키게 했으나, 뱀은 그 철벽같은 포위를 뚫고 매일 밤 이불 위에 나타났다. 죽이고 불태워도 끝없이 나타나니, 더는 어떻게 할 수 없어 홍 재상은 궤짝을 하나 마련해 두고, 구렁이를 그 궤짝에 넣어 언제나 함께 다녔다. 홍 재상은 나날이 쇠약해지더니 결국 병들어 죽고 말았다.

이와 같이 죽은 사람이 환생해 정인을 찾아가 한시도 떨어지지 않다가 병들어 죽게 만드는 뱀을 상사뱀이라고 한다. 사실 『용재총화』에는 남성이 뱀으로 변한 이야기도 함께 실려 있지만, 여성이 변한 상사뱀 이야기와는 그 흐름이 조금 다르다.

뱀이 된 승려를 쫓아 보낸 안종약

몰래 아내를 둔 중이 죽은 지 얼마 지나지 않아, 중의 아내에게 뱀 한 마리가 찾아왔다. 뱀은 낮에는 항아리 속에서 살다가 밤이 되면 기어 나와 아내와 동침하곤 했다. 성현의 외조부인 부여 군수 안종약은 귀신을 잘 알아보고 내쫓던 이였는데, 이 이야기를 듣고 뱀을 함으로 유인한 뒤 승려들을 불러 법문을 외우게 하며 물에 띄워 보냈다.

뱀은 그 자체로 재생, 성적 충동, 죄의식 등을 의미한다. 남성이 뱀으로 변한 이 이야기에서는 불교의 계율로도, 죽음으로도 막을 수 없는 맹목적인 욕구가 엿보인다. 그러나 여성이 뱀으로 변한 경우는 이와 조금 다르다. 죽여도 죽여도 끝없이 나타나는 뱀은 여성의 좌절된 소망과 그로 인한 원한, 그리고 상대 남성의 죄의식이 형상화된 모습이다. 이렇게 뱀이 된 여성은 어떤 다른 권위에 의지하지 않고 스스로 애정과 원한의 대상에 달라붙어 상대를 파멸시킨다.

억울하게 죽은 뒤 사대부나 원님의 앞에 나타나는 귀신은 적절한 중재자를 통해 가부장적 질서 안에서 원한이 풀리면 안식을 얻어 저승으로 돌아간다. 하지만 사랑에 배신당하거나 고백이 받아들여지지 않아 상대를 저주하거나 괴물이 된 귀신들은 그들과 다르다. 여성이 먼저 고백하거나 결혼 전에 통정하는 것은 가부장적 질서 아래에서 허락되지 않았으므로 이들의 원한은 중재자를 통하지 않고 직접 해원해야만 한다. 신립 장군은 전사했고 홍 재상 역시 죽음을 맞았다. 원귀가 한을 풀고 돌아가 원래의 세계가 가부장적 질서를 되찾는 대신, 애정의 상대가 마침내 죽음을 맞아 파멸할 때까지 귀신이 이 세계에 남는다.*

필기·야담집의 기록자인 남성 사대부들은 이런 상사뱀 설화조차도 서사의 중심을 남성에게 둔다. 주로 역사적 인물인 남성 주인공이 자신을 사모하다 뱀이 된 여성이 원한을 풀어주는 과정을 보여주어 이들이 얼마나 완벽한 남성인지를 강조한 것이다. 앞서와 같이 상사뱀으로 인해 정인이 죽음을

---

* 조현설은 「정신분석학적 페미니즘과 고전 여성문학 : 원귀의 해원 형식과 구조의 안팎」(2003)에서 "아랑형이 해원을 통해 자신을 살해한 세계를 재구축했다면 이들(상사뱀들) 유형들은 해원을 통해 자신을 자살에 이르게 한 세계를 파괴한다."라고 설명했다.

맞는 이야기가 '파국형 상사뱀'이라면, 현명하고 완벽한 남성 주인공을 통해 상사뱀이 원한을 푸는 이야기는 '승화형 상사뱀'으로 분류된다.

조식과 뱀이 된 처녀

남명 조식이 젊었을 때의 일이다. 그가 한성으로 가던 중 어느 주막에서 하룻밤을 묵고 가게 되었는데, 그 주막집에는 젊고 아름다운 딸이 있었다. 주막집 딸은 조식을 사모하게 되었고 조식 역시 사양하지 않아 두 사람은 하룻밤을 함께 보냈다. 다음 날 조식은 한성으로 떠나며 처녀에게 약속했다.

"너와 함께 더 머무르고 싶으나 지금은 한시가 바쁘구나. 돌아오는 길에 반드시 너를 찾을 것이니 기다리거라."

하지만 조식은 한성에서 볼 일을 마치고 바로 고향으로 돌아갔다. 주막집 딸은 조식을 기다리고 또 기다리다가 결국 상사병에 걸려 죽고 말았다. 얼마 뒤 산청에 자리한 조식의 집에 웬 구렁이가 나타났다. 사람들은 놀랐으나, 조식은 자신을 계속 따라다니는 그 구렁이가 주막집 딸임을 알아보았다.

"네가 나를 그리워하다 뱀이 되어 찾아왔으니, 내가 어찌 너를 버릴 수 있겠느냐."

조식은 큰 궤짝을 하나 얻어 낮에는 구렁이를 그 안에 넣어두고, 밤이면 한 이불을 덮고 잤다. 그러던 어느 날 조식의 제자인 정인홍이 조식이 궤짝 안에 먹을 것을 넣어주는 것을 보고 이상히 여겼다. 조식이 출타한 사이 정인홍이 궤짝을 열어보니, 그 안에는 커다란 구렁이가 들어 있었다.

"내가 배우기로 군자는 괴력난신을 말하지 않는다 했는데, 스승님께서 어찌 이리 이상한 일을 하신단 말인가."

정인홍은 궤짝을 마당으로 끄집어내 구렁이를 죽여버렸다. 이후 정인홍은 인조반정 때 광해군의 측근이었다는 이유로 죽고 말았는데, 사람들은 구렁이의 복수라고 말했다.

이 설화에서 남명 조식은 자신의 욕망을 부정하지 않는다. 그는 주막에서 처녀의 구애를 받자 동침하고 구렁이가 자신을 찾아오자 궤짝에 넣어 함께 지낸다. 그리고 구렁이로 상징되는 조식의 욕망을 부정하는 사람은 조식 본인이 아닌 정인홍이다. 결국 존경받는 인물인 조식이 굳이 나서지 않아도 주변에서 알아서 구렁이를 퇴치해주었다는 이야기로도 읽을 수 있다. 구렁이는 궤짝 속에 얌전히 있을 뿐 해를 끼치지도 않았고, 조식이 부탁도 하지 않았는데, 다른 사람이 대신 이 상사뱀을 퇴치해주었다. 결국 갈등을 해소하는 대신 갈등의 원인을 은폐했으며, 구렁이마저 포용하는 조식의 훌륭함을 강조하는 이야기에 지나지 않는다. 상사뱀 설화가 남성 사대부에게 편리하게 각색된 것이 이와 같은 형태일 것이다.

이순신과 뱀이 된 처녀

이순신이 젊어서 무과 공부를 할 때의 일이다. 어느 날 낯선 사람이 이순신을 찾아오더니 뜻밖의 이야기를 꺼냈다.

"제게는 혼기가 찬 딸아이가 있습니다. 그 아이가 얼마 전 산에 나물을 뜯으러 갔다가, 나리께서 산속에서 활 연습을 하시고 연못에서 목욕을 하시는 모습을 엿보았던 모양입니다. 그날 이후 제 딸이 시름시름 앓더니 그만 상사병이 들어 죽을 지경이 되었습니다. 이 아이가 죽기 전에 나리를 한 번만이라도 만나 뵙고 싶다고 하지 않습니까."

"사람 목숨이 달린 일이니, 가봐야지요. 내 오늘은 집에 일이 있으니, 내일 찾아가겠습니다."

그런데 그날 밤 큰 비가 내려 강물이 크게 불어났다. 다음 날 아침 이순신은 그 집에 가려고 길을 나섰지만 강을 건널 수 없어 돌아와야 했다. 결국 그 다음 날 저녁이 되어서야 처녀의 집을 찾아갔는데 담장 밖으로 비통한 울음소리가 흘러나오고 있었다. 이순신이 급히 문을 열고 들어가려 하니 처녀의 부모가 마당으로 나와 앞을 가로막았다.

"나리, 제 딸이 지난밤에 나리를 기다리다가 그만 숨을 거두고 말았습니다. 그런데 아침에 들어가 보니 커다란 뱀으로 변했지 않았겠습니까."

"여자가 한이 깊으면 죽어 뱀이 되는 일이 있다 들었는데, 그만큼이나 한이 깊었다니."

"나리, 보통 사람 같으면 처녀가 상사병으로 죽어간다니 행실이 단정치 않다고 꾸짖으셨을 텐데, 나리는 그러지 않으셨습니다. 나리께서 여기까지 와주신 것만으로도 제 딸은 그 마음을 풀 것입니다."

"아니오. 뱀이 되었다고 해도 나는 약속을 지킬 것이오."

처녀의 부모가 만류했지만, 이순신은 처녀의 방으로 들어갔다. 이순신이 방으로 들어가자 거대한 구렁이가 다가와 그의 몸을 칭칭 감았고, 이순신은 밤새 구렁이와 함께 있었다.

다음 날 아침, 뱀은 스스로 몸을 풀더니 스르르 밖으로 나왔다. 이순신과 처녀의 부모가 그 뒤를 따라가 보니, 뱀은 이순신이 목욕하던 연못 속으로 들어가 용이 되었다. 이후로 용은 이순신이 임진왜란 때 큰 공을 세우도록 도왔다.

이 이야기는 조식의 경우에서 한 걸음 더 나아간다. 앞서 보았던, 간절히 소원하는 데도 꾸짖기만 하거나 정을 통하고도 버리고 도망치던 남자들에 비하면 이순신의 태도는 시종일관 훌륭하다. 이순신은 자신과 아무 상관도 없던 처녀의 짝사랑을 이해하고 만나주려고 했다. 다만 비가 너무 많이 내려서 가지 못했을 뿐이다. 이순신은 최선을 다했고, 그에게는 아무 잘못이 없었으며, 원한을 살 만한 일도 하지 않았음에도 뱀이 된 처녀와 하룻밤을 보냈다. 이것으로 상사뱀의 한은 풀리고, 뱀이 된 처녀는 호국용이 되어 장차 나라를 구할 명장을 수호한다. 영웅 이순신의 훌륭한 인품을 강조하는 것을 넘어, 그를 연모한 여성마저도 영웅의 출세와 승리를 돕는 신격, 혹은 내조자로 설정한 것은 남성 화자들의 욕망이 반영된 것에 가깝다. 파국형 상사뱀을 만나 몰락하는 남성 이야기보다 승화형 상사뱀을 만나는 영웅의 이야기가 필기·야담에 더 많이 기록된 것도 그 때문일 것이다.

여성이 뱀과 같은 괴물로 변하는 이야기도 있지만, 영험한 산짐승이 여성으로 변신하는 이야기도 있다. 당장 단군신화만 보아도 호랑이와 곰은 인간이 되기 위해 쑥과 마늘을 먹으며 수도한다. 그리고 세 이레 동안 쑥과 마늘을 먹으며 수도한 곰은 여성으로 변신해 환웅과 혼인해 단군을 낳는다. 신령한 곰은 이 땅에 원래 살고 있던 토착민이자 자연과 땅을 상징하는 존재다. 환웅과 곰의 결합은 이민족과 토착민의 결합이자, 천신과 지신의 결합을 상징한다.

물론 인간으로 변하는 영물이 곰만 있는 것은 아니다. 본래는 짧은 전승으로 이어지다가 근현대에 와서 TV 드라마 등으로 우리에게 더욱 익숙해진 구미호 설화는 물론, 『삼국유사』에도 전해지는 호랑이 낭자 이야기도 있다.

김현을 사랑한 호랑이 낭자

신라 원성왕 때 서라벌에는 흥륜사라는 큰 절이 있었다. 사람들은 해마다 음력 2월이면 연등을 켜고 흥륜사에서 탑돌이를 했다. 어느 날 김현이라는 남자가 흥륜사에서 탑돌이를 하며 연분을 만나기를 바랐다. 밤이 깊어지자 사람들은 하나 둘씩 떠나가고, 마침내 탑 앞에는 김현과 한 낭자만이 남았다. 두 사람은 서로 미소를 지으며 바라보다가 부부의 연을 맺고 정을 통했다.

일어나 보니 어느덧 밤이 깊어 새벽이 가까운 시각이었다. 낭자가 집으로 돌아가려 하자 김현은 거절하는 낭자를 설득해 함께 갔다. 낭자는 서산 기슭의 작은 초가집에 들어갔는데, 김현이 그 안으로 들어가자 웬 할머니가 깜짝 놀라며 물었다.

"함께 온 사람은 누구냐."

"흥륜사에서 저의 낭군 되실 분을 만났습니다."

"기뻐해야 할 일이다만, 과연 괜찮을지 모르겠구나. 일단 오늘 밤은 구석에 저 사람을 잘 숨겨두어라. 네 오라비들이 나쁜 짓을 할지도 모르니 말이다."

그 말대로 낭자는 김현을 구석에 숨겼다. 잠시 후 산이 쿵쿵 울리더니 커다란 호랑이 세 마리가 문을 열고 들어왔다.

"어디서 사람 비린내가 나는데, 우리 저녁밥이오?"

그러자 할머니가 호랑이를 꾸짖었다.

"여기 사람이 어디 있겠느냐. 사람이라면 네놈들이 죄다 잡아먹어 씨가 마를 지경인데. 너희야말로 입에서 피 냄새를 풍기는 것이 오늘도 또 사람을 해친 모양이구나. 배가 고프지 않은 데도 사람을 잡아먹다니, 그래서는 안 된다고 몇 번이나 말하지 않았느냐."

그때 갑자기 하늘에서 우레 소리가 들렸다. 그리고 이상한 말소리가 들려왔다.

"서산의 호랑이들아, 너희가 툭하면 사람의 귀한 목숨을 장난삼아 없애니 그냥 둘 수 없구나. 그동안 못된 짓을 한 벌로 내일 아침에 너희 중 하나를 죽여 없애리라."

그 소리를 들은 호랑이 세 마리가 머리를 땅에 처박고 덜덜 떨었다. 그때 낭자가 앞으로 나서 하늘에 절하며 말했다.

"오라버니들이 앞으로 못된 짓을 하지 않겠다고 약속하면, 제가 그 벌을 받겠습니다."

그 말을 듣자 세 호랑이는 기뻐하며 도망쳤다. 할머니는 낭자를 붙잡고 울음을 터뜨렸다. 낭자는 할머니를 잠시 위로하더니 방으로 들어가 김현에게 말했다.

"낭군님, 저는 사실 사람이 아니라 호랑이입니다. 사람을 해치지 않고 바른 마음으로 살았더니 사람의 모습이 되었지요. 탑돌이에서 훌륭한 배필을 만나기를 빌어 낭군님과 맺어졌는데, 제가 오라비들 대신 하늘의 벌을 받기로 했으니 그 인연도 여기까지인가 봅니다. 날이 밝으면 저는 큰 호랑이로 변해 서라벌 한복판에 나올 것입니다. 그때 낭군께서 저를 죽여주신다면 나라에서 큰 벼슬을 내릴 것입니다. 꼭 그리해주세요."

"그럴 수 없습니다. 당신이 호랑이라 해도 이미 내 아내요. 어찌 당신을 죽여 벼슬을 얻으라는 말입니까."

"저는 이미 죽기로 결정된 몸입니다. 이왕 죽을 것이라면 그 일로 낭군께서 출세하셨으면 합니다. 다만 저를 불쌍히 여겨 나중에 저를 위해 절을 짓고 법문을 들려주시면 좋겠어요."

다음 날이었다. 낭자의 말대로 서라벌 한복판에 사나운 호랑이가 나타나 사람들을 해치고 다녔다. 죽은 사람은 없었지만 다친 사람은 헤아릴 수 없을 만큼 많아, 아무도 그 호랑이를 막을 수 없었다. 원성왕은 그 소식을 듣고 명했다.

"저 사나운 호랑이를 잡는 사람에게 높은 벼슬을 주겠노라."

사람들이 다들 두려워하는 가운데, 김현이 나섰다. 호랑이는 김현에게 쫓기는 척하며 북쪽 숲으로 향했다. 김현이 그 뒤를 따라 숲으로 들어가자 호랑이는 어젯밤의 낭자로 변해 김현을 맞이했다.

"제게 상처를 입은 이들이 있습니다. 흥륜사의 간장을 상처에 바르고 나발 소리를 들으면 씻은 듯이 나을 것입니다."

낭자는 그 말을 마치자마자 김현이 들고 있던 칼을 빼앗아 자결했다. 낭자는 곧 피를 흘리며 쓰러진 뒤 거대한 호랑이로 변했다. 김현은 처녀가 가르쳐준 대로 다친 사람들의 상처에 흥륜사의 간장을 바르게 했다. 그리고 벼슬을 받자마자 서천 시냇가에 호원사를 지어 호랑이 낭자의 명복을 빌었다.

호랑이 낭자나 구미호는 인간이 아닌 짐승으로 수백 년을 살아온 영물이다. 이들은 인간이 아니지만 인간이 되고 싶다는 욕망을 갖고 있으며, 오랜 세월 도를 닦아서 인간의 모습으로 변신할 수 있다. 하지만 호랑이 낭자나 구미호는 인간이 되는 데 반드시 실패한다. 호랑이 낭자는 오라비들의 죄를 대신 받아서, 구미호는 100번째 간을 먹지 못하거나 인간이 되기 하루 전날 그 정체가 드러나서, 죽거나 인간 세계에서 쫓겨난다. 인간보다 더 인간적인 영물들이 인간 세계에 편입되지 못하는 것은, 낯선 외부인이 공동체에 편입되는 것을 거부하는 가부장제 사회의 경직성을 상징한다.

한편 영물이 인간과 사랑을 나누는 이야기에서 영물은 대개 여성으로 그려진다. 『지봉유설』의 「나무 요괴 이야기」에도 귀매가 사람을 유혹할 때 귀신은 남자가 되고 여우는 여자가 된다는 말이 나온다. 이는 이야기를 기록하는 주체가 남성이기 때문에 다른 성별인 여성에게 이류(異類)의 이미지를 씌운 것이기도 하고, 여성의 육체가 자연에 더 가깝다고 생각했기 때문이기도 하다.

원래 인간보다 강하고 우월한 존재인 영물들은 매력적인 여성으로 변해 더 이상 인간 남성에게 위험하지 않은 존재, 지배하고 정복하고 통제할 수 있는 존재, 하지만 동등하게 인간 사회에 편입될 수는 없는 존재가 된다. 이들은 고백이 받아들여지지 않아 슬퍼하는 대신, 인간 남자와 사랑을 나누고 저승으로 돌아가거나, 때가 되면 사라지거나, 인간이 되는 데 실패해 비통해한다. 중매를 통해 정식 혼사로 맺어지는 '부인'이 아닌, 충동적인 연애 상대인 여자들이 사대부 사회와 가부장제에 온전히 편입되어 보호받지 못했듯이.

어쩌면 남성 사대부들은 이와 같은 이류의 이야기나 승화형 상사뱀의 이야기에서 자신에게 편리한 여성들을 제멋대로 상상해 그려낸 것인지도 모른다. 손쉽게 몸을 허락하면서도 지고지순한, 그러면서도 자신을 출세시켜주거나 보물을 안겨 주거나 신적 존재가 되어 내조하면서도 번거롭지 않게 알아서 사라져 주는 여성들 말이다.

신부는 신랑을 기다리고 있다

고등학교 문학 교과서는 물론 수능 모의고사에서 종종 볼 수 있었던 시 중에, 서정주의 「신부」가 있다. 첫날밤에 도망쳐버린 신랑이 수십 년 뒤에 그 신부 집 앞을 지나다 들여다보았더니 소박맞은 신부는 여전히 자신을 기다리고 있었고, 어깨를 어루만지니 그제야 재가 되어 내려앉았다는 이 시는 일월산 황씨부인당에 얽힌 설화를 바탕으로 하고 있다.

일월당 황씨부인당에는 소박맞은 신부와 쫓겨난 며느리라는 두 가지 전승이 있다. 우선 그중 신부 이야기를 살펴보겠다.

일월산 황씨부인당의 유래 (1)

영양군 일월산 밑에 황씨라는 처녀가 살았다. 마을에는 황씨를 사모하는 총각이 둘 있었는데, 황씨는 그중 자신이 사모하는 총각과 혼례를 치렀다. 하지만 혼례를 올린 날, 신랑은 뒷간에 다녀오는 길에 칼을 들고 자신을 기다리는 듯한 사내의 모습이 신방에 언뜻 비치는 것을 보았다. 신랑은 연적이 자신을 죽이려고 기다리고 있다고 생각하고는 그날로 멀리 도망쳐버렸다.

먼 곳으로 도망친 신랑은 그곳에서 머슴살이를 했다. 착실한 사람이라 돈도 제법 모았고, 마을 사람들 사이에서의 평판도 좋았다. 첫 결혼의 기억이 희미해질 무렵 그 마을 처녀에게 장가도 들었다. 아내는 아이를 낳았다. 신랑은 아이를 안아 보며 이제 행복하게 살 수 있을 줄 알았다.

하지만 아이가 죽었다. 백일도 되지 않았을 때였다. 둘째도, 셋째도, 넷째도. 신랑은 결국 무당을 찾아갔다. 무당은 점을 쳐보더니, 신부가 여전히 신랑을 기다리고 있다고 말했다.

신랑은 무당의 말대로 고향에 가보았다. 밤에 도착해보니 황씨의 집은 폐가가 되어 있었고, 마당에는 풀더미가 가득했다. 문득 신방 앞을 올려다보니 가지 하나가 삐죽 튀어나온 것이 달빛에 비쳐 마치 칼을 든 사람처럼 보였다.

자신이 오해했다는 것을 깨달은 신랑은 신방 문을 열었다. 그 자리에는 녹의홍상에 족두리를 쓴 황씨가 앉아 있었다.

그때 어디선가 황씨의 목소리가 들렸다.

"나를 일월산 산마루에 앉혀주세요."

신랑은 그 말대로 했다. 족두리를 쓴 황씨의 시신을 업고 일월산에 올라 산마루에 앉히자, 다시 황씨의 목소리가 들렸다.

"이제야 하직할 때가 되었습니다."

그리고 황씨는 그대로 무너져 사라졌다. 신랑은 바위를 쪼아 족두리를 쓴 신부 모양의 석상을 만들고, 작은 사당을 지어 모셨다. 결혼한 부인들은 황씨 부인의 사당에서 기도했는데, 아들을 점지해주는 영험이 있었다고 한다.

황씨 부인은 자신이 사모하던 이와 혼인했다. 아마도 행복하게 살며 아이들을 낳을 꿈도 꾸었을 것이다. 하지만 신랑은 그림자를 보고 제멋대로 오해하고 도망쳤다. 오해를 풀어떤 기회도 주지 않고 신부를 버린 그가 결혼과 아이라는 황씨 부인이 꿈꾸던 행복을 손에 넣자, 황씨 부인은 그제야 이건 아니라는 듯 복수한다. 하지만 이 복수는 결코 신랑 본인을 향하지는 않는다. 원한을 품은 황씨 부인이 바라는 것은 신랑을 직접 해치는 것이 아니라, 신랑이 자신을 기억하고 돌아와 결백을 믿어주는 것이기 때문이다.

이와 비슷한 '신부형' 설화들에서 버림받은 신부들은 다른 여자와 결혼하는 신랑의 신행길에 비를 뿌리거나 크고 작은 재해를 내리지만, 자신을 배반한 신랑을 죽이지는 않는다.

때로는 김 정승의 딸처럼 아무 일도 하지 않고 그저 한없이 기다리기도 한다.

이 정승의 아들과 김 정승의 딸

구례 이 정승에게는 아들이 있었는데, 마침 순천 김 정승에게도 전처소생의 딸이 있었다. 두 정승은 자식들끼리 서로 혼인시키자고 약속했다. 장성한 이 정승의 아들은 김 정승의 딸에게 장가를 들러 갔다. 그런데 신부의 계모인 김 정승의 후처가 이를 질투했다.

"내 딸에게는 변변한 혼처를 얻어주지도 않았는데, 전처 딸은 정승의 아들에게 시집보내려 하다니."

김 정승의 후처는 흉흉한 소문을 냈다. 신부를 탐내는 사내가 있어 구례에서 온 신랑을 기다렸다가 죽이려 한다는 소문이었다. 순천 근처까지 온 이 정승의 아들 귀에도 그 소문이 들어왔다.

"시집갈 처녀가 따로 사내를 숨겨놓고 나를 죽이려 하다니. 이런 혼사는 할 수 없지."

이 정승의 아들은 서둘러 돌아갔다. 오지 않는 신랑을 기다리던 신부는 결국 혼사가 깨진 것을 수치스러워하며 목을 매 죽었다. 처녀가 자살한 이후 그 원한 때문인지 김 정승 집안은 아주 망해버렸고, 후처와 그 소생들도 전부 죽었다. 폐가가 된 김 정승 댁에서는 밤마다 곡소리가 들렸다.

세월이 지나 이 정승의 아들이 순천 근처를 지나갈 일이 있었다. 그는 문득 김 정승 댁에 가보았는데, 폐가가 된 집에서 신부가 뛰어나와 그를 반겼다. 애달픈 마음에 신부와 함께 신방에 들었다가 자고 일어나 보니 신랑 옆에는 신부의 해골이 놓여 있었다. 신랑은 신부의 유골을 가지고 돌아와 장사 지냈다.

신부형 설화의 신부들은 자신을 버린 당사자인 신랑 앞에 직접 나타나 복수하지 않는다. 원님 앞에 나타나 호소하는 법도 없다. 그저 신랑이 돌아올 때까지 기다리고 또 기다릴 뿐이다. 자신이 여기 있다는 것을 알리기 위해 주변에 다소 피해를 입히기는 하지만, 이들이 원한을 푸는 방식은 매우 소극적이다. 그리고 신랑이 돌아와 자신의 결백을 알아주는 것만으로도 원한을 풀고 한 줌 잿더미나 낡은 해골이 되어 이 세상을 떠난다.

이들은 가부장제가 정해준 금기를 어기지 않는다. 신랑이 도망칠 때 쫓아가 해명하지도 않고, 직접 복수하지도 않는다. 신랑이 새로 장가들어 낳은 아이들에게 해코지하기도 하지만, 자신이 신랑의 본처라고 믿는 신부의 입장에서 이 아이들은 사실상 첩의 자식들이나 다름없다. 이들은 낡은 집, 즉 낡은 상징적 질서 안에서 여전히 배신자를 기다리며 원한을 풀 날만을 기다린다.

신부들의 원한을 풀어주는 것은 가해자의 죽음이나 사과가 아니다. 자신이 정절을 지켰다는 것을, 끝까지 신랑을 기다린 열녀라는 사실을 신랑이 받아들여주는 것이다. 그들은 죽은 뒤에 끝내 인정 투쟁에서 승리하지만, 그 승리는 어디까지나 지독하게 가부장제 안에 놓여 있다.

죽은 뒤에 사당에 배향되거나 남편 가문의 선산에 묻힌다고 한들 죽은 사람은 돌아오지 않는다. 하물며 신이 된 황씨부인의 영험이라는 것은 아들 점지, 즉 젊은 부인이 가문에 온전히 편입되었다는 상징을 내리는 것이다. 이들은 상징적인 질서에 문제를 제기했지만 금기를 넘어서지 못하고, 그저 기다리고 인내하면 해결이 될 것이라는 메시지만을 남긴다. 여성들의 기다림과 희생을 요구하는 남성들의 욕망에 부응하듯이.

인간이 아닌 이류와의 사랑 이야기

신선이나 귀신, 요매, 변신한 영물 등의 이야기는 일찍이 중국의 신화나 설화에 등장하기 시작했다. 특히 남북조 시대에 이와 관련된 수많은 이야기들이 만들어졌다. 수 · 당 시대 이후 인간이 아닌 여자, 즉 이류(異類)와 인간 남자의 애정사를 다룬 이야기들이 등장했는데, 이를 이류혼련(異類婚戀) 이야기라고 한다. 이런 이야기들이 꽤 많고, 또 인기가 있었는지, 인간 남자와 사랑에 빠지는 상대의 성격에 따라 인신련(人神戀), 또는 인귀련(人鬼戀), 인요련(人妖戀) 등으로 세분하기도 했다. 이 인간이 아닌 여성들은 기본적으로 '나'와 다른 신비로운 존재이자 불안과 공포의 대상이지만, 인간 이상으로 아름답고 재주가 뛰어나며 인간다운 심성을 가진 이상적인 형태로 묘사된다.

4
조선 시대 가정 잔혹사

안채도 규방도 안식처는 될 수 없었다

1969년 신상옥 감독은 영화 〈이조 여인 잔혹사〉에서 가부장제에 짓눌린 여성들의 수난을 이야기했다. 딸을 열녀로 만들어 출세하려는 아버지에게 살해당한 과부, 외아들과 혼인한 며느리를 시기해 살해하는 시어머니, 불임인 남편 대신 씨내리의 아이를 낳고 자살하는 젊은 부인, 궁궐 내 호위무사에게 겁탈당하고 임신해 궁에서 도망치는 상궁. 영화는 듣기만 해도 숨이 막힐 만큼 격심한 당대 여성들의 수난을 담고 있다.

이 영화의 마지막 이야기인 〈금중비색〉 에피소드에서 강간을 당하고 임신한 상궁은 동료 상궁들과 그들을 이해하는 인물들의 도움으로 도망치는 데 성공한다. 임금이 아닌 남자의 아이를 임신한 궁녀는 죽음을 면치 못하는 상황에서, 가부장제와 신분제의 정점에 있는 궁에서 벗어나 새로운 세계로 떠날 가능성을 보여준 것이다. 하지만 앞의 세 이야기는 다르다. 가정을 배경으로 한 이들 이야기에서 여성은 아버지를 위한 거래의 도구였고, 혼인해 친정을 떠나면 그대로 시가 사람들의 학대에 노출되었고, 아이가 생기지 않아도 그 책임을 져야 했으며, 정조를 잃으면 목숨을 빼앗겼다. 여성은 통제와 억압과 착취의 대상이었으며 재생산과 가문의 명예를 위한 도구였다. 견고한 남성 중심 사회에서, 여성은 딸, 며느리, 정실, 첩, 시어머니, 그 어떤 위치에 있더라도 타자화되고 억압받는다. 바로 그 가혹한 억압과 착취 속에서 여성들은 갈등하며 또 다른 비극의 주인공이 되었다.

부인과 첩, 총애를 위해 살인을 벌이다

조선의 사대부들은 한 명의 부인을 맞았다. 납채(納采) · 문명(問名) · 납길(納吉) · 납폐(納幣) · 청기(請期) · 친영(親迎)의 여섯 절차인 육례*를 치르고 어엿하게 맞이한 부인의 소생이 가문의 대를 이었다. 하지만 조선의 사대부들은 첩을 들였다.

---

* 절차에 따른 혼인의 예법이다. 납채는 신부 측이 신랑 측의 혼인 의사를 받아들이는 것, 문명은 신랑 측이 신부의 외가 가계를 확인하는 것, 납길은 혼인의 길흉을 점치는 것, 납폐는 폐물을 주고받아 혼인의 성사를 표시하는 것, 청기는 혼인 날짜를 정하는 것, 친영은 신랑이 신부를 맞이하는 것이다.

부인은 맞는다면 첩은 들이는 것이었다. 예물(禮物) 대신 예전(禮錢) 명목으로 첩의 친정에 돈을 보내기는 했으나, 부인을 맞을 때처럼 정성스레 육례를 갖추지는 않았다.

자신이 정실이고, 자신의 자식이 가문의 대를 이을 것이라 하나, 남편의 사랑을 다른 여성에게 빼앗긴 부인의 마음이 편할 리가 없다. 첩 역시 마찬가지다. 자식을 낳아봤자 서자에 불과하고, 평생 부인의 위세에 눌려 있어야 하는 데다, 대개는 친정도 부인의 친정보다 신분이 낮거나 가난하니 남편밖에는 기댈 곳이 없다. 이런 그들이 서로 갈등하고 때로는 미워하는 것도 어떤 면에서는 당연한 일이었다.

사대부는 제 정욕 때문에, 혹은 본가를 떠나 한성에서 지낼 때 제 수발을 들 사람이 필요해서 첩을 들이지만, 그 뒤에 벌어지는 가정에서의 갈등은 책임지지 않았다. 고통은 여성들의 몫이었다.

득옥 이야기

득옥은 성천의 기생이었는데, 인평대군의 총애를 받았다. 인평대군의 첩이 된 득옥은 대군 사저의 연못 팔각정에서 수시로 춤과 노래로 대군을 즐겁게 하며 아양을 떨었다.

대군 부인을 비롯한 대군 댁 사람들은 다들 못마땅해했지만, 대군의 총애를 받는 시녀를 어찌 할 수는 없었다.

대군뿐만이 아니라, 대군의 아들인 복창군도, 처남인 오정창도 득옥에게 마음을 빼앗겼다. 대군 부인에게 올케인 오정창의 부인이 울며 달려와 호소했다.

"요망한 기녀 하나가 온 집안의 화근이 되고 있으니, 이대로 내버려 두시다가는 가문의 이름에 먹칠을 할 것입니다. 어떻게든 내치셔야 하지 않습니까."

"자네 마음은 내가 아네. 하지만 대군께서 첩을 들이시자마자 내친다면 사람들이 내가 천한 첩을 투기한다 조롱하지 않겠는가."

그러던 중 인평대군이 사신으로 중국에 갔다. 대군 부인에게는 절호의 기회였다. 대군 부인은 득옥에게 황금 50냥을 훔쳤다는 누명을 씌워 문초했다.

"득옥은 네 죄를 네가 알렸다. 네가 대군 나리의 총애를 믿어 황금을 훔치지 않았느냐."

"소인이 훔친 것이 어디 황금이겠습니까. 대군 나리의 마음이겠지요."

"이 요망한 것!"

"그뿐이겠습니까. 대사헌 댁 마님께서 이 댁에 드나드시며, 대사헌 오정창 영감이 제게 마음을 두신 일로 원통해하시며, 마님께 소인에 대해 있는 말 없는 말을 지어 올리는 것을 제가 모르겠습니까. 대사헌 영감께서 대군 마님의 첩실에게 마음을 두신 것은 그분의 죄이옵니다. 왜 애꿎은 소인에게 죄를 덮어씌우시는지 알 수가 없습니다."

대군 부인의 뒤쪽에서 오정창의 부인이 부들부들 떨었다. 그때 득옥이 한마디 했다.
"복창군 나리께서 소인을 엿보시는 것도 소인은 다 알고 있나이다. 그것이 복창군 나리의 잘못이옵니까, 나리를 잘못 가르치신 마님의 잘못이옵니까."
"저 요망한 것을 죽을 때까지 매우 쳐라!"
대군 부인의 명에 건장한 남자 종들이 득옥을 매질하기 시작했다. 마침내 득옥이 정신을 잃자, 대군 부인은 쓰러진 득옥을 연못에 빠뜨려 죽이라고 했다.
그 뒤 이상한 일이 일어났다. 인평대군 댁 안방에 난데없이 피가 쏟아지고, 저택 용마루에 죽은 득옥이 올라가 있기도 했다. 중국에서 돌아온 대군은 깊은 병에 걸렸다. 저녁 어스름이나 희미한 불빛이 있을 때, 시중 들던 이들은 대군의 머리맡에 앉은 득옥을 목격하곤 했다.
대군이 마침내 숨을 거둔 뒤 인평대군 부인은 자신의 침실에서 죽은 득옥과 마주쳤다.
"마님께서는 이제 대군 나리를 영영 잃으셨군요. 소인은 대군 나리와 더불어 저 팔각정에서 즐길 것이옵니다. 마님께서는 계속 부러워만 하십시오."
득옥의 모습이 홀연히 사라지자, 대군 부인이 방문을 열었다. 멀리 팔각정에 득옥과 인평대군의 모습이 보였다. 득옥은 춤추고 노래를 부르며 대군 부인을 조롱했다.

그날 이후로도 득옥의 모습은 대군의 집 여기저기에서 보였다. 무슨 일이 일어날 때마다 득옥은 담이나 지붕 위에 모습을 드러냈다. 몇 달이 지나지 않아 인평대군 부인은 병들어 죽었고 삼복의 옥*과 경신환국으로 인평대군 집안이 망했는데, 사람들은 득옥의 원한 때문이라고 말했다.

득옥 이야기는 『성호사설』을 비롯해, 『해동기화』, 『이순록』, 『국당배어』, 『기문총화』, 『풍암집화』 등 여러 필기·야담집에 실려 있다. 경신환국이라는 사건과 대군 가문의 몰락을 배경으로, 사대부 가문에서 벌어지는 축첩 문제와 처첩간의 갈등, 여성들의 질투와 증오라는 문제가 사람들의 관심을 끌었기 때문일 것이다.

이야기의 기본적인 틀은 간단하다. 인평대군이 득옥이라는 기녀 출신의 첩을 들였고, 인평대군 부인이 투기해 득옥을 죽였는데, 득옥의 원귀가 집안을 망하게 했다는 것이다. 여기에 득옥이 대군의 처남 오정창이나 대군의 아들인 복창군을 유혹했다는 이야기가 덧붙기도 하고, 귀신이 나타나는 장소가 조금씩 달라진다. 세부적인 내용은 다르지만, 득옥은 인평대군 가문에 복수한다. 득옥은 인평대군 저택 여기저기에 나타났고, 인평대군을 병에 걸려 죽게 했으며, 인평대군 부인 오

---

* 숙종 6년(1680) 일어난 사건으로, 인평대군의 아들들인 복창군, 복선군, 복평군 삼형제가 역모를 도모한 혐의로 처형당했다. 경신환국으로 이어졌다.

씨도 임신 중에 세상을 떠났다. 게다가 삼복의 옥으로 복창군 삼 형제는 역모에 휘말려 사사되었는데, 사람들은 이 모든 일이 득옥의 원한 때문이라고 생각했다. 애정의 대상에게 들러붙는 정도가 아니라 아예 집안을 절단 내고 완벽하게 망하게 하다니, 드물게 철저하게 복수하는 원귀라 할 수 있다.

득옥의 원한이 그만큼 깊었다고도 볼 수 있지만, 한편으로는 복수의 상대가 대군 집안이기 때문이라고 생각할 수도 있다. 일개 원님이 대군의 사사로운 축첩 문제나 가정사에 간섭할 수는 없으니, 원님에게 호소한다고 해도 소용이 없기 때문이다.

한편 『기문총화』에는 이와 비슷하지만 조금 다른 이야기가 실려 있다. 신익성의 첩 옥이에 대한 이야기다.

옥이 이야기

신익성은 옥이라는 첩을 들여 무척 총애했다. 하지만 몇 년 뒤, 신익성은 이번에는 원주 기생을 첩으로 들였다. 신익성의 부인도 마음이 상했으나, 총애를 잃은 옥이는 그야말로 하늘이 무너지는 것 같은 슬픔과 질투를 느꼈다.

"열흘 붉은 꽃이 없다더니, 남자의 마음이 그러하구나."

옥이는 결국 괴로워하다 목을 매 죽고 말았다. 옥이가 자살하고 얼마 지나지 않아 신익성은 시름시름 앓기 시작했는데, 사람들은 신익성의 머리맡에 옥이가 앉아 있는 것을 보았다.

신익성은 머지않아 세상을 떠나고 말았다.

대군의 정실인 인평대군 부인은 첩에게 죄를 뒤집어 씌워 죽일 수 있었다. 하지만 한낱 첩에 불과한 옥이는 새로 들어온 첩을 질투해도, 그 분노를 자기 자신에게 돌릴 수 밖에 없었다. 사대부 가문에서 여인이 총애를 두고 질투한 끝에 귀신이 되어 남편을 병들게 하다가 저승으로 데려간다는 점은 같다. 그러나 사랑과 질투, 죽음의 방향은 그 신분에 따라 달라졌던 것이다.

첩이 부인을 해코지하는 경우도 있었다. 『청구야담』과 『계서야담』, 『해동야사』, 『기문총화』 등에서 찾아볼 수 있는, 김 재상의 이야기를 살펴보자.

원통하게 죽은 부인의 한을 풀어준 김 재상

김 재상이 젊어 아직 급제하기 전의 일이다. 밤늦게까지 공부를 하는데, 문득 문밖에서 여자의 울음소리가 들렸다.

"무슨 일이냐."

김 재상이 두려워하지 않고 기척을 내자, 머리를 풀고 온몸에 피가 흐르는 여자가 흐느끼며 방으로 들어왔다.

"저는 역관의 딸입니다. 제 낭군의 첩이 본부인인 저를 영월암으로 데려가 칼로 찔러 살해하고는, 제가 웬 남자와 눈이 맞아 도망쳤다고 사람들에게 말했습니다. 저는 죄 없이 죽었는데, 낭군은 제가 배신했다고 여겨 미워하고, 친정 부모님은 저를 가문의 수치로 생각하시니, 슬프고 슬픕니다."

"부인의 억울함은 알겠소이다. 하지만 제가 어찌 도와드리면 좋을지……."

"당장 도와달라 말씀드리는 게 아닙니다. 공께서는 장차 형조참의가 되실 것이니, 그때 이 억울함을 풀어주시면 죽어서도 그 은혜를 잊지 않을 것입니다."

과연 김 재상은 몇 년 뒤 형조참의 벼슬에 올랐다. 그는 남편을 영월암으로 데려가 시신을 확인하게 하고, 친정에 알려 제대로 장사를 지내게 했으며, 본부인을 모함하고 살해한 첩을 처벌했다. 그러자 일전의 여자는 단정한 머리와 깨끗한 옷차림으로 다시 나타나 김 재상에게 감사를 표했다.

이 이야기는 여러 필기·야담집에 두루 수록되어 있어, 당대 흔한 이야기였거나 사대부들에게 큰 반향을 일으켰음을 짐작해볼 수 있다. 원귀가 출세할 사람을 알아보고 찾아와 도움을 청하고, 출세한 뒤 원귀의 원한을 갚아주는 이야기 자체가 흥미로웠을 수도 있을 것이다. 그러나 그보다는 처첩 갈등으로 인한 살인 사건이라는 점이, 실제로 처첩을 거느릴 수 있었던 사대부 남성들의 관심을 끌었을 것이다.

어쩌면 사대부들은 이 이야기를 간교한 첩의 범죄로, 여성들 간의 다툼으로 만들어 타자화하고, 죽은 여성을 역관의 딸로 설정해 사대부 가문과는 선을 그어 한 번 더 타자화하는 등, 이중으로 타자화해 남의 일 보듯, 이런 이야기를 쓰고 읽고 향유했을 것이다. "여자들이나 천한 자들은 이래서 문제"라고 일반화하는 한편, "내 집에서는 이런 일이 안 일어나서 다행"이라고 멋대로 안도했을지도 모른다.

죽은 전처가 산 후처를 몰아낼 때

부인과 첩의 갈등이 당사자들 간의 직접적인 마찰이었다면, 세상 떠난 전처와 새로 맞이한 후처의 갈등은 간접적인 마찰이라고 할 수 있다. 이런 갈등이 선명히 드러난 이야기가 바로 『동야휘집』에 기록된 「강생의 전처와 후처」이다.

강생의 전처와 후처

강생의 부인은 어진 사람이었는데 그만 일찍 죽고 말았다. 아내가 죽고 얼마 지나지 않아 강생은 새장가를 들었는데, 이 후처는 죽은 전처와는 달리 살림도 엉망이고 성격도 사나웠다. 강생은 걸핏하면 후처와 싸우고 전처를 그리워했다. 그러던 어느 날이었다. 그날도 후처와 싸운 강생은 화가 나 산에 올랐다가 그만 발이 미끄러져 웅덩이에 빠지고 말았다. 그런데 어디선가 낯익은 목소리가 들려왔다.

"여보, 여보!"

눈을 떠보니 전처의 모습이 보였다. 강생은 깜짝 놀랐다.

"죽은 당신을 이렇게 다시 만나다니, 내가 지금 저세상에 온 거요?"

"아닙니다. 당신은 아직 오실 때가 아닙니다. 하지만 여기까지 오셨으니 부모님을 뵙고 가시지요."

"부모님께서 돌아가시고 늘 마음이 아팠는데, 당신이 이곳에서 내 부모님을 모시고 있었구료."

강생은 전처를 따라가 돌아가신 부모님을 뵈었다. 그리운 가족들을 다시 만나니 강생은 후처가 기다리는 이승으로 돌아가기 싫어졌다. 가족들이 어서 돌아가라고 채근하자, 강생은 한숨을 쉬며 후처와의 일을 털어놓았다.

"그런 일이라면 우리가 도와줄 수 있을 것 같구나."

강생의 부모는 후처의 영혼을 저승으로 데려오더니 전처의 영혼을 후처의 몸에 넣어주었다. 그리고 강생을 원래의 세상으로 돌려보냈다. 강생이 집에 돌아와 보니 후처의 몸에 들어온 전처의 혼령이 소매를 걷어붙이고 3년 동안 후처가 망쳐놓은 살림을 정리하고 있었다.

그후 전처의 혼령은 12년 동안 후처의 몸에서 살다가 저승으로 돌아갔다. 자기 몸으로 돌아온 후처의 영혼은 부모님의 가르침을 받고 유순해져, 지난 일을 반성하고 강생과 사이좋게 살았다.

이 이야기를 읽으면 필기·야담이 어디까지나 남성 사대부가 기록한 글이라는 한계가 뼈저리게 느껴진다. 젊고 건강한 후처의 몸에 성품이 어질고 부지런한 전처의 영혼을 집어넣는다는 발상부터가 지독하게 남성 중심적이다. 그런 데다 후처가 왜 사나울 수밖에 없었는지, 왜 살림을 제대로 하지 못했는지, 그 근본적인 이유에 대해서는 비겁할 정도로 입을 다물고 있다.

후처는 첩이 아니다. 전처가 죽은 다음 다시 정식으로 혼인한 부인이다. 하지만 사람들은 흔히 후처를 전처보다 낮잡아 보았고, 첩으로 오해하는 일도 잦았다. 그러다 보니 혼기를 놓치거나 가세가 기운 집안의 딸들이 울며 겨자 먹기로 후처 자리에 시집가기도 했다.

혼인한 뒤에도 어려움이 많았다. 처음에는 남의 살림에 익숙하지 않은 게 당연한데, 가족들은 행동거지 하나하나를 전처와 비교할 것이다. 전처와 금슬이 돈독했던 남편이라면 후처에게 서먹하게 굴었을 것이요, 시가 식구들도 전처만 못하다며 타박했을 것이다. 전처의 자식들이 있다면, 특히 그 자식들이 장성했거나 아들이라면 더욱 후처의 입지가 줄어들었을 것이다. 이렇게 마음고생이 심한 상황에서 후처들이 괴로워하고, 그로 인해 화를 내거나 병에 걸려 몸져누워도 이상하지 않다.

일제강점기 때 조선의 민속을 조사했던 민속학자 무라야

마 지준(村山智順)은 현재의 우리에게는 다소 낯선 귀신 하나를 소개한다. 바로 미명귀다. 젊어서 죽은 전처가 이 세상에 미련을 버리지 못해 후처에게 병을 주거나 재앙을 내리는데, 이 전처의 원귀를 미명귀라고 불렀다.

현실적으로 생각하면 정말 전처의 귀신이 후처를 병들게 하진 않았을 것이다. 미명귀라 불리는 귀신이 있었다는 이야기에서 짐작할 수 있는 것은, 후처로 시집간 여성들이 종종 병들거나 곤란한 일들을 겪었고 사람들은 그 원인을 죽은 전처라고 생각했다는 것이다. 후처를 끊임없이 마음 고생하게 만든 원인 제공자인 주변 사람들은 책임을 죽은 전처에게 돌렸다. 가정에서의 갈등을 산 자와 죽은 자의 대립, 한 남자를 사이에 둔 여성과 여성의 갈등 구도로 만들어놓고, 남의 일 보듯이 자신들은 한 발 물러났던 것이다.

시집살이가 일으킨 참극

한 남자와 혼인한 여성에게 있어서 예나 지금이나 가장 위협적인 것은 무엇일까?

아무리 귀신이 되었다 한들, 죽은 전처는 죽은 사람일 뿐이다. 산 사람을 이길 수는 없다. 남편이 첩을 총애한다 한들, 일단 혼인을 했으면 부인은 제도 안에서 보호를 받는다.

장성한 전처의 자식들이 버티고 있다 해도, 이들 역시 아버지의 후처에게 대놓고 불효를 하기는 어려웠다.

예전에는 가부장제 안에서 절대적이었던 것. 요즘은 예전처럼 심각하지는 않다고 해도 여전히 부부를 파탄낼 수 있는 강력한 요소. 남의 집 귀한 딸, 배울 만큼 배우고 사회에서 활약하는 여성을 자기 집에서 최하층의 존재로 만드는 것. 남자와 혼인한 여성에게 가장 위협적인 것은, 바로 요즘 '시월드'라 불리는 시집살이다.

숙영낭자전

세종 때 안동에 사는 선비 백상곤과 그 부인 정씨는 자식이 없어 고민하던 중, 명산대찰에 빌어 총명한 아들 선군을 낳았다. 자라 혼기가 된 선군은 밤마다 꿈에, 옥련동에 귀양 온 선녀 숙영 낭자를 만난다. 숙영 낭자는 자신과 선군은 하늘이 맺어준 인연이나 앞으로 3년을 더 기다려야 한다고 말했다. 하지만 선군은 상사병을 앓다가 병이 들었고, 숙영 낭자는 자신을 닮은 시녀 매월을 시첩으로 삼게 했지만 여전히 차도가 없었다. 선군은 유람을 가겠다며 숙영 낭자가 살고 있는 옥련동을 찾아갔고, 그곳에서 숙영 낭자를 만나 혼인해 함께 집으로 돌아왔다.

이후 선군과 숙영 낭자는 남매를 낳고 행복하게 지냈는데, 선군은 숙영 낭자에게 푹 빠져 과거를 볼 생각을 하지 않았다. 부모의 강권으로 과거를 보러 떠났는데도 숙영 낭자가 그리워 두 번이나 돌아와 몰래 낭자를 만나고 갔다. 백상곤은 며느리의 방에서 들려오는 남자 목소리를 듣고 의심했다. 선군의 시첩이 되었다가 총애를 잃은 매월은 숙영 낭자가 다른 남자와 밀통하고 있다고 죄를 뒤집어 씌웠다. 백상군이 숙영 낭자를 끌고 나와 간통 사실을 밝히라며 매질하자 숙영 낭자는 말했다.

"아무리 시부모님의 간택으로 육례를 치르지 못한 며느리라고는 하나, 어찌하여 그리 끔찍한 말씀을 하시옵니까. 빙옥과 같은 정절로 살아왔는데 억만 번을 죽는다 하여도 어찌 사실이 아닌 일을 여쭈겠습니까."

숙영 낭자는 자신이 결백하다면 옥비녀가 섬돌에 꽂힐 것이라 말하며 비녀를 뽑아 던졌고, 과연 비녀는 섬돌에 꽂혔다. 그것을 보고 정씨 부인이 숙영의 결백함을 알았지만 숙영은 수치심을 이기지 못하고 자살했다. 선군의 급제 소식이 들려오자 백상곤은 어떻게든 숙영의 자살을 숨기려고 급히 임 소저에게 혼담을 넣어 선군을 혼인시키려 했다. 선군은 그 말을 듣지 않고 돌아와 숙영 낭자의 죽음을 보고 통곡하고, 숙영 낭자의 결백함을 증명한 뒤 매월을 벌했다.

억울함이 풀린 숙영 낭자는 되살아났지만 이번에는 임 소저가 문제였다. 선군이 이미 혼담이 오가고 사주단자를 보냈으니 다른 곳에 시집갈 수 없다는 임 소저의 사정을 주상께 상소하자, 주상은 임 소저와의 혼인을 허락하고 숙영 낭자와 임 소저에게 정렬부인과 숙렬부인의 직첩을 내려 세 사람이 부부가 되어 살게 했다. 세 사람은 행복하게 살다가 훗날 한 날한시에 나란히 하늘로 승천했다.

법도에 따라 육례를 갖추어 혼인한 며느리도 아이를 낳기 전까지는 가족 내에서 최하층의 존재로, 온전히 시가 사람이 되지 못했다. 자식을 낳아 대 이을 자손의 어머니가 되어야만 여성은 시집간 집에 온전히 뿌리를 내릴 수 있었다. 만약 육례를 갖추지 못한 혼인이거나 첩으로 들어갔다면, 자식을 낳았다고 해도 그 처지가 불안했다.

『숙영낭자전』의 숙영 낭자는 하늘의 선녀로, 선군과는 하늘로부터 정해진 인연이었다. 그는 선군의 정실로 아들과 딸을 낳았다. 그럼에도 "시부모님의 간택으로 육례를 치르지 못한" 것은 숙영 낭자에게 흠이 된다. 하물며 첩이라면 시댁에서의 입지가 더욱 불안할 것이다.

귀신이 지은 시를 알아본 김정국

송생은 사대부였으나 그다지 시를 잘 짓지 못했다. 그는 풍류를 즐기다가 어느 아름다운 여자를 만나 첩으로 삼았는데, 그 여인은 아름답고 무척 시문에 뛰어났지만 어쩐지 요사스러운 분위기를 풍겼다.

"산 사람이 저리 요망한 기운을 풍길 수 없으니, 필시 귀신이나 여우가 둔갑한 게 아니겠느냐. 그런 여자는 집안을 망하게 하는 법이니, 당장 내쫓아야 하지 않겠소."

"그래도 잠시만 두고 봅시다. 우리 아들이 그동안 공부를 게을리하였는데, 저 아이가 들어온 뒤로는 제법 시를 짓고 공부를 하지 않습니까."

첩과 함께 공부하며 송생의 글솜씨는 날로 훌륭해졌다. 사람들은 송생이 재주가 뛰어난 첩에게 글을 배워 시를 잘 짓게 되었다고 칭찬했지만, 집안사람들의 생각은 달랐다.

"이제 너도 제법 시문으로 이름을 떨치게 되었는데, 그 요망한 계집은 언제까지 끼고 있을 생각이냐."

집안사람들은 첩을 내쫓았다. 첩은 마지막으로 먹을 갈아 "꽃 같은 아내는 이제 낙수의 물귀신이 되리라."라고 적어 놓고 떠났다. 첩이 집을 떠나 모습을 감추자 송생은 다시 예전처럼 서투른 시 밖에 짓지 못하게 되었다.

『기문총화』에 나오는 이 이야기의 결말에서는, 김정국이 송생이 쓴 시를 보고 귀신이 지은 시임을 알아보았다고 설명한다. 다시 말해 송생의 첩은 정말로 요망한 기운을 풍기는 귀신이었고, 송생이 시를 잘 썼던 것은 귀신이 조화를 부린 덕분이며, 훌륭한 사대부인 김정국은 시만 보고도 귀신의 장난임을 알아챘다는 것이다. 정말 그럴까?

이 이야기는 첩이 시가 사람들의 변덕에 따라 언제든 쫓겨날 수 있는 불안정한 신분이었음을 보여준다. 글공부가 부족하고 풍류를 좇던 송생이 재주 많은 여성을 만나 발전하는 모습을 보여주었다 한들, 그 공은 송생의 공일 뿐이다. 여성은 함부로 재주를 내비치니 겸손하지 못하고 요망하다는 말을 듣는 것이 현실이었다. 송생의 첩은 귀신이었던 것이 아니라, 가족들이 재주 많은 여성을 핍박해 끝내 죽음으로 몰아 낙수의 물귀신으로 만들었던 것이다.

첩만이 그렇게 간단히 내쫓기는 것도 아니다. 정식으로 혼례를 올렸다고 해도 아이와 남편이 없는 과부라면 의지할 데 없는 신세가 되는 것은 마찬가지였다.

쫓겨난 며느리의 원귀

어느 사대부 집안에서 혼인한 지 얼마 안 된 아들이 죽었다. 어린 며느리는 졸지에 자식 없이 청춘과부가 되고 말았다. 그런데 어느 날 이웃집에서 잔치가 열렸다. 며느리는 옆집의 음식 냄새며 웃음소리, 음악 소리를 듣고 자꾸만 그쪽을 기웃거렸다. 그러자 시아버지가 살그머니 안채에서 밖으로 나가는 문을 열어놓았다.

"그 문은 왜 열어놓는 겁니까. 그렇지 않아도 새아기가 밖에 나가고 싶어 몸 둘 바를 모르던데요."

"남편 잃은 몸으로 음전치 못하게 남의 집 잔치나 엿보다니.

지금은 잔칫집을 기웃거리지만 나중에는 무슨 짓을 할지 모르는 거요. 문을 열어놓았다고 나가는 경박한 며느리라면 이참에 내쫓아 화근을 없애는 게 낫지."

시아버지가 그런 생각을 하는 줄도 모르고 며느리는 살금살금 나가보았다. 잔칫집에 사람이 드나드는 모습을 잠시 바라보다가 다시 돌아오려는데, 문이 잠겨 있었다. 며느리는 문을 두드렸지만 시아버지는 문을 굳게 잠그고 열어주지 않았다.

"아버님, 아버님! 제발 문 좀 열어 주세요!"

"너는 이제 이 집안사람이 아니다. 네 친정에 가든지, 길에서 얼어 죽든지, 내 알 바 아니다!"

며느리는 며칠을 울며불며 매달렸지만 소용이 없었다. 결국 며느리는 대문 밖에서 기력이 쇠해 쓰러져 죽었다. 그 뒤로 이 집안 자손이 과거를 볼 때마다 며느리의 원혼이 나타나 방해했고, 결국 집안은 망하고 말았다.

성리학이 조선의 통치이념으로 자리 잡으며, 『삼강행실도』나 『열녀전』 등의 보급과 함께 여성이 한 남편만을 섬겨야 한다는 일부종사의 관념이 널리 퍼졌다. 이는 법률로도 반영되어, 과부의 재혼에 대한 규제로 나타났다. 성종 16년(1485년)에 제정된 재가녀자손금고법(再嫁女子孫禁錮法)은 재혼한 여성의 자손이 과거에 응시하지 못하게 금지하는 법률로, 실질적으로 과부들의 재가를 금지한다는 뜻이나 마찬가지였다.

젊은 과부란 그런 점에서 일종의 골칫거리였다. 사람의 인생은 길고 유혹은 많으니, 자칫하면 실절해 집안의 명예를 실추시킬 수도 있다고 생각했다. 몇몇 과부들이 남편을 따라 자결하거나 자식들을 어느 정도 키워놓고 자결해 열녀가 되자, 사람들은 젊어 과부가 된 며느리에게 열녀가 되라고 자결을 종용하기도 했다.

이 이야기 속 며느리가 쫓겨난 것은 어리고 호기심 많은 며느리가 혹시라도 실절해 집안을 망칠까 걱정한 시아버지의 두려움 때문이었다. 어려서 과부가 된 며느리를 긍휼히 여기는 마음은 없이 두려움만 있었기에 한 목숨을 빼앗는 잔인한 결과를 낳고 말았다. 사람들이 죽은 며느리의 원혼이 집안을 망하게 했다고 말하는 것도, 이와 같이 과부 며느리들이 열녀가 되기를 종용하던 사회 풍조와 이어져 있다.

이렇듯 정처가 아닌 첩이거나, 정식 부인이라도 아직 아이가 없거나, 젊은 과부라면 시가에서 여성의 입지는 언제든 흔들릴 수 있었다. 하지만 정실이고 아이가 많으며 남편의 사랑이 지극하다고 해도 안전한 것은 아니다. 앞서 살펴본 일월산 황씨부인당에 얽힌 또 다른 이야기가 그를 보여준다.

일월산 황씨부인당의 유래 (2)

순조 때 청기면 당리에 살던 우씨 집에서는 아침부터 호통소리가 났다.

"대체 너는, 어떻게 된 태가 낳는 자식이 전부 계집아이란 말이냐!"

간밤에 아홉 번째 딸을 낳고 아직 자리에 누워 있던 젊은 부인 황씨는, 시어머니의 호통에 그저 입술만 깨물 뿐이었다. 황씨는 남편 우씨와 혼인해 금슬 좋게 살았고, 자식도 많이 낳았지만, 아홉 명의 자식이 전부 딸이었다.

"며느리를 잘못 들였더니 우리 집안 대를 끊어 놓는구나. 아이고, 원통하여라."

우씨의 어머니는 일찍 과부가 되어 아들 하나만을 보고 살았다. 그런데 효성 지극하던 아들이 황씨와 결혼해 아내를 극진히 사랑하자, 청상과부 시어머니는 며느리를 시샘하고 질투해 작은 실수도 용서하지 않고 꾸짖었다. 그런데 이 며느리가 아들을 낳지 못하니, 시어머니는 이를 두고 걸핏하면 괴롭히고 학대했다. 갓 해산한 며느리에게 험한 말을 퍼붓는 것도 일상이었다. 황씨는 나날이 여위어갔다. 남편과의 정은 깊었지만, 이렇게는 살아도 사는 것 같지 않았다.

어느 날 남편이 저자에 나간 사이 시어머니는 또다시 황씨에게 험한 말을 퍼부어댔다.

"여자가 시집을 왔으면 마땅히 시부모에게 순종하고 아들을 낳아야 하는 법인데, 너는 쓸모도 없는 딸자식을 아홉이나 낳아놓고 무슨 낯짝으로 이 집에 붙어 있는 것이냐! 차라리 낳다가 죽어버렸으면 새장가라도 들라고 할 것을, 아들 낳을 복도 없는 것이 쓸데없이 명줄만 길다니!"

그 말에 황씨 부인은 업고 있던 막내딸을 물끄러미 들여다보았다. 마침 막내는 젖을 배불리 먹고 손가락을 빨며 잠들어 있었다. 황씨는 아홉 딸들을 남겨두고 일월산으로 향했다.

그날 저녁, 남편 우씨는 황씨가 없는 것을 보고 아내를 찾아 헤맸다. 헤매고 또 헤매다 결국 주저앉아 가슴을 쥐어뜯으며 통곡했지만, 황씨는 돌아오지 않았다.

몇 달 뒤, 이 마을에 사는 심마니가 일월산에 산삼을 캐러 올라갔다가, 지난해 자기가 지어 놓은 삼막을 열어보았다. 그런데 그 안에 황씨 부인이 소복을 입고 앉아 있었다.

"아니, 아주머니. 여기서 이러고 계시면 어떡합니까. 괜찮으신 겁니까? 어서 집에 가셔야지요."

"저는 괜찮습니다. 서방님은 무탈하십니까. 오신 김에 저희 집 이야기나 좀 들려주시어요."

"아이고, 아주 난리도 아닙니다. 우 형은 아주머니를 찾느라 겨우내 이곳저곳 안 뒤져본 데가 없었고요. 아주머니도 독하십니다. 생때같은 아홉 딸들이 있는데, 여기 이렇게 숨어 계시다니요."

"저는 돌아갈 수 없습니다. 제가 여기 있다는 이야기는 아무에게도 하지 말아주세요."

심마니는 그렇게 하겠다고 말하고 돌아섰으나 어쩐지 섬뜩했다. 겨우내 산에서 지냈을 황씨 부인의 소복이 너무 깨끗해서 이 세상의 것 같지 않았기 때문이었다. 그는 서둘러 우씨 집으로 달려가 제 삼막에 황씨 부인이 있더라고 말했다.

우씨는 버선발로 산을 기어오르듯 하며 심마니의 삼막으로 달려갔다. 삼막을 열어보니 과연 황씨 부인이 앉아 있었다. 우씨는 달려가 황씨의 손을 잡았다. 그러자 황씨는 사라지고, 그 자리에는 백골과 재만 남았다. 우씨는 통곡하며 그 백골을 거두어 장사 지냈다.

며칠 뒤, 황씨 부인은 이명존이라는 사람의 꿈에 나타나 말했다.

"생때같은 어린 자식들을 두고 외롭고 쓸쓸하게 세상을 떠났으니 슬프기 그지없습니다. 제가 세상 떠난 그 자리에 넋을 위로할 당집을 하나 지어주셨으면 합니다."

이명존이 꿈 이야기를 하자 마을 사람들은 다들 고개를 끄덕였다.

"살아생전에 그렇게 구박받고 고생만 하였는데. 마지막까지 그렇게 쓸쓸하였으니 얼마나 한이 깊을꼬."

"우 형의 살림으로는 당집을 짓기 어려우니 우리가 십시일반 추렴하여 지어줍시다."

사람들은 황씨 부인의 모습을 돌로 깎고 삼막 자리에 당집을 지어 석상을 모셨다.

가난한 집안에 시집 와 아홉 번이나 출산을 한 며느리를, 시어머니는 모질게 시집살이를 시키고 괴롭힌다. 사랑하는 남편과 아이들, 특히 젖먹이 어린 딸을 두고 세상을 떠날 만큼 심한 학대였음을 짐작할 수 있다. 황씨 부인의 서글픈 인생은 시집살이로 고통받던 수많은 여성들의 삶이었을 것이다.

그래서일까. 황씨부인당에는 따로 제사를 지내는 날이 없다. 대신 여성들이 집안에 우환이 있을 때, 재수가 없을 때 찾아와 촛불을 켜고 쌀과 과일을 두고 치성을 드리곤 한다. 구박받던 황씨 부인은 그렇게 이 지역 여성들의 수호신이요, 토지신으로 좌정했다. 그 모든 서러움과 슬픔을 담은 채로.

자식을 두고 떠나지 못하는 어머니

혼인한 여성은 자녀, 특히 아들을 낳고 어머니가 되면 비로소 시가에 안착한다. 그런데 이것으로 여성의 비극이 끝날까?

집안의 대를 이을 아들의 어머니가 된 여성은 이제 아들의 미래를 걱정한다. 의학이 발달하지 못해 어린 아이가 돌을 넘기지 못하고 죽는 일이 많았던 시대, 아들을 무사히 키우는 것은 어머니의 책무였다. 단순히 아들을 잘 키우기만 한다고 해서 될 문제도 아니었다. 가문의 몰락은 아들의 몰락이나 죽음으로 이어진다. 혹은 그런 걱정을 할 겨를도 없이 전쟁으로 생이별을 하거나, 아이를 낳고 산후병으로 곧 세상을 떠나는 일도 흔했다.

그렇게 어린 자식과 생사의 길이 갈리고 만 어머니, 자식을 전쟁이나 사화로 잃고 만 어머니 역시 이 세상에 크나큰 미련을 남기고 귀신이 된다.

현덕왕후 이야기

수양대군은 거칠 것이 없었다. 계유정난으로 안평대군 일파는 물론 김종서, 황보인 등을 제거한 그는 이제 영의정 겸, 어린 조카의 섭정이 되었다. 어린 자신을 지지하던 노신들을 잃고 의지할 데가 없던 단종은 결국 선위 요구를 받아들여 수양대군에게 왕위를 내놓고 말았다.

말이 좋아 선양이지 사실은 왕위를 강탈한 것임을 조정의 모두가 알았다. 집현전 학사로서 세종의 신임이 두터웠던 성삼문, 박팽년 등 훗날 사육신이라 불리는 이들은 수강궁에 갇힌 단종을 복위할 기회를 노리고 있었다. 하지만 계획은 실패했다. 사육신은 물론 연루된 이들도 죽음을 면치 못했으며, 상왕 단종 역시 노산군으로 강봉되어 귀양길에 올랐다.
일찍이 단종을 낳자마자 세상을 떠났다가 문종 즉위 후 왕후로 추봉된 현덕왕후는 이때 폐서인이 되었고, 현덕왕후가 묻혀 있던 소릉 역시 폐했다. 소릉이 폐위되기 전날 밤, 능에서는 밤새 울음소리가 났다.
"마마께서 이 참혹한 일에 울고 계신 모양이다."
사람들은 다들 기이하다 여기면서도 현덕왕후를 가엾게 여겼다. 다음 날 와서 능을 폐하고 이 능에서 나온 석물들을 가져다 버렸는데, 어떤 이들은 석물을 가져가 집을 고치는 데 쓰기도 했다. 그런데 소릉의 석물을 가져다 쓴 사람들은 병을 앓았고 양이나 말이 묘를 밟으면 맑았던 날이 어두워지고 폭풍이 불어 다들 조심했다.
얼마 뒤 단종은 끝내 사사되고 말았다. 그러자 현덕왕후의 혼령이 세조의 꿈에 나타나 꾸짖었다.
"네가 내 아들을 죽였으니, 나 역시 네 아들을 죽이리라."
며칠 뒤 세조의 장남이자 동궁인 의경세자가 급사했다. 분노한 세조는 소릉을 파헤치고 현덕왕후의 신주를 종묘에서 내쳤다. 일설에는 현덕왕후의 관을 꺼내 강가에 버렸는데, 안산리 절의 한 스님이 여자 울음소리를 듣고 나가보았다가 옻칠한 관을 보았다고 한다. 스님이 관을 흙으로 덮어 가렸는데 모래가 밀려와 그 자리가 육지가 되었다고 전한다.

훗날 중종 대에 조광조를 비롯한 유생들이 소릉의 복위를 위해 상소를 올렸으나 쉽게 허락이 내리지 않았는데, 종묘의 나무에 벼락이 떨어지자 마침내 허락했다. 하지만 아무리 땅을 파고 주변을 살펴도 현덕왕후의 관을 찾을 수 없었는데, 예관의 꿈에 현덕왕후가 현몽해 그 고생을 치하했다. 다음날 어느 촌로가 나타나 관이 묻힌 곳을 가르쳐주어 마침내 현덕왕후를 현릉(문종의 능) 옆으로 이장할 수 있었다.

원래 현릉 옆에는 잣나무가 빽빽했으나, 이장을 시작하던 날 갑자기 몇 그루가 말라버렸다. 말라 죽은 잣나무를 베어버리니, 두 능이 서로 가리지 않고 마주 볼 수 있었다.

이 이야기는 『용천담적기』, 『음애일기』, 『금계필담』 등에 실려 있으며, 박종화의 『금삼의 피』와 같은 역사 소설, 그리고 단종이나 세조 대를 배경으로 하는 몇몇 드라마에서도 인용되었다. 그만큼 유명한 이야기지만 실제 역사와는 다른 점이 있다. 실제로는 의경세자의 사망이 단종이 사사된 것보다 한 달 남짓 빨랐으니, 세조가 단종을 죽인 뒤 현덕왕후의 혼령이 저주해 의경세자가 죽었다는 야사의 해석은 옳지 않다.

다만 단종의 죽음이 워낙 비참했기에 당대 사람들은 비슷한 시기에 죽은 의경세자를 두고 현덕왕후의 복수라고 생각했을 것이다.

최초에 민중들이 생각한 현덕왕후의 원귀 이야기는 자식을 잃은 어머니가 원수의 자식을 빼앗는다는 복수담이자 인과응보 이야기였을 것이다. 하지만 이 이야기가 사대부들에게 호응을 얻어 여러 필기·야담집에 수록된 것은, 이 이야기가 사림의 지향점과 맞아떨어졌기 때문일 것이다. 사림은 세조의 반정이 권력을 노린 반인륜적 행위였기에 소릉을 복위하는 것을 왕도정치로 가기 위한 일종의 이정표로 생각했다. 이때 현덕왕후가 예관의 꿈에 현몽한 이야기는 소릉 복위의 정당성을 확인시키는 근거였다. 이렇게 현덕왕후의 원귀 이야기는 단종의 일을 안타까워한 민중의 전복적 상상력에서 만들어졌고 사림의 정치 이념과 맞물려 기록으로 남았다.

우왕의 어머니

명나라 사신이 오게 되어 최영수가 태평관을 새로 단장할 무렵의 일이었다. 모든 준비를 마치고 나서 명나라 사신이 오기 전날 최영수는 문득 꿈을 꾸었다. 꿈속의 태평관에는 공민왕과 최영 장군, 그리고 이색과 정몽주를 비롯한 여섯 신하들과, 흰옷을 입은 부인이 나와 있었다.

잠시 후 사람들이 정도전을 끌고 들어오자 이들은 정도전에게 형틀을 씌우게 했다. 그때 맨 끝자리에 있던 신하가 말했다.

"내일 명나라 사신이 이곳 태평관에 들어올 것이니, 죄인을 심문할 수 없습니다."

최영수가 다음 날 꿈 이야기를 하자, 사람들은 흰옷 입은 부인은 우왕의 어머니이며, 아들이 쫓겨나 시해당한 억울함을 하소연하러 온 것이라 했다.

『송도기이』에 기록된 최영수의 꿈 이야기 역시, 왕위에서 쫓겨나고 시해당한 아들의 억울함을 풀기 위해 어머니인 왕비의 혼령이 나타난다는 점에서는 현덕왕후의 원귀 이야기와 비슷해 보인다. 하지만 이 이야기에는 복수가 없다. 억울함을 호소하지만 좌절되는 모습만이 남아 있다. 이는 우왕의 죽음이 반인륜적 권력투쟁의 결과가 아닌 국정 파탄과 온갖 난행의 대가였기 때문이기도 하고, 민중의 상상력에서 비롯된 귀신 이야기와 사대부가 상상하는 원귀 이야기의 차이이기도 하다.

사대부들은 성리학적 세계관 안의 조상신, 사대부에게 억울함을 호소할 수 있는 귀신, 그리고 사대부에게 제압될 수 있는 귀매를 상상했다. 민중이 상상했던 귀신들은 이와 조금 달랐다. 민중의 상상 속 귀신들은 산 사람처럼 슬퍼하고 고통받고 분노했다. 심지어 제삿상이 마음에 들지 않는다는 이유로 후손들에게 복수하기도 했다. 『한국구비문학대계』[12]에는 제사에 정성이 부족하다고 해를 끼치는 혼령에 대한 항목이 따로 있을 정도다. 이를테면 제사 음식에 머리카락이 들어가 있다고 손자를 화로에 밀어 다치게 하거나, 제사를 지내던 중 부부가 싸우자 부정하다고 손자를 솥에 빠뜨리고, 제사상에 정성이 부족하다고 손자를 끌고 가 죽게 만든다.

사대부들의 관념에서 고려 우왕의 어머니는 아무리 억울해도 이미 들어선 새 왕조에 복수할 수 없었다. 아무것도 하지 못한 채 그저 꿈에 투영될 뿐이었다. 하지만 민중의 상상 속에서 현덕왕후는 복수할 수 있었다. 이야기 속 현덕왕후는 의경세자를 죽이고, 종묘에 벼락을 떨어뜨리고, 심지어는 말년의 세조 앞에 나타나 저주하고 침을 뱉어, 그 침이 튄 자리마다 등창으로 시달리게 만들었다. 민중은 어머니의 원혼이라면 아들의 원한을 갚기 위해 그럴 수 있다고 생각했다. 그리고 이와 같은 민중의 관념은, 세조의 찬탈이 옳지 못하다고 여긴 사대부들에 의해 기록되고 확장되었을 것이다.

어머니의 혼령은 자식의 원수를 갚기 위해서만 나타나는 것은 아니다. 자식에게 닥칠 화를 걱정하며 세상에 돌아오기도 한다. 앞서 득옥 이야기의 악역이었던 인평대군 부인이 자식을 걱정해 슬퍼하는 어머니 혼령으로 등장하는 이야기가 『기문총화』, 『동국쇄담』, 『해동기화』, 『풍암집화』 등에 기록되어 있다.

인평대군 부인

인평대군과 대군 부인이 세상을 떠난 뒤, 어느 날 인평대군 댁 여종이 미쳐 날뛰기 시작했다.

"저리 비켜라! 내 몸에서 손을 떼지 못할까!"

여종은 갑자기 날카롭고 위엄 있는 목소리로 소리를 치더니, 사당으로 뛰어들어 통곡하기 시작했다. 집안사람들은 다들 놀라 수군거렸다.

"돌아가신 마님의 목소리가 아닌가."

온 집안이 시끄러워지자, 대군의 아들인 복창군과 복선군마저 나와보았다. 사당에서 한참 울던 여종은 두 왕손을 보자 다가와 말했다.

"곧 큰일이 닥칠 것입니다. 아드님들께서는 부디 조심하셔야 합니다."

여종은 그리 말하고 땅에 쓰러졌다. 며칠 뒤 정원로의 고변으로 인평대군의 아들들은 역모에 휘말렸고, 사형을 당하고 말았다.

기록으로 남은 조상령 이야기의 주인공은 대부분 남성이다. 어머니의 혼령이 자손을 살피기 위해 나타나는 이야기는 많이 기록되지 않았다. 하지만 이렇게 자식을 걱정해 나타나는 어머니의 혼령 이야기는 종종 있다. 비단 왕실에만 국한되어 있지도 않다.

어머니의 가르침

어느 아이가 일찍이 부모를 여의고 외삼촌 댁에서 살고 있었다. 외삼촌과 외숙모는 늘 아이를 구박했다. 어느 날 이 아이가 어머니 묘에 가서 울다가 잠들자, 어머니의 혼령이 꿈에 나타나 머리를 쓰다듬으며 말했다.

"죽순을 구해 서울에 가서 팔거라. 너는 바지런하고 영리한 아이이니, 곧 살길을 찾을 수 있을 거란다."

아이가 눈을 떠보자 어머니의 무덤 옆에 죽순이 자라고 있었다. 아이는 죽순을 팔러 서울로 갔다가 한 선비를 만났는데, 선비는 아이가 영리한 것을 알고 머슴으로 삼았다. 머슴이 된 아이가 부지런히 일하면서도 글공부를 게을리하지 않자 선비는 아이를 사랑채로 불러들여 글을 가르치고 사위로 삼았다. 훗날 아이는 과거에 급제하고 어릴 때 살던 고을의 원님이 되었다.

어린아이를 남기고 세상을 떠난 어머니가, 아이의 꿈에 나타나는 이야기는 언제 읽거나 들어도 안타깝다. 그 아이가 친척 집에서 어렵게 살거나 구박을 받고 있다면 더욱 가슴이 아프다.

16~17세기에는 임진왜란과 병자호란으로 많은 사람이 세상을 떠났다. 이와 같은 상황이 반영된 듯, 젊은 나이에 죽었거나 전쟁 중에 살해당한 이들이 한을 남긴 이야기들이 필

기·야담집에도 많이 기록되어 있다. 『어우야담』에 수록된 홍중성의 아내 이야기도 그렇다.

홍중성의 아내

홍중성의 아내는 젊어서 죽었다. 홍중성도 젊은 나이였기에 새로 장가를 들어, 어린 아들은 계모를 자신의 친어머니인 줄 알고 자랐다.
어느 날 아들이 놀다가 꿈을 꾸었는데, 웬 여자가 자신을 아들이라 부르며 눈물을 흘리고 있었다. 아들은 이상한 일이라고 생각해 유모에게 꿈 이야기를 했다. 유모가 깜짝 놀라 물어보았다.
"그 부인께서는 어떻게 생기셨습니까."
"파란 치마에, 붉은 장옷을 입고 있었어. 그리고……."
유모는 그 말을 듣고 깜짝 놀랐다. 아이의 친모가 세상을 떠나 염습할 때 입혔던 옷차림 그대로였기 때문이었다.

이 이야기는 죽어서도 자식을 만나고 싶어 아이의 꿈에 나타난 어머니의 이야기라는 점에서 무척 애틋하다. 한편 흥미로운 점을 시사하기도 하는데, 바로 귀신의 모습이다. 요즘 사람들은 귀신이 하얀 소복을 입고 나타날 거라고 흔히 생각하지만, 필기·야담에 등장하는 귀신들은 장사 지낼 때 입었던 수의를 입고 나타난다. 홍중성의 아내 이야기뿐 아니라

『어우야담』에 실린 유사종의 이야기에서도 이와 비슷한 관념을 찾아볼 수 있다.

유사종의 어머니

부제학을 지낸 유숙의 어머니 이씨는 서자인 유사종이 난리 통에 갑자기 병에 걸려 젊은 나이에 죽자 그 딸을 맡아 길렀다. 어느 날 이씨가 꿈에 사종을 보았다. 사종은 뜰에서 여러 번 절을 하며 말했다.

"어머님의 은혜가 깊으시니 소자 죽어서도 그 은혜를 잊지 아니할 것입니다."

사종은 이상하게도 도포가 아니라 여자들이 입는 붉은 장옷을 입고 있었다. 이씨는 다음 날 잠에서 깨어 이상하다고 말하며 손녀를 불러 꿈 이야기를 했다. 그러자 손녀는 흐느끼며, 자신의 아버지가 숨을 거둘 때 피난길이라 제대로 염습을 하지 못하고 어머니가 입고 있던 붉은 장옷을 벗어 입혀 드렸으니, 꿈에서 보신 옷은 그 옷이라고 말했다.

이처럼 당시 사람들은 귀신이 매장되었을 때의 모습으로 나타난다고 생각했다. 앞서 살펴본 이야기들에서 귀신들은 원님에게 억울함을 호소하러 올 때는 죽을 당시의 참혹한 모습으로 나타났다가, 억울함을 푼 뒤에는 아름다운 생전의 모습을 되찾았다. 이것은 원한을 품었기에 참혹한 모습이었고,

복수를 하고 원한을 풀었기에 말끔해졌다는 의미만은 아닐 것이다. 피가 흐르거나 토막 난 참혹한 모습은 암매장되었을 때 그대로인 것이고, 시신을 찾아 제대로 매장하면 장사 지낼 때 새로 입힌 옷을 입고 나타났다고 보아야 할 것이다.

사대부들이 기록한 많은 이야기 속에서, 남성 귀신은 조상신으로, 여성 귀신은 원귀로 주로 등장했다. 아버지와 할아버지 같은 남성 조상신들은 관복을 말끔히 차려입고 나타나 제사를 흠향하거나 죽은 뒤에도 자손들을 돌보고, 더러는 자손의 혼사에 쓰라고 재물을 찾아주었다. 자손들은 죽은 뒤에도 제사를 통해 자신들과 감응하는 점잖고 위엄 있는 남성 조상의 음덕에 감사했다.

하지만 자손을 걱정해 죽어서도 눈을 감지 못하는 여성 조상들의 이야기는 남성 조상의 이야기보다 조금 더 절박하고 마음 아픈 구석이 있다. 이들은 어린 자식이나 역모에 휘말릴 아들을 걱정한다. 때로 그 염려하는 마음은 경고의 말을 전하기 위해 천한 여종의 몸에 빙의할 정도로 절박하다. 그리고 사랑하는 아이가 참혹하게 죽었을 때, 그들은 어머니로서 세상에 돌아와 복수한다. 그야말로 피 흘리는 모정이었다.

칠거지악,
남성에게만 편리한 이야기

『대명률』에서는 흔히 칠거지악(七去之惡)이라 하는 아내를 내쫓을 일곱 가지 사유, 즉 칠출(七去)에 대해 규정했다.

①시부모를 잘 모시지 못하거나 ②아들을 낳지 못하고 ③음행을 저지르거나 ④남편이 사랑하는 다른 여자를 질투하고 ⑤치료가 되지 않거나 자손에게 유전되는 병이 있거나 ⑥말이 많거나 ⑦도둑질을 할 경우 아내를 내쫓을 수 있다.

⑦의 경우야 범죄이고 지금도 이혼 사유가 된다. 하지만 다른 항목들을 살펴보면 이것이 얼마나 불공평한지 알 수 있다. 혼인한 여성이 ③과 같이 혼인 외 관계로 음행을 저지른다면 지금도 이혼 사유이지만, 이 시대에는 남성이 첩을 두거나 기생방에서 방탕하게 지낸다고 해 이혼 사유가 되진 않았다. 뿐만 아니라 ④와 같이 투기를 죄악시해 여성이 이에 대해 문제제기를 하는 것조차 막았다. 이 얼마나 남성에게 편리한 이야기인가. ①과 ⑥은 시부모에게 순종하고 설령 불합리한 일을 당하더라도 어디 가서 말하지 말라는 이야기다. 시집살이를 할 때는 눈 감고 삼 년, 귀 막고 삼 년, 입을 막고 삼 년 지내야 한다는 이야기와 일맥상통한다. ②와 ⑤는, 여성이 혼인을 했으면 마땅히 시가의 대를 이을 건강한 자손을 생산해야 한다는 이야기다.

즉 시부모에게 효성을 다하고 자손을 생산하며 남편이 무슨 짓을 하고 다니더라도 시가의 화목과 평화를 위해 애써야 한다는 이야기다. 일단 부인을 쫓아내기로 마음을 먹었으면 여기서 무슨 핑계든 갖다 붙일 수 있었을 것이다. 삼불거(三不去)라 해 이혼을 금지하는 세 가지 사유도 있었다. 아내가 의지할 곳이 없거나, 부모의 삼년상을 함께 치렀거나, 혼인할 때는 가난했다가 나중에 부자가 된 경우다. 그러나 그것만으로 혼인한 여성의 권리를 보호하는 데는 무리가 있었다.

5

전쟁과 재난의 피해자가 된 여성들

난세는 약자의 지옥이었다

전쟁과 재해가 일어나면 여성이나 어린이, 노약자 등 사회적 약자는 더욱 쉽게 학살과 폭력의 대상이 된다. 전쟁 중 살해당하거나 범죄의 피해자가 되기 쉽고, 여성의 경우에는 특히 성폭력을 당하는 일이 부지기수였다. 전쟁범죄와 반인도적 범죄가 규정된 것도 비교적 최근의 일이다. 기근과 전염병이 발발했을 경우도 마찬가지다. 부족한 자원을 서로 차지하려고 폭력이 오가는 중에, 사회적 약자 · 소수자들은 더욱 쉽게 목숨을 잃었다.

조선의 17세기는 재난과 죽음의 시대였다. 16세기 말에 일어난 임진왜란으로 시작해, 한 세대 간격을 두고 병자호란이 발발했고, 전쟁의 피해가 복구되기도 전에 경신대기근이 닥

쳤으며, 사람들이 피란이나 기근으로 유리걸식하며 대규모로 이동하면서 천연두와 같은 전염병이 번졌다. 이때 발발한 수많은 죽음은 사람들의 세계 인식 자체를 뒤흔들어 놓았다. 귀신 이야기 역시 이에 영향을 받았다. 여성들은 안식을 갈구했고, 더러는 이 참극 속에서 나라를 지키고 약자들을 구하지 못한 위정자들에게 울분을 토했다. 갈 곳 없는 분노는 이해할 수 없는 변괴로 형상화되기도 한다.

▩ 전쟁의 희생자들이 입을 열다

16세기 말부터 17세기 초까지, 임진왜란과 정유재란, 병자호란이 발발해 수많은 이들이 전란에 휩쓸려 죽었다. 소설 『강도몽유록』은 바로 이 시기, 병자호란 때 함락당해 큰 피해를 입은 강화도(강도)를 배경으로 한다. 열다섯 귀신의 입을 빌려 당대 실존한 장수들과 위정자들, 절개를 꺾고 살아남은 자들, 나라의 녹을 먹으면서도 백성들을 지키지 못한 이들을 직설적으로 비난하고 울분을 토한다.

강도몽유록

병자호란으로 강화도에서는 장사를 지낼 사람조차 남지 않을 만큼 수많은 이들이 죽었다. 이때 적멸사의 승려 청허는 몸소 나서 사람들의 시신을 거두었다. 그러던 어느 날 청허는 음산한 밤하늘 아래에서 여자들의 목소리를 들었다.

"무슨 일일까. 이런 곳에 사람들이 있을 리가 없는데."

청허가 소리 나는 쪽으로 가보니, 젊고 늙은 수많은 여자가 줄을 지어 앉아 있었다. 어떤 이는 머리가 깨져 피투성이였고, 어떤 이는 칼날에 몸을 꿰뚫렸으며, 어떤 이는 물을 너무 많이 마셔 배가 불룩했다.

"세상에. 모두 이번 전쟁 중에 세상을 떠난 이들이로구나."

청허는 문득 생각했다. 그때 고상한 중년 부인이 나서서 말했다.

"종묘사직이 전란을 입은 이 참상의 책임을 논한다면, 우선 내 낭군인 영의정 김류 대감의 죄를 말해야겠지요. 높은 지위에 앉아 중책을 맡은 사람이 사사로운 정에 이끌려 이곳 강화의 수비대장 자리에 제 못난 자식을 앉혔습니다. 수비대장이 중책을 잊고 밤낮으로 주색에 빠져 지냈으니, 아무리 이곳이 천혜의 요새라 한들 제대로 적을 막아낼 수 있었겠습니까. 나는 부끄러움을 아는 몸이라 떳떳이 자결했으나, 자식놈이 나라를 지키지 못한 큰 죄를 지었으니, 죽어서도 하늘이 부끄럽습니다."

김류 대감의 부인이 말을 마치자마자 며느리인 강화 수비대장 김경징의 부인이 나서 말했다.

"제 낭군이 재주가 모자라 적을 막지 못하여, 사직이 무너지고 삼군이 박살 났으며 상감께서 오랑캐들 앞에 항복을 하셨으니, 이 죄를 말로 다 할 수 없습니다. 다만 제 남편 김경징과 같은 책임을 지고 있던 이민구는 제 한 목숨만 아껴 살아남았고, 도원수 김자점은 병권을 쥐고도 제대로 맞서 싸우지도 않았으며, 심기원 같은 간신배들은 군신의 의리조차 잊고 제 한 몸만 빠져나와 환란을 면하지 않았습니까."

다음으로 젊고 나이 든 두 부인이 나서서 말했다.

"나는 본래 중전마마의 조카딸로 곱게 자라다가 김씨 집안에 시집갔지요. 부귀하게 자라났으나 전란을 당하여 온 집안이 참혹하게 무너진 데다, 제 낭군은 가족을 잃고 눈마저 멀었으니 어찌 살아갈지 걱정입니다."

"나는 중전마마의 언니인데 대신의 아내가 되어 부귀하게 살았습니다. 사람의 일이 이리되니 내 슬픔, 내 죽음도 남과 다를 게 없다는 것을 알겠으나, 이 말만은 해야겠습니다. 적군이 밀려오기도 전에 불량한 내 아들은 내게 죽으라고 칼을 주며 자결을 강권했습니다. 억지로 생목숨을 끊었더니 이 불효자식이 제 어미의 정절을 기려 내 죽음을 세상의 웃음거리로 만들어 버렸습니다."

이번에는 다섯 번째 부인이 얼굴을 찌푸린 채 탄식했다.

"저는 제 낭군의 후처입니다만, 전쟁이 일어나고 세상이 어지러워지자 낭군에 대한 의리를 지키려 자결하였습니다. 하지만 제 낭군은 상감께서 몸소 원손과 비빈을 부탁하셨음에도 사력을 다하지 않고, 성문을 활짝 열고 오랑캐들을 받아들여 무릎을 꿇고 항복하고 구차한 죽음을 면하지 않았겠습니까. 정말 부끄럽기 짝이 없습니다."

여섯 번째 부인은 강화유수 장신의 며느리였는데, 저고리 앞섶이 붉은 피로 물들어 있었다.

"시아버님께서는 강화유수가 되셨음에도 오랑캐의 군세를 우습게 여겨, 밤에는 크게 취하고 아침에는 해가 중천에 뜨도록 단잠에 빠져 있었으며, 군선을 부릴 줄도, 험한 풍랑에 배를 몰 줄도 몰랐습니다. 이러니 숙련된 병사들이 믿고 따르기는커녕 날랜 군사와 험한 지리를 갖고서도 일을 그르칠 뿐이었습니다. 시아버님이 그리 잘못을 하셨으니 제가 누구를 탓하고 누구를 원망하겠습니까."

이번에는 귀밑머리가 희끗희끗한 부인이 나섰다.

"내 아들이 일을 크게 그르친 탓에 나는 백발이 남은 목숨을 눈 깜짝할 사이에 끊어버리고 꽃다운 아이들도 적의 칼에 죽고 말았지요. 육지에서 전란을 피할 수도 있었을 텐데, 이곳의 유수며 대장이 모두 방탕하여 군사며 군무 상황이 엉망인 것도 알지 못하고 굳이 강화로 오는 바람에 다 죽게 되었습니다. 아들은 그 와중에 제 아내만 구하려다 나를 이리 비참하게 죽게 두었습니다."

슬픈 사연을 다 말하기도 전에 풍채가 뛰어난 다른 부인이 비분강개하며 말했다.

"어차피 한 번은 죽을 목숨, 슬픈 일이지만 이런 난세에는 깨끗이 자결하는 것이 청사에 빛날 일입니다. 하지만 제 낭군은 상감의 은혜를 깊이 받은 주제에, 전쟁으로 위험에 처하자 오직 제 목숨 아까운 것만을 생각하여 성문을 활짝 열고 적에게 머리를 숙이고 말았습니다. 상투를 잘라내고 적의 종이 되어 무거운 짐을 지고 다니니, 목숨을 부지하겠다고 구차하고 추잡스럽게 살아남은 게 아닙니까. 정묘년의 호란 때 강화를 주장하며 고국으로 살아 돌아온 것도 한심할 뿐입니다."

그러자 고운 얼굴의 부인이 이어 말했다.

"저는 낭군이 멀리 떨어져 있어, 홀로 허둥거리다가 사람들을 따라 도성에서 빠져나왔습니다. 홀몸으로 고생하며 사정을 하여 간신히 강화에 들어올 때만 하여도 푸른 바다에 높은 산이 천혜의 요새 같아 오랑캐인들 쳐들어오지 못하리라 하였지요. 하지만 적들은 들어오고 강도 성안은 아수라장이 되었으며, 모두가 무참히 죽고 말았으니 어찌 아니 원통하겠습니까."

이번에는 비단 저고리를 입고 푸른 띠를 두른 노인이 좌우를 둘러보다가, 자신의 며느리와 딸을 가리키며 말했다.

"나는 늙었으나 이제 겨우 쉰이고, 며느리와 딸은 꽃같이 젊은 나이였습니다. 이 병화가 없었다면 어찌 이처럼 세상을 하직했겠습니까. 강화란 땅은 능히 적을 막을 만한데, 우리가 이렇게 죽은 것은 지휘관인 내 낭군이 처사를 잘못했기 때문입니다. 그나마 우리 세 사람은 다 같이 정절을 지켜 죽었으니 부끄럽지 않습니다만, 내 동생은 오랑캐에게 실절하고 살아남아 비단옷을 차려입고 나귀 등에 높이 앉았습니다. 살아남았어도 영영 빛을 잃었으니, 이 무슨 부끄러운 일입니까."

열한 번째로 나선 이는 얼굴은 뭉개지고 머리뼈가 깨져 온몸에 피가 낭자한 참혹한 모습이었다.

"나는 그때 마니산에서 오랑캐에게 쫓겼습니다. 살기에만 급급함은 차라리 한번 죽느니만 못한 법이니, 절벽에 투신하여 백골이 진토가 되었어도 후회하지는 않습니다. 하지만 낭군은 어찌하여 이 난세에 세상 돌아가는 것을 살피지 못해서 위험을 자초했을까요."

다음으로 나선 부인은 무척이나 아름다운 얼굴을 하고 있었지만 입고 있는 비단옷은 물에 젖어 물기가 뚝뚝 떨어졌다.

"제 낭군은 선비였습니다. 혼인하여 두어 달 만에 큰 환란을 당하였는데, 저는 남편에 대한 의리를 지키기 위해 푸른 바다에 몸을 던져 자결했습니다. 하지만 저의 이 정절은 증거가 없어 하늘이나 알 뿐, 낭군은 제가 오랑캐들에게 끌려간 것은 아닌지 의심하고 있으니 서럽고 서럽습니다."

열세 번째 부인은 고운 얼굴에 꽃다운 매무새에 실로 추상같은 태도로 말했다.

"산과 강이 험하다 하나 강화는 바다 건너 작은 땅에 불과한데, 적의 군세를 하찮게 여겼으니 누가 이 환난을 막을 수 있었겠습니까. 지조를 지키려 미련 없이 자결하였더니, 염라대왕께서 저를 불러 말씀하셨습니다. 강력히 척화를 주장하여 국가의 기강을 바로잡을 것을 주장한 곧은 절개는 제 시아버지 외에는 찾아볼 수 없었다고요. 옥황상제께서는 그 뜻을 갸륵히 여기시어 저를 천부에 두시었고, 의리와 절개를 지켜 죽은 이들을 모두 하늘로 불러올리리라 하셨습니다."

기품이 있고 고요한 자태가 눈 속의 송죽과도 같은 부인도 나서서 말했다.

"저는 선비의 아내로 혼인한 지 반년도 되지 않았습니다. 전란 중에 낭군이 역질(천연두)에 걸려 도망칠 수 없었는데, 금수 같은 오랑캐들이 저를 욕보이려 하여 스스로 목숨을 끊었습니다. 혼백이 구천에 떨어지자 염라대왕께서 말하기를, 제 조부님이 광해군 말년에 절개를 지키셨고, 저는 전쟁 중에 절개를 지키려 자결하였으니, 조손의 절개가 나란히 아름다워 하늘에 올라 복록을 누리라 하셨습니다. 다만 백발의 양친과 나이 어린 낭군을 두고 세상을 떠났으니 나의 이 죄를 어찌 다 말할 수 있겠습니까."

부인들은 제각기 슬픔을 이기지 못하고 흐느끼거나 탄식했다. 그때 복사꽃처럼 아름답고 근심조차 없어 보이는 여자가 자리에서 일어나 말했다.

"첩은 기생 출신으로 뭇 사내들 사이에서 살다가, 문득 세상에서 가장 귀한 것은 정절이다 생각하여 뒤늦게 규중에 들어간 사람이라, 이 높은 회합에 끼는 것이 너무나 과분합니다. 숭렬(崇烈)하고 절의가 높으신 분들의 말씀에, 하늘도 감동하고 사람도 탄복할 것입니다. 하지만 부녀자들의 정절만이 늠름하였을 뿐, 강도가 함락되고 남한산성이 위태로워 상감마마가 치욕을 당하는데도, 절의 있는 충신은 하나도 없다니 한심하고 기막힌 일이 아닙니까."

이 말이 끝나자마자, 부인들은 일시에 참담한 소리를 내며 통곡했다. 청허선사는 혹시나 알아차릴까 두려워 풀숲에 숨어 몸 둘 바를 모르고 있었다. 날이 새기를 기다리다가 별안간 깨어나 보니 모든 것이 꿈이었다.

『강도몽유록』의 열다섯 귀신은 강화도 함락 과정에서 자결하거나 살해당한 여성들이다. 이들은 자신의 개인적인 비극을 말하는 동시에, 전시에 중책을 맡고 있던 자신의 남편이나 자식들, 조정 대신들, 무능한 지휘관들, 절개를 지키지 못한 사대부들을 질타한다.

꿈속의 이야기를 그린 몽유록계 소설에서 흔히 주인공 남성은 현실과 다른 혼령의 세계나 용궁, 선계와 같은 이세계에 초대받아 그 세계 인물들의 하소연을 듣는다. 이 이야기는 강도(강화)라는 현실적인 배경에 전쟁으로 목숨을 잃은 여성 귀신들의 이야기를 들려준다는 점이 특징이다. 귀신들은 전쟁 중에 여성으로서 겪은 참담한 현실과 병자호란 당시의 조정 대신과 사대부들의 안일한 태도를 적나라하게 드러낸다. 이 이야기를 산 사람들의 증언이 아니라, 죽은 이들의 이야기를 듣는 몽유록으로 구성한 것은 강렬한 정치색을 희석하려는 의도였을지도 모른다.

『강도몽유록』의 원귀들은 피를 흘리거나 머리가 깨지거나 물에 빠져 익사한 참혹한 모습으로 나타난다. 귀신들이 매장 당시의 모습으로 나타나는 것이 일반적이기는 하나, 비정상적으로 죽은 귀신의 모습이 이렇게 구체적으로 묘사되는 것은 대체로 『강도몽유록』과 『어우야담』이 나온 이 무렵, 대략 임진왜란과 병자호란 이후부터다.

이 전쟁들이 조선에 끼친 피해는 막대했다. 많은 이들이 전란 중에 살해당했고, 겨우 살아났더라도 농토를 잃고 유민이 되어 객사했으며, 전염병으로도 죽었고, 여기에 한 세대가 더 지난 뒤에는 경신대기근으로 굶어 죽었다. 이 시기에 비참한 죽음은 숨 쉬듯 일상적인 일이었다. 목숨을 부지하는 것이 쉽지 않았던 시기, 죽은 이들을 제대로 염습해 장례를 치르는 것조차 어려웠다. 이런 까닭으로 필기·야담이나 소설 속 귀신이나 요괴는 이들이 길바닥에서 죽어 버려졌을 때의 참혹한 모습으로 묘사된다.

안식을 위해서는 장례가 필요하다

살해당한 원귀라면 복수를 원하겠지만, 전쟁이나 질병으로 참혹하게 죽은 여귀(厲鬼)의 바람은 조금 다르다. 이들이 기본적으로 바라는 것은 흔히 "뒷동산 양지바른 곳에 묻어달라."라는 말로 요약되는, 제대로 된 장례와 제사, 또는 공양으로 넋이나마 안식을 얻는 것이다.

그 소망을 이루기 위해 귀신은 수단 방법을 가리지 않고 계속해 자신의 존재를 드러낸다. 이런 이야기는 『삼국유사』에서부터 유구하게 발견된다.

저승에서 돌아온 선율 스님

선율 스님이 불경을 정리하던 중 갑자기 세상을 떠나 저승에 갔다. 염라대왕은 선율 스님을 보고 그가 불경을 완성할 수 있도록 이승으로 돌려 보내주기로 했다.

그때 저승에서 한 여자가 선율 스님에게 부탁했다.

"스님, 제가 살아 있을 때 짠 참기름과 베를 스님께 공양하고 싶습니다."

"그런 귀한 것을 받아도 되겠습니까."

"사실 제 부모는 남의 논을 빼앗았습니다. 그 죄로 제가 이곳에서 고통받고 있으니, 부디 제 부모님께 그 사실을 알려주십시오."

선율 스님은 깨어나자마자 여자의 집에 찾아가 그 이야기를 전했다. 여자의 부모가 남의 논을 돌려주고, 참기름과 베를 스님에게 주자 여자의 혼백이 나타나 감사를 표했다.

『삼국유사』에 수록된 선율 스님의 이야기는 삼국 시대 사람들의 불교적 세계관을 보여준다. 죄를 지은 사람은 저승에서 벌을 받는다. 살아 있는 가족이 지은 업보 때문에 죽은 자가 저승에서 고통을 받을 수도 있다. 선율 스님이 저승에서 만난 여성은 그에게 직접 짠 참기름과 베를 공양하는데, 이는 덕이 높은 스님의 불교 의례로 죽은 사람의 안식을 빌어줄 수 있다는 당시의 믿음을 반영한다.

죽은 사람의 혼백을 위로하는 방식이 불교 의례만 있는 것은 아니다. 당연히 유교에도 죽은 자를 위한 의례들이 있다. 하지만 앞서 잠시 이야기했듯 유교에서 제사의 대상이 되는 데는 까다로운 조건이 따른다. 너무 젊거나 어려서 죽지 않아야 하고, 제사 지내줄 자손이 있어야 한다. 객사해도 안 되니 집에서 죽어야 하고, 죽은 뒤에는 제대로 장례를 치러야 한다. 소위 통과의례를 제대로 갖추어야 한다는 이야기다.

현대인의 관점에서 장례란 살아 있는 사람들이 마음을 정리하기 위한 의식에 가깝다. 하지만 옛사람들에게 장례란 정상적으로 죽었음을 확인하는 절차였다. 통과의례는 사회 구성원이 사회에서의 자기 위치와 정상성을 확인하는 절차였다. 관례를 통해 자기 몫을 다하는 성인임을 증명하고, 혼례를 통해 가족을 이룬다. 장례와 제례도 마찬가지다. 장례를 통해 사람의 죽음은 공식적으로 인정되며, 제례를 통해 영혼은 조상으로서 후손과 이어진다. 죽은 사람이 자신, 혹은 함께 죽은 가족들의 장례를 청하기 위해 세상에 나타나는 이야기가 많은 것도 이 때문이다. 제대로 된 장례란 온전한 죽음을 뜻하며 그 이전에 안식이란 없다.

전쟁 중 많은 사람이 피란길에 죽음을 맞았다. 그래서 이 시기의 이야기에서는 자신의 시신을 찾아 제대로 매장해 주기를 요구하는 귀신들이 흔히 발견된다. 『효빈잡기』에 수록된 권손용의 어머니 이야기 역시, 제대로 매장되지 못한 이가 자손에게 제대로 된 매장을 요구하는 이야기다.

권손용의 어머니

권손용은 개국원종공신 권근의 후손인데 어린 시절 임진왜란 통에 부모를 잃었다. 당시 권손용은 아직 어린 소년이었고 전쟁 중이라 제대로 장례를 치를 수도 없었다. 권손용은 눈물을 흘리며 부모님의 시신을 덤불로 덮어 두었다.

"아버지, 어머니. 제가 반드시 돌아와 두 분을 제대로 모실 것입니다."

눈물을 흘리며 도망쳤던 소년은 전쟁이 끝나고 두 해가 지난 경자년 겨울, 부모님의 시신을 모시러 돌아왔다. 덤불 밑에는 아버지의 시신이 있었다. 그 옆에 여자의 시신이 있었기에 권손용은 당연히 어머니라 여겨 두 시신을 선산에 함께 모셨다. 그런데 그날 밤 꿈에 어머니의 혼령이 나타났다.

"너는 대체 어떻게 자기 어미도 못 알아보고 다른 사람을 네 아버지와 합장하였느냐."

꿈속에서 어머니의 꾸지람을 들은 권손용은 깜짝 놀랐다.

"그럼 어머니는 지금 어디 계십니까."

"나는 아직 그 덤불 속에 있느니라. 다시 찾아보거라."

권손용은 다음 날 아침 다시 덤불을 샅샅이 뒤져보았다. 그리고 어머니의 시신을 찾아내어 다시 아버지의 묘에 합장했다.

권손용의 어머니는 장성한 아들에게 제대로 발견되고 장례를 받을 정당한 권리를 요구한다. 아들은 부모의 시신을 제대로 장사를 지내려다 우연히 근처에서 세상을 떠난 다른 사람을 아버지와 합장한다. 자신이 제대로 묻히지 못할 상황이 되자 어머니는 아들에게 현몽한다.* 대를 이을 아들이 자라 부모의 장례식에서 상주가 되고, 제사를 모시고, 조상은 제사를 통해 후손과 감응한다는 당대의 관념이 드러난 것이다.

제대로 장례를 치르고 무덤에 안치되었다고 해서 끝난 것

---

* 김현룡은 『한국문헌설화』에서 이 이야기가 저승에서 첩을 얻어주는 해학을 담고 있다고 설명했다. 다른 여성의 시신을 합장한 것을, 효자 아들이 아버지에게 새 부인을 얻어 준 행동으로 해석한 것이다. 하지만 어머니가 아들의 실수를 바로잡으려 현몽한 이야기를 남편에게 첩이 생겼다고 질투하는 이야기로 해석하는 것은 역시 이상하다.

은 아니다. 무덤은 죽은 자의 집이었다. 제대로 관리되지 못한 무덤은 자손들의 쇠락이나 불효를 뜻했다.

불타버린 무덤

양윤원의 아내가 세상을 떠났다. 양윤원은 아내의 장사를 지내고 돌아왔는데, 몇 달 뒤 죽은 아내의 애원하는 목소리가 들렸다. 이상한 일이라고 생각해 처가에 가보니, 장모도 안절부절못하고 있었다.

"내 딸이 꿈에 나타나 너무 뜨겁다고, 불에 타고 있다고 울부짖는 꿈을 꾸었어. 꿈속에서도 너무 가슴이 아프고 서러워서 울다가 깨었다네."

양윤원은 그 말을 듣고 급히 아내의 무덤에 가보았다. 무덤에 가보니 주위에 불이 나 여막*과 모셔놓은 혼백**이 불에 타버렸다.

16세기 『사재척언』에 기록된 이 이야기는 어쩐지 "조상님이 뱀에 휘감긴 꿈을 꾸었는데 가보니 나무뿌리가 관을 감고 있더라."나 "조상님이 물에 빠진 꿈을 꾸었는데 가보니 지난 여름 폭우로 관 안에 물이 흥건하더라." 같은 이야기를 떠올리게 한다. 무덤은 영혼과 감응하고, 그 영혼은 후손과 감응

---

* 상제가 거처하는 무덤 근처의 초막.

** 신주를 만들기 전 명주를 접어서 임시로 쓰는 시위.

해 편안히 쉴 수 있도록 무덤을 손볼 것을 요구한다.

하지만 죽은 이들이 꼭 자신의 후손이나 가족에게만 도움을 청하는 것은 아니다. 전쟁이나 전염병으로 온 가족이 목숨을 잃어 시신을 수습할 사람이 하나도 남지 않는다면, 그 집안의 젊은 딸은 다른 사람 앞에 영혼으로 나타나 시신을 수습해줄 것을 호소한다.

베틀바위 이야기

임진왜란 무렵 옥란이라는 처녀가 있었다. 옥란은 홀아버지를 모시고 있었는데, 손재주가 뛰어나 베를 짜서 아버지를 봉양했다. 그러던 어느 날 전쟁이 일어났고, 마을에 들어온 왜병들은 베틀 소리를 듣고 들어와 옥란을 겁탈하려 했다. 옥란은 왜병에게서 도망치다가 마을 뒷산 베틀바위에서 떨어져 죽었고, 옥란의 아버지도 세상을 떠났다.

전쟁이 끝나고 이 지역에 원님이 새로 부임했다. 원님 행렬이 베틀바위 옆을 지나는데 갑자기 천둥 번개가 치며 옥란의 혼령이 나타났다. 옥란은 원님에게 절하며 아버지의 시신을 수습하고 제사를 지내줄 것을 청했다.

옥란의 귀신이 원님에게 간청하는 것은 자신의 안식이 아니다. 죽어서도 아버지의 안위를 걱정하는 효성스러운 딸은 세상을 떠난 아버지의 시신을 수습하고 제사를 지내 달라고 호소한다. 담대한 사대부, 다른 사람의 어려움을 도울 수 있는 덕이 높은 인물에게 장례를 부탁한다.

하지만 여성 귀신이 가족이 아닌 자기 자신의 장례를 원하는 경우 이야기가 이와 조금 달라진다.

한 가족의 장례를 치러준 오성과 한음

오성과 한음이 함께 공부를 하는데, 웬 여자가 자꾸 기웃거렸다. 무슨 일인가 싶어 두 사람이 나와보니 여자가 슬금슬금 뒷걸음질치며 물러났다. 이상한 일이다 싶어 뒤쫓아갔더니 그 여자와 일가족이 전염병에 걸려 죽어 있었다. 오성과 한음은 이 가족의 장례를 치러주었다. 그러자 여자가 찾아와 감사를 표하며 두 사람이 장차 큰 공신이 될 거라고 말했다.

이 이야기에서처럼 갑작스럽게 죽은 이가 덕이 높은 자에게 자신의 장례를 부탁할 경우, 직접 목소리를 내어 원하는 바를 말하지는 않는다. 다만 곤경에 처한 자신을 알아달라는 듯 주변을 맴돌며 모습을 드러내기만 할 뿐이다.

오성과 한음은 여러 이야기 속에서 호기심 많고 장난기도 있지만 의로운 인물들로 묘사된다. 그러니 기웃거리는 여자를 뒤쫓아갔다가 일가족의 시신을 맞닥뜨리고도 침착하게 시신을 수습하고 장례를 치를 수도 있었을 것이다. 하지만 다른 사람이라면 그저 기웃거리다 도망쳤다는 이유만으로 뒤따라가서 상황을 수습할 가능성은 아무래도 낮다. 그래서일까. 필기·야담에서는 이런 이야기들도 전하고 있다.

종랑의 장례를 치러준 무사

어느 무사가 우연히 종랑이라 하는 아름다운 처녀를 만나 따라갔다. 서로 정이 깊어져 함께 밤을 보냈는데, 다음 날 보니 종랑의 모습은 어디에도 보이지 않았다. 무사가 집 안팎으로 오가며 종랑을 찾는데, 이웃 사람이 무사를 보고 깜짝 놀라 말했다.

"그 집 사람들은 모두 전염병에 걸려 죽었고 장례도 치르지 못했는데 그대는 누구시오?"

무사가 깜짝 놀라 다시 집에 들어가 보니, 온 가족이 죽어 자리에 누워 있었고 그중에 종랑도 있었다. 무사는 종랑이 자신에게 가족들의 장례를 부탁하고 싶어서 나타났다는 것을 깨닫고 장례를 치러주었다. 훗날 무사는 과거에 급제해 높은 관직에 올랐다.

『어우야담』에는 종랑의 장례를 치러준 무사 이야기와 함께, 박엽이 낯선 여자의 혼령과 하룻밤을 보내고는 그 일가의 시신을 수습해 과거에 급제한 이야기가 수록되어 있다. 이들은 직접 자신의 장례를 치러 달라고 부탁하지도 않고 자신이 이미 죽었다는 사실도 밝히지 않는다. 대신 산 사람에게 접근해 하룻밤 인연을 맺고 그 정으로 자신과 가족들의 시신을 수습해줄 것을 기대한다.

물에 빠져 죽은 여자의 보은

어느 어부가 배를 타고 고기를 잡고 있는데, 그물에 뭔가 묵직한 게 걸렸다. 기뻐하며 건져 올려 보니 여자의 시신이었다. 어부는 깜짝 놀랐지만, 여자의 시신을 잘 수습해 땅에 묻어주었다. 얼마 뒤 어부의 꿈에 혼령이 나타나 고기가 많이 잡히는 장소를 알려주었다. 어부는 부자가 되었다.

당시 사람들은 이처럼 누군가의 변사체를 발견하거나 일가족의 시신을 발견했을 때, 혹은 혼령의 부탁을 받았을 때, 이들을 제대로 매장해 주는 것을 자비로운 일로 여겼다. 간소하게나마 예를 갖춰 매장하고 나면, 죽은 이들이 보은으로 과거에 급제하거나 높은 관직에 오르거나 돈을 많이 벌게 해준다고 믿었다.

전쟁과 기근이 이어져 누구든 참혹히 죽을 수 있는 시대에, 서로가 서로의 장사를 지내고 명복을 빌어주기를 바라는 소망에서 이런 이야기들이 비롯되었을 것이다. 갑작스러운 죽음은 너무나 가까이 있는 비극이었다. 필기·야담의 기록자이자 향유자인 사대부에게도, 구전설화에 귀 기울이는 민중들에게도, 언제 자기 일이 될지 모르는 사건이었으므로.

▩ 죽음의 공포가 빚은 귀신의 형상들

앞서 언급했듯 17세기는 그야말로 죽음의 시대였다. 전란과 재해가 발발했던 이 시기, 당연히 사람들의 귀신에 대한 관심 역시 높아졌다. 조선 후기로 갈수록 필기·야담집에는 억울함을 호소하거나 제대로 된 장례를 치러 달라며 나타나는 원귀, 떠돌며 재액을 흩뿌리는 여귀나 정체를 알 수 없는 귀신, 물괴(物怪)*, 도깨비가 많이 등장했다.

『어우야담』에는 종루 거리 근처를 지나는 무주고혼(無主孤魂)**, 안식을 취하지 못하는 귀신이 산 사람 못지않게 많았다는 묘사가 실려 있다. 『국당배어』에도 이전의 필기·야담집에 비해 여귀나 원귀의 이야기가 많이 수록되어 있다. 『천예록』처럼 내용의 반 이상이 귀신과 관련된 이야기인 필기·야담집도 있다. 사람들이 그만큼이나 참혹한 죽음, 편히 쉬지 못하고 떠도는 귀신의 이야기를, 그저 남의 일로만 여길 수 없었다는 이야기다.

귀신의 곡소리가 부르는 죽음

언제부터인가 유희서의 집에서 저녁마다 이상한 소리가 들리기 시작했다.

---

* 괴이한 물건.
** 모셔주는 사람이 없어서 떠돌아다니는 혼령.

그것은 여자의 울음소리 같기도 하고, 곡소리 같기도 하고, 때로는 두런두런 이야기를 나누는 소리 같기도 했다. 무슨 말을 하는 건지 들으려고 귀를 기울이면 어느새 그 소리는 멎어 있었지만, 조금 지나면 다시 어디선가 소리가 들려왔다. 이런 일이 하루이틀도 아니고 몇 년 동안 반복되었다.

"임진왜란 때 왜적에게 죽은 이의 혼령이 아니겠는가."

사람들은 그 목소리를 가엾게 여기기도 하고, 두렵게 여기기도 했다. 그런 일이 계속되던 중, 유희서는 적에게 죽고 그 일가족도 차례로 죽었다.

이전의 귀신들은 본인이 직접 나서든, 원님에게 호소해 간접적으로 해결하든, 어느 쪽이든 명확한 목적이 있었다. 누명을 벗겠다거나 복수하겠다거나 하는 구체적인 이유를 품고 세상에 돌아왔다. 하지만 이 시기에 기록된 귀신들은 다르다. 『천예록』에는 여러 귀신의 이야기가 나오지만, 의외로 원귀는 많지 않다. 대신 사람의 죄악이나 의지와 상관없이 재앙을 퍼뜨리는 여귀나 요괴들이 많이 등장한다.

여귀들은 참혹히 죽은 재난의 희생자이자 무사귀신(無祀鬼神)*으로, 누군가에게 원한을 호소해 억울함을 풀거나 복수를 하려는 의지조차 없다. 이들은 갑자기 나타나 그저 자신이 여기 있다는 듯 귀곡성을 낸다. 복수하러 돌아온 것도 아닌데 남의 집에 눌러앉아 사람들이 병에 걸리거나 죽게 한다.

일가족을 하루아침에 죽음으로 몰아넣는 전염병처럼.

요괴나 귀매는 고목나무나 우물, 울창한 숲에 사는 도깨비나 자연신들에 가까운 존재였다. 이들은 인간의 혼백이 아니고, 인간의 논리로 이해할 수 없는 일들을 하며 공포를 주었다. 성리학적 세계관을 바탕으로 새로운 나라를 이끌어간다는 자부심으로 똘똘 뭉친 조선 초기 사대부들은 "인간과 귀신은 길이 다르니 귀신은 숲으로 돌아가라."라는 명분과, "내가 바르고 굳세면 두려울 것이 없다."라는 믿음을 내세워 귀매들을 인간 세상에서 적극적으로 내쳤다. 조상은 모셔야 하고 원귀의 원한은 풀어야 하지만, 애초에 인간의 혼백도 아닌 것들과 굳이 함께 살아가야 할 이유도 없고, 이야기를 들어줄 필요도 못 느꼈던 것이다.

하지만 전쟁과 재해 속에서 사람들은 인간의 이성과 용기가 모든 일을 해결할 수는 없다는 사실을 절감한다. 그래서 귀매는 다시 두려움의 대상이 된다. 그들이 이해할 수 없는 세계, 자연이자 야생이며 음습한 세계의 산물인 귀매들은 더러는 할머니의 모습으로, 더러는 사대부를 유혹하는 젊은 여성의 모습으로, 더러는 체격이 큰 도깨비의 형상으로 나타나 사람들을 그 자리에 머무르지 못하게 한다. 이런 이야기들은 재해나 질병, 전쟁이나 운명에 속수무책으로 당할 수밖에 없

* 자손이 모두 죽어 제사를 지낼 사람이 없는 귀신.

었던 당시 사람들의 두려움과 절망을 보여준다.

죽전방의 한 사대부 집안

죽전방에 한 사대부 가족이 살았다. 어느 날 한 노파가 동냥을 하러 왔는데, 이 집의 부인이 노파를 가련히 여겼다.
"그러지 말고 내 집에서 일을 조금 도와주고 밥을 먹으면 어떻겠소. 늙은 몸에 동냥이라니 너무 안쓰러워서 그렇소."
노파는 기뻐하며 몸종 일을 하기로 했다.
며칠이 지난 뒤, 노파가 공손히 아뢰었다.
"제가 여기에 자리를 잡았으니, 제 낭군을 데려오고 싶습니다."
부인은 의아해했지만 데려와도 좋다고 허락했다. 그러자 웬 거사가 나타나 노파와 함께 방 위 다락에 올라가 자리를 차지하고, 음식을 내놓으라고 하며 조금만 소홀해도 행패를 부렸다. 이 집 일가족과 아이들은 물론이고 방문하는 친척들까지 전부 그들에게 시달리다가 차례차례 병들어 죽었다.

이 시기에는 물괴, 도깨비, 흉가와 같은 물성을 가진 귀신들이 구체적으로 묘사된다. 괴력난신을 믿지 않는다는 사대부들이 이와 같은 존재들에 대해 기록한 이유는 역시 한 세기 동안 이어진 온갖 재난 때문일 것이다. 정체불명의 귀신과 괴물들은 불안과 공포를 느낀 인간이 전쟁과 질병, 죽음이라는 재난을 조금이나마 이해하기 위해 형태를 입힌 것에 가깝다. 전쟁 중에 죽은 귀신이 집에 붙는 바람에 일가족이 몰살당하거나, 가련한 노파에게 친절을 베풀었다가 병들어 죽는 상황은 그 자체로 두려움을 불러일으킨다. 한편 죽음이나 재난이 인간의 힘으로 어쩔 수 없는 불가항력에 가까우니 받아들여야 한다는 점을 환기하기도 한다. 어쩌면 전염병이 도는 시기일수록 낯선 사람을 조심해야 한다는 메시지도 포함해서.

그렇다면 이런 정체불명의 귀신들은 왜 하필 집에 들러붙는 것일까. 당시 한성의 부동산 사정을 생각하면 이들이 느꼈을 공포를 짐작할 수 있다.

묵사동의 흉택

가난한 선비인 이창은 집을 구하지 못하고 있었다. 그러던 어느 날 누군가 넌지시 말해주었다.

"묵사동에 흉택이 하나 있다는데 거기 들어가 살면 어떻겠나. 귀신이며 도깨비 같은 것들이야 마음먹기 나름이지!"

그 말을 듣고 이창이 흉택에 가보았는데, 마루에 신주가 있었다. 이창은 마음을 굳게 먹고 밤까지 버텨보려 했으나 해가 저물자 귀매가 나타나 횡포를 부리는 바람에 쫓겨나고 말았다.

"사람 참 싱겁기는. 내가 가서 해치우겠네."

> 다른 친구가 이창의 이야기를 듣고 그 흉택에 들어가 마루에 놓인 신주를 불태웠더니 여종이 갑자기 피를 토하며 쓰러졌다. 또 다른 집 없는 사람이 이 집에 들어가니 푸른 치마를 입은 여자 귀매가 집안 곳곳을 돌아다니며 소란을 피웠다. 또 다른 사람이 열 명 남짓한 무리와 함께 이 집에 들어갔더니 웬 노파가 소나무 아래에서 통곡하고 있었다.

필기·야담의 기록자들은 주로 벼슬을 했거나 하고 있는 이들이었으므로, 이들의 이야기 속 흉가들은 주로 한성 내에서도 남산 인근에 있다. 앞서 살펴보았던 노파 때문에 재난을 겪은 사대부 집안이 살던 죽전방은 지금의 회현동 인근이고, 묵사동은 지금의 장충동 인근이다. 『천예록』에는 묵사동 흉택에서 쫓겨났던 이창이 한성부 남부 부동의 흉택에도 들어갔다가, 조복을 입은 장부와 붉은 눈을 한 검은 개 두 마리, 장부에게 절을 하는 대여섯 마리의 잡귀를 보았다는 이야기도 기록되어 있다. 남부 부동은 지금의 필동이다.

가난한 선비를 두고 남산골 딸깍발이* 샌님이라 부를 만큼, 남산 쪽은 북촌에 비해 환경이 좋지 못했다. 그럼에도 도성 안은 남산이든 북촌이든 지역을 불문하고 주택 문제가 심각했다. 천신만고 끝에 손에 넣은 내 집, 혹은 수많은 허위

---

* 신을 신이 없어 평소에도 나막신을 신는다는 조롱이었다.

매물 사이에서 겨우 적당한 것을 찾아 계약한 전셋집이 하필 흉가라면 어떨까. 생각만 해도 오싹한 일이 아닐 수 없다.

지금도 인터넷의 공포 게시판 등에는 각종 귀신 붙은 집 이야기가 돌아다닌다. 이사를 했는데 귀신 붙은 집이었다거나, 새집에 이사한 이후 가족들에게 계속 안 좋은 일이 생긴다거나, 돈이 부족한 상황에서 겨우 얻은 셋방에서 귀신 같은 것이 나온다거나, 혹은 도깨비 집터에서 10년만 살아야 하는데 금기를 어겨 집안이 망하고 가족이 크게 다쳤다는 등의 괴담이다. 결국 괴담이란 당대 사람들의 고민과 걱정, 두려움이 반영되어 만들어진다.

최원서와 도깨비 집

최원서가 분가해 집을 얻었다. 그가 밤에 혼자 자는데, 밤에 그가 마음에 두고 있던 여종이 홀연히 나타났다. 최원서는 반가워하며 여종을 불러들였다.

"이 밤중에 내 방을 기웃거리다니, 너도 마음이 있어서 온 게 아니냐. 이리 오너라."

하지만 막상 불러들이자 여종은 물러났다. 최원서는 여종이 부끄러워한다고 여기고 데려오려 했지만, 여종은 뒷걸음질로 계속 도망치다 사라졌다. 그런 일이 몇 번이나 계속되자 최원서는 제대로 잠을 잘 수가 없었다.

며칠 뒤에는 푸른 털이 천장을 헤치고 내려오더니 방에 불이

났다. 최원서는 깜짝 놀라 방에서 도망쳤지만, 동이 트니 불길이 감쪽같이 사라졌다.

"귀신에 홀린 것도 아니고, 어떻게 된 일이란 말인가."

최원서는 이 집이 두려워졌지만, 그렇다고 괴력난신 따위에 질 수는 없다고 생각했다. 하지만 그런 호기로운 태도도 고작 며칠이었다. 이번에는 청색 군복을 입은 건장한 남자가 방에 들어와서는 최원서를 마당에 끌어내어 이리저리 내동댕이치기를 반복했다.

다음 날 아침 최원서의 아버지는 마당에 쓰러진 아들을 발견했고, 최원서는 이 집을 떠났다.

한편 흉가나 물괴, 정체불명의 귀신들이 나오는 『천예록』의 이야기는 이전의 귀신 이야기와는 한 가지 뚜렷한 차이를 보인다. 바로 사대부들의 역할이다. 이전 시대의 이야기에서는 담대한 사대부가 귀신을 두려워하지 않고 꾸짖고 쫓아냈다. 그러나 모든 것이 불확실하고 두려운 시대에는 사대부 역시 속수무책으로 귀신들에게 시달린다.

이는 귀신조차 감화할 수 있다고 믿은 사대부들의 자부심이 사람의 뜻대로 어찌할 수 없는 전쟁과 재해 속에서 꺾이고 지친 한편, 사람들의 사대부에 대한 존경과 두려움이 전보다 약해졌음을 보여주고 있다. 전쟁 중에 백성들을 두고 몽진한 국왕, 『강도몽유록』과 같이 제대로 나라를 지키지 못한 관리들, 처자식을 버리고 도망친 가부장들을 두고 예전과 같은 존경심을 보이라고 말하는 것도 무리였을 것이다. 여기에 18세기로 넘어가며 모내기와 같은 벼농사 기술의 발전이 이루어지고, 상업과 공업이 발달하며 경제력을 갖춘 양민들이 나오면서, 조선 사회는 새로운 변화를 맞는다.

조선 후기 한성의 부동산 문제

한성 장통방 지역(현재 남대문로와 서린동 일대)의 집이 1719년에 160냥에 거래되었는데, 1764년에는 전만배라는 사람이 200냥에 샀다. 이 집을 부수고 새로 지은 집을 1769년에는 300냥에 팔았는데, 30년 뒤인 1800년에는 900냥, 1830년에는 1205냥, 1831년에는 1500냥으로 급격히 상승했다.

당시 주택 거래가 활발했기 때문에 부동산 중개업자였던 주름(가쾌)이라는 전문 거간꾼이 매매를 중개하기도 했다. 이런 상황에서 분가해서 집이 필요하거나 벼슬길에 올랐지만 가난한 이들에게, 도성 안의 집 구하기란 현대인의 부동산 문제 못지않게 심각한 일이었을 것이다.

6

원귀를 위로하는 여성 의례의 힘

산 여성이 죽은 여성을 위로할 때

옛사람들은 원한을 품고 죽은 이들은 귀신이 되어 세상에 재앙을 가져온다고 믿었다. 범죄의 피해자나, 억울한 누명을 쓴 자살자만이 재앙을 가져오는 귀신이 된 것은 아니었다. 다른 연유로 조상이 되지 못한 자들 또한 마찬가지였다. 통과의례를 제대로 갖춰 죽은 이들은 집안을 돌보는 신령스러운 존재가 되었지만 그러지 못한 이들은 자신의 죽음을 쉽게 납득할 수 없었다. 제사를 지낼 자식이 없거나, 집 밖에서 돌연히 객사하거나, 전쟁과 재해, 전염병과 기아로 비참하게 죽은 이들도 그 만족스럽지 못한 죽음 때문에 분노하고 좌절했다. 이런 귀신들을 무속에서는 영산(靈山)이라 불렀다.

조선에서 성리학적 제사의 대상에 포함되지 않는 이들은

민간신앙의 영역, 즉 무속과 불교를 통해 모셔졌다. 무속과 불교를 통한 의례는 주로 가정의 주부가 의뢰하거나 주재하고, 주로 여성인 무당이 그 일을 행함으로써 여성의 의례로 자리를 잡았다. 즉 정상적인 죽음을 당한 사람의 의례는 유교와 남성 사대부의 영역이 되었으며, 비정상적인 죽음을 맞은 이들의 의례는 무속과 불교, 여성에 의해 치러졌다는 이야기다.

그러면 이제부터 살아 있는 여성들이 죽은 여성들, 귀신들과 젊어서 죽은 가족들, 조상들을 위로해온 방식을 함께 살펴보기로 하자.

굿, 여성들의 의례

앞서 17세기에 사람들이 수많은 죽음과 고통을 귀신이 내리는 재앙으로 이해했다고 설명했다. 이는 민간에서만 벌어진 일이 아니었다. 조선의 집권 세력은 성리학적 세계관 안에서 나라를 이끌면서도, 한편으로는 제대로 매장되지 못하고 제사를 받지 못하는 귀신들이 전염병을 일으킨다고 믿었다. 무속 신앙에는 산 자에게 해를 끼치는 여귀를 성황신의 힘으로 달래는 기양의례(祈禳儀禮)*, 즉 해원제가 있었는데, 조선 초기부터 조정은 이를 유교식으로 받아들여 국가적인 여제(厲

祭)**를 지냈다.

『조선왕조실록』의 『태종실록』에는 조선에서 여제를 지내게 된 배경에 대해 실려 있다. 태종이 즉위하던 해인 1401년, 12월 22일에 수창궁에 화재가 발생하자 당시 참찬문하부사를 지낸 권근이 통치에 대한 여섯 가지 권고를 상소로 올렸다. 이때 "원기(怨氣)가 쌓여 질역(疾疫)이 생기고, 화기(和氣)를 상하여 변괴(變怪)를 가져오는" 것을 해결하기 위해 여제(厲祭)를 지낼 것을 주청했다.[13] 이후 태종 4년 예조에서 여제의 제사 의식을 상정해 올려 새로운 국가 제사로서 받아들여졌다.

조선은 유교식 여제뿐 아니라 고려에서 지내 오던 불교식 수륙재도 받아들여 『육전』에 법제화했다. 본래 고려 시대의 수륙재는 흔하게 지내던 의례도 아니었고, 더욱이 전염병이 돌았을 때 행하지도 않았다. 하지만 조선에서의 수륙재는 정치적 이유로 죽은 사람, 전쟁터의 전몰자, 사고로 죽은 사람 등 불특정 다수의 원혼을 위로하고 질병과 전염병을 막기 위한 의례로 자리 잡았다.

물론 정말로 여귀들이 전염병을 일으키지는 않는다. 하지만 이와 같은 국가적인 제사들은 사회 문제의 원인을 여귀에게 돌리는 역할을 했고, 통치 세력은 그 여귀들을 달래고 다

---

* 재앙을 쫓고 복을 비는 의례이다. 액막이굿 등이 해당된다.
** 나라에 도는 전염병을 막기 위해 여귀에게 지내는 제사.

스리는 여제를 주관해 사회를 통합했다. 이처럼 여귀를 달래기 위한 국가 의례는 점점 제사의 범위를 확대해나갔다. 그 예가 『어우야담』에도 실려 있다.

아기를 낳다 죽은 젊은 어머니의 호소

북교에서는 제사를 받지 못하는 귀신들을 달래기 위해 여제를 지냈다. 하지만 아기를 낳다 죽은 어머니는 그 대상이 아니었다.

어느 날 한성 부윤이 잠들었는데, 젊은 여자가 흰 치마를 온통 피로 적신 채 나타났다.

"저는 혼인한 지 얼마 안 되어 아이를 낳다가 그만 죽고 말았습니다. 낭군은 새 아내를 얻어 저를 잊었고, 친정 부모님보다 먼저 세상을 떠났으니 친정으로는 갈 수가 없습니다. 그 누구도 제 혼백을 위로하지 못하니 제가 죽어서도 슬프고 괴롭습니다."

한성 부윤은 그 말을 듣고, 여제를 지낼 때 아기를 낳다 죽은 여자들을 위한 위패도 올리게 했다.

이처럼 국가를 통해 위로받는 원귀도 있었지만, 사실 주로 조상이 되지 못한 귀신들을 위로한 것은 유교가 아닌 무속과 불교였다.

성리학적 세계관에서 죽은 사람은 3년에 걸친 상례를 통해 조상신으로 거듭나고 제사의 대상이 되었다. 하지만 어린 나이에 병치레를 하다 죽은 아이, 결혼하기 전에 죽은 젊은이, 자식을 얻지 못한 이는 제사의 대상이 되지 못했다. 과거 시험을 보거나 장사를 하러 집을 떠났다가 객사한 이, 병에 걸리거나 사고를 당하고 호랑이에게 물려 횡사한 이는 죽어 원귀가 된다고도 믿었다.

무속과 불교는 이들을 포용했다. 무속에서 죽은 사람은 진오귀굿이나 씻김굿, 오구굿과 같은 사령제를 통해 저승으로 갔고, 불교에서는 49재와 천도재를 통해 극락으로 갈 수 있었다. 그리고 마을에서, 한 집안에서, 이와 같은 무속 의례와 불교 의례를 주관한 이들은 여성들이었다. 즉 한 가족, 일가 친척 안에서 여귀와 원귀를 위로하는 것은 주로 여성들의 일이었다.

그렇다면 왜 무속은 여성의 일이 되었을까?

2장에서 자궁가족에 대해 이야기했다. 여성은 성장하면 남편의 집안에 아내이자 며느리로서 들어간다. 새로운 집에서 며느리의 지위는 다른 가족들보다 낮고, 아이를 낳기 전까지는 온전히 그 집 식구로 받아들여지지도 않는다. 여성은 대를 이을 아들을 낳아 어머니로서의 지위를 획득해 가족의 일원이 되어야 하며, 안정적인 노후를 보내기 위해 자식들을 건강하게 키워내야 했다. 자식을 낳아도 남편이 일찍 죽거나 첩이 들어오면 지위가 흔들리기 때문에 남편의 건강과 애정에도 관심을 기울여야 했다. 이처럼 여성은 훗날 시어머니가 되어 자신의 영향력을 행사하기 위해 많은 어려움을 극복해야만 했다.

여성의 가정 내의 취약성은 임신과 순산, 아들과 남편의 건강과 장수에 대한 기원으로 이어졌다. 여성들은 기원 의례인 굿이나 나름의 비방을 대책으로 내놓는 만신(무당)에게 기대고 위로받았다. 이렇게 여성의 삶은 무속 신앙과 이어졌으며, 자궁가족을 통해 신령과 조상들, 죽은 가족들을 위로하는 의례가 대물림되었다.

어떻게 이런 일이 가능했을까? 사회사학자들은 조선의 '유교화'가 인위적인 개혁이라는 점에 주목했다. 조선이 개국하면서 사대부들은 유교, 특히 성리학에 기반해 사회의 근본적 개혁을 시도했는데, 이는 기존의 사회 질서와는 맞지 않는 것이었다.

우리는 흔히 조선 시대의 여성이라고 하면 딸에게는 재산도 물려주지 않고, 과부가 재혼하지 못하고, 족보에는 딸 대신 사위의 이름이 오르거나 아예 딸은 기록되지 않고, 결혼하면 출가외인이 되어 시가의 귀신이 되어야 했다는 이야기를 떠올린다. 하지만 이와 같은 '전통'은 상당히 오랫동안 제대로 뿌리내리지 못했다. 사대부의 딸들은 땅과 노비를 상속받았고, 딸과 외손자가 제사를 지낼 수도 있었다. 딸은 물론 그 자식들까지 친정의 족보에 기록되기도 했고, 결혼하고도 남편이 오랫동안 부인의 친정에서 지내기도 했다.

즉 본래 여성이 며느리로서 시어머니의 자궁가족에 편입되었다가 장차 그 자리를 물려받는 것뿐만 아니라, 친정에서 지내며 자신의 어머니 슬하에서 가정을 형성하는 것도 가능했다는 이야기다. 우리는 일반적으로 '출가외인'이라고, 여성의 친정 가족이 여성의 결혼 생활이나 시가의 일에 끼어들지 않는다고 생각한다. 하지만 무속 신앙을 살펴보면 여성이 제주가 되어 굿을 올릴 때, 여성들의 친척과 신령, 조상들도 등장한다.

조선 시대에 성리학이 사회를 이끌자 무속 신앙은 여성들의 일이 되었다. 대한민국이 들어서자 산업화와 현대화가 일어났고, 사람들은 무속 신앙에 대해 말하는 것을 부끄러운 일로 여기게 되었다. 무속은 연구의 대상이 아니라 타파의 대상이 되었다. 하지만 이 시기, 1970년대부터 한국 여성의 삶과 무속을 연구하는 인류학자 로렐 켄달(Laurel Kendall) 미국 컬럼비아 대 교수의 기록에서 흥미로운 이야기들을 찾아볼 수 있다.

로렐 켄달은 1970년, 평화봉사단원으로 한국에 와서 연세대 외국어학당에서 영어를 가르치던 무렵, 신촌에서 벌어진 굿판들의 중심에 여성이 있었음을 기록했다.

"참 이상했어요. 한국의 남존여비 사상 때문에 속상한 일이 많았는데, 우연히 굿하는 걸 보니 대감이나 장군 차림을 한 사람이 다 여자인 거예요. 남자들은 그 광경을 몰래 훔쳐 보고 있고. 신기했어요."[14]

이후 로렐 켄달은 한국 여성의 삶과 무속을 연구하기 시작한다. 그가 전씨 할아버지의 건강이 악화되자 집안 여자들이 거행한 굿을 관찰한 내용은 특히 흥미롭다.

전씨 할아버지를 위한 굿이었지만, 이 굿의 주인공들은 여성들이었다. 할머니는 만신을 통해 신령에게 소원을 빌거나 흥정을 하고 때로는 언쟁을 벌였다. 이 집안의 신령인 대신할머니*를 대접하고 나면 집안의 여성들은 저마다 만신의 옷을 입고 춤을 추었다. 굿은 여성들이 주관한 여성들의 잔치였다.

그런 데다 굿판에서의 가족의 범위는 성리학적인 가족의 범위보다 넓고 유연했다. 전씨 집안의 대신할머니는 결혼한 딸이나 전처소생의 딸, 며느리와도 연결되어 그들을 돌보았다. 가부장제와 성리학이 지배하는 듯한 전통 사회에서, 여성은 결혼하면서 친정집 대신할머니의 영향력을 시가까지 가져오고, 한편 시가의 대신할머니의 영향도 받고 있었다는 이야기다. 로렐 켄달이 관찰했던 한국의 굿판은 그야말로 여성들의 세계였던 셈이다.

이처럼 무속 신앙은 여성 주부가 주관하며 여성 만신이 이

---

* 집안을 수호하는 여성 조상 신령이다. 대신마누라, 성수라고도 불린다.

끌고 여성들이 참가하는 여성 의례였다. 만신의 집안은 어머니에게서 딸로, 시어머니에게서 며느리로, 신어머니와 신딸로 이어지며 만신과 그 단골들도 모성적인 관계로 이어졌다. 그렇다고 해서 이와 같은 여성 의례가 남성 중심의 세계관을 전복하기 위한 것이거나 오직 여성들만을 위해 치러졌던 것은 아니다. 만신은 자신의 단골인 여성들을 위로하지만, 이들은 가정에서 상처받거나 남편과 자식 문제로 고민하는 사람들이다. 결국 주부는 만신에게 가족들의 일을 부탁하고, 만신은 굿을 통해 이 집안의 신령과 영산, 죽은 가족들을 달래는 한편, 살아 있는 가족의 문제를 풀어냈다.

집을 보살피는 신령들

집의 대청마루 상량 아래에는 성주신이 산다. 앞마당에는 터주신이 있다. 부엌에는 조왕신을, 안방에는 삼신을 모신다. 정월이나 칠석날에는 칠성신에게 고사를 드리기도 하고, 구렁이나 두꺼비, 족제비의 형상을 한 업신*을 모시기도 한다.

이와 같은 가정신령들을 모시는 가정 신앙은 그 집안의 살림을 맡은 안주인이 주재한다. 고사에서 가정신령들의 대표격

* 집안의 재물을 지키는 신.

인 성주신을 부를 수 있는 사람은 남성 가장이 아닌 여성 주부였다. 고사를 지낼 때 주부는 보통 술과 떡, 말린 생선이나 구운 고기 등을 들고 집 곳곳을 다니며 신령들을 대접한다. 정성을 더 많이 들일 때는 삶은 돼지머리를 바치기도 했다.

성주신

성주신은 집을 수호하는 가정신령들의 대표격이자 집안의 어른으로 집안의 길흉화복을 두루 관장한다. 성주는 대청이 있는 집에서는 대청 상량 밑에, 대청이 없는 집에서는 안방 윗목에 흰 종이와 쌀 단지의 형태로 좌정하고 있으며, 함경도 등에서는 주방과 소 우리 사이에 둔 제석단지에 모셔져 있다.

"성주는 대주(大主)를 믿고, 대주는 성주를 믿는다."라는 말이 있듯이, 성주는 한 집안의 남성 가장인 대주를 위한 신령이다. 성주는 대주에게 상응하는 존재이기 때문에 성주에게 제사를 지낼 때는 남성 가장의 밥그릇에 곡식을 담아 제사를 올리기도 한다. 고사를 지낼 때 성주신은 터줏대감과 함께 제일 큰 팥시루떡을 받기도 한다.

집을 짓거나 이사를 하면 새로 성주를 모신다. 안택(安宅)*을 하다 보면 간혹 성주가 나간 것을 확인할 수 있다. 이 경

* 정월이나 10월에 무당을 불러 가정신령들을 위로하는 행사.

우 성주신을 새로 받아 모시기도 하는데, 이때 남성 가장이 성주를 받는다고 하지만 실제로 의례에서 성주를 불러내는 사람은 집안의 주부이다. 남성 가장이 직접 성주를 불러서는 안 된다.

터주신

터주신은 땅의 신이자 집주인으로, 집터를 지키고 집안의 재물을 보호해 흔히 터줏대감으로 불린다. 지역에 따라서는 터주를 지신(地神)으로 부르고, 터주에게 지내는 제사를 지신제라고 하기도 한다.
터줏대감은 집 뒤편 굴뚝 아래나 장독대 부근에 짚으로 덮은 곡물 단지를 터주단지로 두어 모신다. 곡물 단지를 덮은 짚 속에 업신의 신단지를 함께 넣어두거나 칠성을 함께 모시는 집도 있다.

조왕신

조왕신은 부엌을 관장하는 불의 신으로, 조신, 조왕대신, 부뚜막신, 조왕각시 등의 이름으로 불렸다. 일반 가정에서는 이른 아침에 샘물을 길어다 조왕주발에 떠서 부뚜막 뒤편에 설치한 대에 얹어 놓았고, 사찰에서는 조왕각을 따로 지어 탱화를 안치해 모시기도 했고, 규모가 작은 절에서는 부엌에 탱화를 걸기도 했다.

조왕신은 아침에 밥 짓는 연기를 타고 올라가서 하늘의 복을 받아오는 신이자 부뚜막 뒤쪽에 머무르며 집안의 온갖 사실을 낱낱이 적어 하늘로 보내는 신이다. 그래서 부인들은 불을 때면서 악담을 하지 말고, 부뚜막에 걸터앉지 말고, 부엌을 청결하게 사용해야 했다. 명절날이나 굿을 하거나 고사를 지낼 때 목판에 떡과 과일을 차려 조왕의 몫으로 부뚜막에 놓기도 하는데, 이를 조왕상이라고 했다.

삼신

삼신은 한 집안의 생명력을 형상화한 임신, 출산, 육아의 수호신으로, 흔히 삼신할머니로 불린다. 삼신은 흔히 안방 윗목에 선반을 달고, 그 위에 보시기 세 개를 놓고 종이로 덮어 모신다. 간혹 제석과 함께 삼신제석으로 불리며, 종이봉투에 돈과 곡식을 담고 고깔을 씌워 안방 벽에 걸어두기도 한다.

아이가 태어나거나 집안의 어린아이가 아플 때, 아이의 생일 등에는 삼신을 위하는데, 삼신상을 차릴 때는 밥 세 그릇과 미역국 세 그릇, 혹은 맑은 물 세 그릇을 올리기도 하며, 굿을 하거나 고사를 지낼 때는 흰떡과 맑은 물, 사탕 등을 올리기도 했다. 삼신상에 올려놓은 제물은 남에게 주지 않고, 가족들, 특히 아이와 아이 엄마가 먹었다. 한편 집안의 여성들이 혼인을 하고 몇 년이 지나도록 태기가 없으면 삼신을 새로 받기도 했다. 산중의 샘이나 계곡 물가에서 산의 산신과 물의 용왕에게 삼신을 받아달라고 빌어 받기도 하고, 달에게서 받기도 했다.

칠성신

칠성은 하늘의 북쪽에 떠 있는 북두칠성을 의미한다. 생사와 화복, 빈부 등 사람이 살면서 겪는 일들을 맡고 있는데, 대표적으로 수명장수를 관장한다. 대개 불교 신앙과 결합해 제석굿이나 불사굿에서 함께 모셨다.

굿을 하지 않더라도 정월 안택을 할 때나 칠석날 저녁에 칠성을 모시기도 했다. 이때 주부는 목욕재계하고 떡과 과일 등의 제물을 올려 가족의 건강과 장수를 기원했다. 이를 칠성고사, 칠성공이라고도 한다. 혹은 집안에 근심거리가 있을 때 집안 여성들은 장독대에 정화수를 떠 놓고 기원하기도 했는데 이 역시 칠성신에 비는 것이었다.

간혹 아이가 생기지 않을 때 칠성신에 기원했다. 태어난 아이의 사주에 명이 짧다고 나오면 만신을 불러다 칠성신에게 아이를 바치고 무당과 아이 사이에 수양(收養) 관계를 맺는 명다리 의식을 행하기도 했다. 이때 종이에는 아이의 생일과 태어난 시간, 이름과 "수명장수 재수발원(壽命長壽 財數發願)" 등의 기원을 적고 무명천에 타래실을 넣어 만신에게 바쳤다. 만신은 명다리를 칠성신의 신단 아래에 두고 아이의 수명장수를 빌어준다.

가정신령들은 종종 곡물을 담은 신단지나 물그릇의 형태로 섬겨졌다. 앞서 언급한 대표적인 가정신령들 외에도, 제석단지, 세존단지, 천왕단지와 같이 지역마다 섬기는 가정신령과 신단지들이 조금씩 달랐다.

이와 같은 가정 신앙은 주부가 딸이나 며느리에게 가르쳐 계승해 나갔다. 남녀가 유별하던 시대, 남성은 제사로 대표되는 유교 의례를 장남에게 상속하고, 여성은 무속 의례를 딸이나 며느리에게 대물림한 것이다. 그릇에 신을 모시고 고사를 지내는 가정 신앙의 방식은, 종이나 나무에 조상의 이름을 기록한 신주를 사당에 봉안하는 유교 의례의 제사와는 판이하게 달랐다. 즉 조선의 집에는 유교 의례에 따라 세워진 사당과 집 구석구석에 모셔진 가정신령의 신체들이 공존하는, 이중적인 형태의 신앙이 있었던 것이다.

이와 같은 고사는 집안의 주부나 연장자 여성이 주관했다. 집은 여성들의 공간이며, 주부나 연장자 여성은 가정신령들 앞에서 집안을 대표했다. 맏며느리라고 해도, 시어머니가 아직 집안의 실권을 쥐고 있는 동안에는 직접 고사나 다른 여성 의례를 주관하지 않았다. 맏며느리가 아닌 여성들은 분가해 자신의 살림을 시작할 때부터 고사를 지냈다. 즉 한 집안의 사제로서 고사를 지내며 자기 집 신령들을 섬기고 가족의 건강과 안녕을 기원하는 것은 안주인의 권리였다.

로렐 켄달은 여성이 가정신령들에 대한 제사를 주관하는 것이 특이한 일은 아니지만, 일본이나 중국과는 차이점이 있다고 설명했다. 일본의 경우 신령을 위한 음식을 따로 준비하는 것이 아니라, 가족과 신령의 음식을 함께 준비하고 산 사람을 먹이듯이 신령을 먹인다. 일본 드라마나 애니메이션에서는 집안의 불단에 죽은 가족을 모시고, 꽃이나 과일, 가끔은 식사를 올리는 모습도 볼 수 있는데, 이런 것도 여기 해당된다. 한국에서는 신령을 위해 가족에게 내가는 음식과는 다른 음식을 준비하며, 제사가 끝난 뒤 가족들이 음복했다. 중국과는 여성이 가정 신앙의 중심에 있었다는 점이 다르다. 중국에서는 조왕신을 모실 때조차도 남성 가장의 권위를 드러냈지만, 한국에서는 남성 가장과 동일시되는 성주를 모실 때조차도 남성 가장이 아닌 주부의 권위로 모셨다.

이렇듯 한국의 가정신령 제사는 여성이 주도했다는 점이 큰 특징이다. 지역에 따라 남성이 가정신령을 대접하는 경우도 있었지만 이때도 여성이 빠지지 않았으며 동등한 위치에서 제를 주관했다. 남성이 성주를, 여성이 조왕을 대접하거나, 부부가 함께 가택신과 지신에게 고사를 지내는 식이었다. 제주도의 일부 마을에서는 남자들은 토신제를, 여자들은 집에서 안제라는 의례를 행하며 부부 양주가 상호 보완적으로 제사를 올렸다.

조선에서 연장자이자 주부인 여성은 남편을 대신해 제사를 지내는 대리인이 아니라, 이 성리학과 무속으로 이원화된 세계에서 가정을 대표하는 한 축이었다.

세상 떠난 가족을 달래다

가정신령들 중에 본래부터 신령이지 않았던 이들이 있다. 바로 말명이라 불리는 이들이다. 말명은 넓은 의미에서 조상들이고, 보통은 죽은 여자의 영혼, 특히 집안의 여자 조상들의 영혼을 가리킨다.

말명에는 여러 신령들이 있다. 노란 몽두리에 방울과 부채를 든 할머니를 대신할머니나 대신말명이라 부르며 무당의 조상으로 섬겼다. 굿을 청한 제가집의 조상 중에서 이름이 알려지지 않은 무당이었던 이들은 말명으로 모셨는데, 점점 대상이 확장되었다.* 여기에 조상 중에 한이 있어 가족의 꿈에 자주 나타나는 이들, 만신의 신도인 단골이었던 이들이 더해졌다. 그뿐만이 아니다. 말명을 섬기는 굿인 말명거리에서는 더 많은 이들이 말명으로 호명된다. "어머니 업말명, 고

---

* 대신말명, 제당(諸堂)말명, 상산(上山)말명, 용궁말명, 사신(使臣)말명, 서낭말명, 부군(府君)말명, 반장말명, 불사말명, 대전말명, 도당말명, 업위말명, 조상말명, 부리말명 등이다.

모말명 이모말명, 여동승 여말명 호구말명"과 같이 가까운 여성 혈연 중 세상 떠난 이들부터, "조카 항렬에 가던 말명, 청춘말명 소년말명 원주 집주 말명"과 같이 남녀 아울러 어린 나이에 세상 떠난 가족과 친척들, 나아가 집안의 어린 종처럼 원래는 조상이 되지 못하고 잡귀인 영산으로 불려야 할 이들까지 말명이 된다.

말명들을 제대로 달래지 못하면 어떻게 될까? 필기·야담집에서는 가까운 혈연 여성의 혼령이 나타나 문제를 일으키는 이야기들이 기록되어 있다.

조카를 괴롭힌 안씨 귀신

안씨는 낙산 아래 소용동에 살았는데, 젊은 나이에 자식 없이 과부가 되었다. 그는 남편을 잃은 뒤 집에서 승복처럼 검소한 옷을 입고 채식과 검박한 식사에 만족하고, 염불하며 혼자 살다가 60세가 넘어 세상을 떠났다.

안씨가 세상을 떠난 뒤, 조카가 그 집에 들어와 살았다. 그러던 어느 날 마루에서 사람 소리가 났다. 조카 부부가 나와 보니 안씨가 생전 모습 그대로 승복 같은 옷을 입고 앉아 있었다.

"고모님께서 여긴 어인 일이시옵니까."

"내 집에 내가 오는데 너희들 허락을 받고 와야 하느냐."

가족들은 당황해 절을 올렸다. 그러자 안씨가 자리를 잡고 앉으며 말했다.

"배가 고프구나. 먹을 것을 가져오너라."

급히 조카며느리가 상을 차려 왔다. 하지만 곧 안씨는 상을 밀어내며 말했다.

"이런 것 말고 고기가 먹고 싶구나."

이후 안씨의 혼령은 집에 눌러앉아 삼시세끼 봉양을 요구하며 횡포를 부리기 시작했다. 그는 생전에 먹지도 않던 좋은 음식들을 끼니마다 요구하고, 만족하지 못하면 종을 때리거나 집안 여기저기를 때려 부수기도 했다.

"내가 살아서도 늘 먹는 것 같지 않게 먹고 살았는데, 죽어서도 이따위 것이나 먹고 살란 말이냐!"

"……생전에 드시던 대로 차린 건데."

"다 들린다, 이 불효막심한 놈들!"

안씨는 씩씩거리며 밖으로 나갔다. 그러더니 이번에는 봉두난발을 하고 누더기를 입은 귀신들을 잔뜩 데려왔다.

"손님을 데려왔는데, 상다리가 휘게 상을 차려 내놓지 않고 뭘 하는 거냐!"

결국 조카의 가족들은 그 집을 떠났다. 안씨와 귀신들의 횡포에 더는 살 수 없어서였다. 하지만 안씨 귀신은 조카의 가족들이 가는 곳마다 따라갔고, 몇 년 지나지 않아 조카의 가족들은 거의 다 죽고 말았다.

『어우야담』에서 소개된 「조카를 괴롭힌 안씨 귀신」이나 『용재총화』에 수록된 「이두의 집에 나타난 고모 귀신」과 같은 이야기는, 자식 없이 외롭게 살다 죽은 여성이 조카의 집에 나타나 행패를 부려 결국에는 가족들이 죽어 나갔다는 이야기다.

갑자기 고모의 습격을 받은 조카의 입장에서는 말도 안 되는 재난이다. 하지만 고모의 인생을 되짚어보자. 고모는 젊어서 남편을 잃고 과부가 되었다. 심지어 자식도 없었다. 젊어서 혼자가 된 고모는 긴긴 인생 내내 가부장제의 틀에서 벗어나지 않기 위해, 정숙한 과부로 살기 위해, 불교에 의지해 마치 승려처럼 인내하며 살았다. 죽은 뒤 자신이 평생 살아온 집은 조카의 것이 되었고, 자식 없이 죽은 자신을 위해 제사를 올려주는 사람도 없었다. 고모의 혼령은 마침내 한을 품고 말명이 되었다.

말명은 조상과 가족들, 살아 있는 이들과 가까운 이들을 모두 포함하는 넓은 의미였다. 말명 중 정상적인 통과의례를 거친 이들은 조상이 되어 제사를 받았다. 조상은 한을 품고 죽은 다른 말명이나, 참혹하게 죽은 영산과는 달랐다. 이들은 혼인하고 자식도 낳았으며, 살 만큼 살다가 세상을 떠나 정상적인 장례를 치렀다. 이런 조상들조차 때때로 한을 품는다. 수부귀다남자(壽富貴多男子)*의 복을 다 누리고 죽어서도 자손들이 잘되고 제사도 제대로 받으면 별로 원한을 품을 일이 없다. 그렇지만 자식이 없거나 평생 가난하게 살았거나 손자를 안아보지 못하고 죽으면 미련과 한을 남긴다. 사람들은 이런 한을 품은 조상말명들을 제대로 모시지 못하면 재액을 당한다고 믿었다.

이 이야기를 좀 더 하기에 앞서 구렁이가 된 시어머니 이야기를 잠시 살펴보자.

구렁이가 된 시어머니

평생 어려운 살림에 일만 하다가 마침내 아들을 장가보낸 시어머니가 있었다. 시어머니는 아들 집에 가보고 싶었지만, 며느리가 원치 않아 그럴 수가 없었다. 시어머니는 세상을 떠나고 나서 생전에 아들 집을 구경하지 못한 억울함에 그만 뱀으로 환생하고 말았다. 뱀이 된 시어머니는 며느리의 쌀독에 눌러앉았다. 쌀독에서 이상한 소리가 나자 들여다본 며느리가 놀라 쫓아내려고 했다.

"새집에 징그럽게 뱀이라니, 무슨 일이야!"

그러자 아들이 며느리를 막아섰다.

"뱀은 상서로운 짐승이고, 특히 업구렁이는 집안의 복록을 불러오는 것이며, 무엇보다도 어머님께서 돌아가시고 얼마 지나지 않아 이 뱀이 들어왔으니 어쩌면 어머님께서 돌아오

---

* 오래 살고 부자 되고 귀해지고 아들을 많이 낳는다.

신 것일지도 모르는데, 자네는 어쩌면 이렇게 박정한가!"

"아무리 그래도 구렁이와 어떻게 살 수 있겠소! 나는 이렇게는 못 살겠소!"

그때 벼락이 떨어져 뱀을 쫓아내려던 며느리는 죽고 말았다.

이 이야기는 몇 가지 중요한 점을 보여준다. 아들을 낳았고, 그 아들이 무사히 장성하고 혼례도 치렀으니 아마도 장례와 제사를 받는 데 부족함이 없었을 것 같지만, 시어머니는 뱀이 되어 돌아온다. 평생 가난한 살림에 고생했고 장성한 아들과 함께 살 수 없었던 억울함과 안타까움이 그를 구렁이로, 한을 품은 조상으로 만든 것이다.

뱀이 된 시어머니가 눌러앉은 곳이 쌀독이라는 점도 의미심장하다. 가난에 한이 맺혀서 쌀독에 자리를 잡았다고 볼 수도 있다. 그러나 일부 지역에서는 한을 품고 죽은 조상말명을 왕신이라 불렀으며, 이들을 위로하기 위해 쌀을 넣은 왕신단지를 모셨다. 사람들은 망자의 옷과 돈을 동고리나 상자에 넣은 말명상자를 만들어 집안에 따로 모시거나 신당에나 굿당에 모셨고, 일부 지역에서는 왕신단지를 안방이나 뒤란에 두기도 했다. 상자나 단지 등에 제물을 넣어 조상의 혼령을 모신 것이다. 이 점을 생각하면 시어머니가 조상말명이 되었음을 알 수 있다.

사람들은 조상말명을 제대로 모시지 않으면 재액을 당한

다고 믿었다. 또한 업으로 들어온 동물을 죽이거나 함부로 쫓아내도 벌을 받는다고 믿었다. 그래서 며느리가 천벌을 받은 것은 시어머니의 환생인 뱀을 쫓아내려 했기 때문이라고 생각했다.

여성들은 이처럼 한을 품고 죽은 말명들을 가족으로 받아들이고, 무속 의례를 통해 달래고 위로했다. 여성들의 만신전은 시어머니에서 며느리로, 결혼을 통해 가족이 된 여성들이 이어나갔다.

훌륭하고 영향력이 컸던 조상은 후손의 가정을 보호하는 신령이 되기도 한다. 관직에 올랐던 남성, 무과에 급제했던 남성은 장군신이 되어 가정을 수호한다. 만신이나 보살이었던 여성, 정성을 다해 칠성신을 모신 여성은 대신할머니가 된다. 여성 조상들이 미륵불을 깊이 믿어온 집안의 경우엔 굿을 할 때 불사(부처)와 함께 미륵이 나타나기도 했다. 어려서 죽은 아이의 혼령인 동자별상이나 젊어서 죽은 여성의 혼령인 호구말명은 잘 달래고 대접해주지 않으면 크고 작은 사고를 일으키다 보니 작은 신령으로 대접했다.

동자별상이나 호구말명은 자매들이 시집갈 때 따라가 새집에서 말썽을 부리기도 했는데, 다른 신령들도 여성 가족의 시가 가족들에게까지 영향을 끼쳤다. 『조선민속지』를 쓴 아키바 다카시(秋葉隆)에 따르면 함흥의 한 명문가에는 광의 선반에 다른 집으로 시집갔다가 죽은 여자들의 영혼을 모신 항아리들이 조상단지와 함께 놓여 있었다고 한다. 이 항아리는 이 집에 시집온 며느리들이 제각기 친정에서 모시고 온 것이다. 즉 여성들의 만신전은 부계 가문을 통해서만 이어진 것이 아니다.

살아 있는 여성들은 자신의 남편과 시가 가족뿐 아니라, 친정과 시집간 딸들, 다른 집안으로 시집간 자매들에게까지 관심을 가진다. 출가외인이라는 말이 있다고 해도, 결혼을 하든 젊어서 죽었든 딸들은 완전히 남이 될 수 없다. 살아 있는 여성과 죽은 여성에 대한 관심과 사랑은, 남성을 중심으로 정의된 규정한 친족의 경계를 훌쩍 뛰어넘는다. 죽은 여성들도 마찬가지다. 시집간 딸이 주부로서 굿을 할 때, 여성의 친정 부모님은 물론 조부모나 죽은 형제들까지 굿의 조상거리에 나타나기도 한다. 혈연과 정서적 유대로 연결된 이들의 영향력은 혼인으로 연결된 여러 가족을 가로질러 가능한 모든 방향으로 확장된다.

말명으로 모시는 가족의 혼령 중 호구말명을 『어우야담』에 수록된 「원사안의 형수 이야기」를 통해 잠시 더 살펴보자.

원사안의 형수 이야기

원사안에게는 위로는 형이, 아래로는 누이가 있었는데, 형수는 젊어서 세상을 떠났다.

어느 날 혼기를 맞은 원사안의 누이가 이상한 행동을 보이기 시작했다. 형수가 생전에 찾던 음식을 찾고, 형수가 생전에 좋아하던 색깔의 옷을 입고, 죽은 형수가 할 법한 이야기들을 했다. 원사안과 가족들은 누이를 보고 한탄했다.

"이래서야 혼담이 들어온다고 해도 제대로 혼사나 치를 수 있겠습니까."

"그러게 말이다. 죽은 새아기의 영혼이 빙의되다니. 그 아이가 자기는 젊어서 죽었는데 시누이의 혼담이 오가는 것을 보고 샘내어 이런 몹쓸 짓을 벌이는구나."

그러던 어느 날 원사안의 꿈에 조상이 나타나 말했다.

"얘야, 모래톱에 가보면 자수정 같은 것이 있을 것이다. 그 중에 귀신을 쫓아내는 경귀석이 있으니 찾아 집에 가져오면 이 일이 잘 해결될 것이다."

원사안은 다음 날 꿈 이야기를 하고 가족들과 함께 모래톱으로 갔다. 과연 꿈에서 들은 대로 자수정 같은 돌들이 흩어져 있었다. 가족들이 돌을 골라 집으로 돌아오는데, 돌을 담은 바구니가 집 대문을 넘어서자마자 누이가 정신을 잃고 쓰러졌다.

잠시 후 누이가 깨어나니 형수의 원혼은 사라지고 없었다.

호구말명은 결혼 전이나 결혼한 지 얼마 지나지 않아 죽은 젊은 여성, 아이를 낳다 죽은 여성의 혼령이다. 이들은 자매나 친한 친구가 혼례를 올릴 때 주로 말썽을 일으킨다. 혼수를 장만하고 족두리와 색동저고리로 아름답게 꾸민 신부를 샘내다가 신부를 따라간다. 그렇게 혼례를 방해하거나, 신부와 신랑 사이를 가로막고 분란을 일으킨다. 원사안의 형수도 마찬가지다. 결혼한 지 얼마 지나지 않아 죽은 원사안의 형수는 이제 곧 신부가 될 시누이를 샘내 말썽을 일으킨 것이다.

그래서 여성들은 결혼식 전날, 신부의 집 조상과 귀신들에게 혼례 음식인 국수와 떡이며 사탕 등을 먼저 차려 대접했다. 이를 여탐이라고 불렀다. 귀신들을 좌정시켜, 결혼할 딸에게서 부정적인 기운을 정화하고 말썽을 부리지 못하게 한 것이다.

호구말명이나 동자별상은 일찍 죽어 한을 품었고 후손이 없고 가계를 잇지 못하기 때문에 조상이 될 수 없는 영산이다.* 하지만 여성들의 의례에서는 이렇게 영산을 위해서도 상을 차린다. 죽어서도 우리 집 아이들이라는 감정적인 유대로 불러들이고 감싸 안는다. 우리 식구, 우리 집 아이들이라는 마음으로 품어 안는다.

이렇듯 여성들은 무속 신앙과 굿을 통해 가족의 안녕을 기

---

* 권선경은 「여성 원혼의 존재양상과 신격화의 의미: 서울지역 호구를 중심으로」에서 김옥렴 만신의 증언("말명은 조상신격이고, 뒤에서 영산 죽은 거는 거리에서 죽은 것도 있고. 조상에서 올라올 수 없는 귀신들이지. 조상으로 받들 수 없는 귀신이지. 조상으로 먹다가도 뒤로 풀어나갈 때는 영산으로 다 나가야 돼. (중략) (처녀로 죽어서 진오귀를 해도) 조상에서 놀적에 말명에 놀 적에 직성을 보내는 조상을 쳐들어서 대우는 해줘. 그렇지만 보낼 적에는 영산으로 나가.")을 통해 이들 호구 말명을 모실 때는 조상신 격인 말명으로 모시지만, 나갈 때는 영산으로 나간다고 설명했다.

원하고, 죽은 가족들을 위로했다. 여성들은 만신을 통해 죽은 조상들과 홍정을 하거나 화해하며 그들을 가족의 품 안으로 이끌었다. 죽은 조상들은 마치 살아 있는 가족이나 친척들이 잔치에 와서 떠들듯이, 여성들의 잔치에 나타나 대접을 받고 돌아가는 것이다.

여성 중심의 무속 문화

무속 문화의 주재자는 여성, 특히 한 집안의 주부였다. 그렇다면 주부의 의뢰를 받아 무제(巫祭)를 행하는 전문가인 만신들은 어땠을까?

1933년 조선총독부의 조사 결과 전국적으로 여성 무속인이 6,941명인데 비해 남성 무속인은 그 절반에도 미치지 못했다고 아키바 다카시는 기록했다. 남성 무속인은 의례를 거행할 때에도 종종 여자처럼 머리에 수건을 쓰고, 굿을 할 때 여자의 옷을 입은 뒤 그 위에 신옷을 입었다고도 적었다.[15] 즉 신을 모시고 집신굿을 주재하려면 우선 여자의 모습을 해야 했다는 이야기다.

7

지워지고 잊힌 우리의 여신들

여성, 신이 되다

이 세상은 누가 만들었을까. 멀리서 이 땅으로 와 새 나라를 세운 이들은 누구였을까. 한국에는 어떤 신화가 있을까. 이런 질문을 던지면 사람들은 흔히 하늘 천제의 아들 환웅이 내려와 호랑이와 곰에게 쑥과 마늘을 주고 사람이 된 웅녀를 아내로 맞아 단군을 낳았다는 이야기를 꺼낸다. 하늘이 왕이 될 만한 신령한 사람, 신의 자손을 내려주었다는 주몽이나 혁거세, 수로왕 이야기를 떠올릴지도 모르겠다.

그 전에, 하늘이 왕을 내리기 전, 환웅이 이 땅에 내려오기 전에, 이 땅은 누가 만들었을까? 우리 신화에 관심이 있는 사람이라면, 제주도에 전승되는 〈천지왕본풀이〉를 떠올릴 것이다. 천지왕이 세상을 창조하고, 아들들인 대별왕과 소별왕이 하늘의 여러 해와 달을 정리해 지금과 같은 모습으로 만들고, 인간 세상과 저승을 나누어 다스리기로 했다는 이야기다.

이런 이야기만 듣고 있으면 이 땅에는 마치 신도 인간도 남자뿐인 게 아닌가 하는 생각마저 든다. 이제껏 언급한 신화들은 모두 남자들의 이야기다. 이것들이 우리 신화의 전부였을까 하는 의구심도 든다. 여러 다른 문화권의 창세 신화에는 적지 않은 수의 여신이 등장한다. 소위 지모신(地母神)들이다. 우리 땅에만 유독 여신이 없는 것일까?

기록 속에서, 혹은 설화 속에서, 만신이 부르는 무가 속에서, 토막 난 이야기 속에서 우리는 엄연히 이 땅에 자리했던 여신들의 흔적을 찾을 수 있다. 마고할미며 설문대할망, 바리공주는 물론, 이 땅의 모든 무당들의 시조가 되는 여덟 딸을 낳은 성모천왕, 관군과 함께 적을 물리친 산신 다자구 할매처럼, 이 땅 구석구석에 깃든 여신들의 이야기를 함께 찾아보자.

세상을 만든 태초의 여신들

세상을 만든 신은 누구였을까? 하늘과 땅을 가르고, 커다란 산과 바다를 만들어낸 이는 누구였을까? 누군가는 설문대할망 이야기를 꺼낼지도 모르겠다. 설문대할망은 제주도를 창조한 여신이지, 이 세계를 창조한 여신은 아니지 않으냐는 사소한 의문을 품은 채로.

여러 신화 속에서 세상을 만든 신들은 흔히 거인들이다. 중국의 반고는 천지가 생기기 전 알 속의 혼돈에서 문득 나타나 하늘과 땅을 갈라놓았다. 그는 혼돈을 막은 뒤 땅에 누워 숨을 거두었는데, 그가 죽자 반고의 눈동자는 태양과 달이 되었고, 뼈는 산이, 피는 강이, 살은 비옥한 토지가 되었다.

우리에게도 이런 거인 여신들이 있었다. 몸집이 커다랗고 걸어서 바다를 건넜으며 이 세상의 온갖 자연물과 지형을 창조해낸 여신의 전설은 우리나라 여기저기에 남아 있다. 한반도 대표라 할 만한 마고할미, 경기 지역의 노고할미, 서해안의 개양할미, 강원도 서구할미, 제주의 설문대할망 같은 이들은 하늘과 땅을 가르고 산과 강을 만들었다. 신화학자 고혜경의 표현에 따르면 "태초에 할망이 있었다."[16]라는 이야기다.

마고할미

마고할미는 걸어서 바다를 건널 만큼 거대한 여신이었다. 어찌나 거대한지 삼베 구만 필로 옷을 지어도 몸을 다 가리지 못했고, 마고할미가 치마폭에 싸서 나르던 흙이 바다 위에 툭툭 떨어지면 섬이 될 정도였다. 마고할미가 한번 소변을 보면 하천이 생겨났고, 대변을 보면 커다란 산이 생겨났다. 마고할미는 완도 일대 바다에서 바닷가 선바위에 발을 딛고,

> 오십이고개에 손을 짚고 추자도 용둠벙의 물을 마셨으며, 양주의 노고산과 불국산에 두 다리를 걸치고 소변을 보자 문학재 고개에 있던 큰 바위가 깨져 나갔다.

마고할미는 세상을 만든 창조신이었지만, 그에 대한 기록은 많이 남아 있지 않다. 영조 47년(1771년) 장한철이 쓴 『표해록』에는 "아득한 옛날 선마고(詵麻姑)*가 걸어서 서해를 건너와서 한라산에서 놀았다는 전설이 있다."라는 기록이 있고, 국문소설 『숙향전』에서는 마고할미가 위기에 처한 숙향을 구해준다. 마고할미는 이승과 저승의 사이에 놓인 가장 높은 산인 천태산에 정좌했는데, 서사무가 『바리데기』에서는 길에서 빨래를 하고 있다가 바리데기를 시험해본 뒤 도와주기도 한다.

마고할미를 기억하는 이들은 이제 많지 않다. 심지어 중국 『신선전』에 기록된 도교 계통의 마고선녀**로 오인받기도 한다. 이처럼 세상을 만든 지모신의 존재가 잊히거나 축소된 것은 우리나라에서만 있었던 일은 아니다. 바빌로니아의 지모신이자 풍요의 신이었던 이슈타르는 고대 페니키아에서 죽음과 재생을 관장하는 아스타르테로 불렸으며 지중해 여

---

* 『표해록』에는 표류하던 일행이 한라산을 보자 백록선자와 선마선파(詵麻仙婆)에게 살려달라고 빌었다는 내용도 나온다. 선마선파의 선파(仙婆)도 선마고의 고(姑)도 할머니를 뜻하는 말이니, 이는 '선마할미', 즉 제주도의 설문대할망을 의미하는 말이다.

** 중국의 선녀로, 종종 서왕모와 동일시된다.

러 곳에 그 신앙의 흔적이 남아 있지만, 기독교의 전파 이후 악마인 아스타로트로 전락했다. 메소포타미아에서 모든 만물의 어머니 신이었던 티아마트는 그리스 신화에서는 포세이돈, 또는 헤라의 권속인 괴물이 되었고, 성경에 나오는 악마 레비아탄의 기원이 되었다. 마고할미 역시 마찬가지였다. 세상을 창조하며 온갖 자연물을 만들어낸 이 거대한 할머니 여신은, 나중에 각 지역의 특정한 산을 쌓아 올린 산신으로 남았다.

다행히도 이 마고할미의 원래 이야기를 짐작할 만한 자세한 이야기가 남아 있다. 바로 설문대할망의 이야기다.

설문대할망

옛날에 하늘과 땅이 붙어 있었는데, 거대한 설문대할망이 나타나 둘을 떼어놓자 세상이 물바다가 되어 살 수 없게 되었다. 할망은 땅의 가장자리를 파서 토닥토닥 쌓아 올려 탐라를 만들었다. 어느 날 할망이 방귀를 뀌자, 탐라 한가운데에서 불기둥이 솟으며 폭발하기 시작했다. 할망은 바닷물을 떠다가 불을 끄고 부지런히 한라산을 쌓아 올렸다. 치마폭에 흙을 한번 담아 나르니 금세 한라산이 만들어지고, 치마에 난 구멍에서 줄줄 샌 흙들은 여러 오름이 되었다.

할망은 머리가 하늘에 닿고, 바다를 걸어서 건너다닐 만큼 키가 컸다. 할망이 소변을 보자 그 안에서 온갖 해초와 문어, 전복, 소라, 물고기들이 나왔는데, 그 오줌발에 그만 성산포 땅이 뜯겨나가 그 앞에 우도가 만들어졌다.

이렇게 거대한 할망은 옷이 한 벌밖에 없어서 늘 빨래를 해야 했다. 한라산을 깔고 앉아, 한쪽 발은 제주 북쪽 관탈섬에, 다른 쪽 발은 서귀포 앞바다의 지귀섬에 올려놓고, 성산봉을 빨래 바구니 삼고 우도를 빨랫돌 삼아 옷을 빨았다. 가끔은 한라산을 베개 삼고 누워 발을 바다에 담그고 놀았는데, 그때마다 섬 주변의 바다가 요동쳤다. 하지만 할망은 치마는 다 해지고 속곳도 없어 늘 속이 상했다.

그 무렵 탐라의 사람들은 육지까지 가고 싶어도 쉽게 갈 수 없었다. 어느 날 할망은 탐라 사람들에게, 명주 속곳 한 벌만 만들어주면 육지까지 다리를 놓아주겠다고 했다. 할망의 속곳을 만드는 데는 명주가 100통이나 필요했는데, 탐라 사람들이 명주를 다 모아도 아흔아홉 통밖에 되지 않았다. 결국 할망은 육지까지 다리를 놓는 것을 포기했고, 그때부터 탐라는 물로 가로막힌 땅이 되었다.

설문대할망은 늘 큰 키를 자랑스러워했다. 용연물은 할망의 발등에나 겨우 닿았고 홍리물은 무릎까지 올라왔다. 하지만 한라산 물장오리는 밑이 없는 연못이라, 할망은 그만 물장오리에 빠져 죽고 말았다. 할망이 세상을 떠난 뒤 탐라 사람들은 할망의 살 위에 밭을 갈았고, 할망의 털은 풀과 나무가 되어 탐라 땅을 뒤덮었다.

할망의 죽음에 대해서는 다른 이야기도 전한다. 설문대할망에게는 오백 명의 아들이 있었는데, 식구는 많고 가난한 데다 흉년이 이어져 끼니를 잇기 어려웠다. 할망은 아들들에게 밖에 나가 양식거리를 구해 오라고 한 뒤, 백록담에 큰 가마솥을 걸고 불을 지폈다. 할망은 솥전 위를 걸어 다니며 있는 재료 없는 재료 넣어 죽을 끓였는데, 그만 발을 잘못 디뎌 솥에 빠져 죽고 말았다.

오백 명의 아들들이 돌아와 죽을 먹는데, 할망의 모습이 보이지 않는 것을 이상하게 여긴 막내아들만이 죽을 먹지 않았다. 다른 아들들이 모두 죽을 먹고 나니 가마솥 바닥에 뼈가 보였는데, 틀림없는 설문대할망의 뼈였다. 막내는 어머니의 고기를 먹은 형들과 같이 있을 수 없다며 멀리 차귀섬으로 가서 목놓아 울다가 외돌개 바위가 되었고, 다른 아들들도 통곡하다가 모두 서귀포 영실에 이어진 기암괴석들로 변해버렸다. 사람들은 이들을 두고 오백장군, 혹은 오백나한이라 불렀다.

설문대할망은 제주도를 만들었다고 전해지는 여신으로, 『탐라지』에는 설만두고(雪慢頭姑)라는 이름으로, 『표해록』에는 선마선파(詵麻仙婆)와 선마고(詵麻姑)라는 이름으로 기록되어 있다. 선문대할망, 설명두할망, 세명주할망, 혹은 물장오리에 묻혀 죽었다 해 매고(埋姑)할망이라고도 불렸다. 즉 설문대할망 이야기는 마고할미 이야기와 그 기원이 같다고 짐작할 수 있다.

이처럼 세계를 창조한 거대 여신의 설화는 민간에서 구전되어왔지만 국가적인 제사의 대상이 되지 못했다. 서사무가에서도 당금애기나 바리공주처럼 중요한 역할을 맡은 여신들의 이야기는 전승되었지만 원시적인 거대 여신의 이야기는 구송되지 않았다.

서사무가에서 구송되는 창세 신화에는 두 남신의 대결이 등장한다. 가장 이른 시기에 조사된 한국 창세 신화는 함흥의 큰 무당 김쌍돌이가 1923년에 구술한 〈창세가〉로, 미륵과 석가가 대결한다. 제주도 신화 속 〈천지왕본풀이〉에는 형제인 대별왕과 소별왕의 대결이 그려지는데, 아키바 다카시의 『조선 무속의 연구』에 기록되어 있다.

창세가

하늘과 땅이 분리되기 전에 미륵이 태어났는데, 미륵은 하늘과 땅을 가른 뒤 하늘과 땅이 다시 붙지 않도록 땅 네 모퉁이에 구리 기둥을 세웠다. 해와 달은 두 개씩이었는데, 하나씩 떼어내 별로 만들어 해와 달과 별들이 지금 같은 모습으로 하늘에 자리를 잡았다. 마지막으로 미륵이 금쟁반, 은쟁반을 들고 하늘에 빌자, 쟁반마다 다섯 마리씩 벌레가 떨어졌다. 금쟁반에 떨어진 금벌레는 남자가, 은쟁반에 떨어진

은벌레는 여자가 되어 서로 부부의 연을 맺었으며, 인간의 역사가 시작되었다. 이후 석가가 나타나, 누가 세상을 다스릴지를 두고 세 번의 시합으로 미륵과 경쟁했다. (후략)

대별왕과 소별왕

하늘의 천지왕은 지상의 총명부인과의 사이에서 대별왕과 소별왕이라는 아들을 얻었다. 두 형제는 천지왕이 남긴 박씨를 심어, 그 줄기를 타고 아버지를 찾아갔다. 천지왕이 대별왕과 소별왕에게 자신의 아들임을 증명하라 하자, 대별왕은 두 개의 태양 중 하나를, 소별왕은 두 개의 달 중 하나를 활로 쏘아 하늘에 수많은 별을 만들었다. 천지왕이 형제들에게 이승과 저승을 다스리게 하자, 소별왕은 누가 이승을 다스릴지를 두고 세 번의 시합을 제안했다. (후략)

두 이야기 모두, 첫 번째와 두 번째에서는 각각 미륵과 대별왕이 승리한다. 하지만 마지막 대결인 꽃 가꾸기에서 석가와 소별왕이 속임수를 써서 승리하고 이승을 다스린다. 이와 같은 두 남신, 특히 형제신이 세상을 차지하기 위해 꽃 가꾸기로 경쟁하는 이야기는 우리나라뿐 아니라 오키나와(류큐), 몽골, 중국, 중앙아시아의 알타이산맥 등지에서 발견된다. 이들은 세상을 만들고, 사람을 만들고, 꽃 가꾸기 내기를 한다. 한쪽이 속임수를 써서 이겨서 이승을 차지하고 다른 이는 저승을 차지한다.

이렇듯 현재 전하는 여신의 창세 신화와 남신의 창세 신화는 매우 다르다. 남신은 하늘과 땅을 나누고 일월성신을 제자리에 갖추고 인간을 누가 다스릴 것인지를 논하기까지 한다. 그런데 마고할미나 설문대할망 신화는 산 같은 자연물이 어떻게 형성되었는지를 설명하는 지명 유래 전설에 가까운 형태로 축소되어 있다. 물론 남신이 우선 세계를 만들고 여신이 지형지물을 만드는 형태로 세상을 만드는 과정이 분업이 되었다고 생각할 수도 있지만, 그러기에는 신화들이 서로 너무나 다른 이야기를 하는 것처럼 보인다. 일단 아무것도 없는 상태에서 세상 구석구석을 빚어낸 이야기보다 왕과 후계자의 이야기가 먼저 나왔다고 보기는 어렵다.

그런 만큼 본래 '할망'이나 '할미'로 상징되는 거대 여신의 창세 신화가 있었고, 남신들의 창세 신화와 경쟁담이 외부에서 들어오며 여신들이 남성 신격들에게 밀려났다고 짐작할 수 있다. 이에 대해 조현설은 『우리 신화의 수수께끼』에서 평양시 강동군 남쪽 구빈 마을에 전해지는 전설을 소개했다.

마고할미가 단군에게 투항한 이야기

옛날 단군이 이끄는 박달족 무리가 마고할미가 이끄는 마고성을 공격했다. 싸움에서 진 마고할미는 일단 도망쳤지만, 반격을 위해 단군과 박달족의 동태를 살폈다.

"내 백성들이 박달족의 포로가 되다니. 반드시 박달족을 무찌르고 말겠다."

하지만 용맹하게 반격을 꾀하던 마고할미와 그 수하의 아홉 장수는 곧 당황했다. 단군이 포로로 붙잡힌 마고성의 백성들을 제 백성인 듯 걱정하고 아끼는 것이었다. 그 모습을 본 마고할미는 단군을 존경하게 되어 아홉 장수를 이끌고 투항했다. 단군은 마고할미와 장수들을 귀한 손님으로 맞아 극진히 대접했다. 이때 아홉 손님을 맞이한 곳이 지금의 평양 남쪽 구빈마을이요, 마고가 항복하기 위해 마고성으로 돌아오며 넘은 고개가 왕림고개였다.

이 이야기에서 마고할미는 단군과 싸워 진 것도 모자라 마음에서 우러나 투항한다. 이는 성을 이룬 토착 세력이 유입 세력에게 복속된 이야기이자, 창조 여신인 마고할미가 그 지위를 단군에게 넘겨주고 밀려나는 이야기다.

마고할미뿐만이 아니다. 세계를 창조한 설문대할망은 천지왕과 대별왕, 소별왕 형제에게 밀려나고, 결국은 자기가 만들어낸 세계에서 익사한다. 이렇게 신화가 남성신 중심으로 재편되면서 거대한 창조 여신은 창세의 역할을 빼앗기고 그 지위를 잃은 채 변두리로 밀려난다. 한 일족이나 한 지역의 산신이 되거나 죽음을 맞기도 하고, 구전민담으로 짤막하게만 남기도 한다.

특히 마고할미는 음이 유사한 마귀할미로 종종 와전되고, 삼척의 서구할미는 악행을 저지르다 선비에게 퇴치되는 전설이 전해진다. 이처럼 거대 여신들은 지위를 잃은 것도 모자라 악신으로 와전되기까지 했다. 세상을 만든 여신들의 전설은, 그렇게 축소되고 산산조각 난 뒤 잊혀갔다.

여신, 나라를 세우고 수호하다

한편 이 땅에 터를 잡았던 여러 나라의 건국신화에는 하늘의 자손이 태어나 나라를 세우고 왕이 되기까지의 신비한 여정이 담겨 있다. 하지만 하늘의 자손은 하늘에서 뚝 떨어져서 생겨난 이들이 아니다. 지상의 여신이 수태해 아이를 낳아 그 아들이 지상의 왕이 된다.

우리 신화에는 단순히 하늘의 자손을 잉태한 것뿐만이 아니라 본인 자체도 신성을 지녔던 인물들이 있으나, 이들의 이야기 역시 충분히 전해지지 않는다. 우리가 주로 들어온 이야기 중에서는 환웅과 결혼해 단군을 낳은 웅녀, 그리고 부여와 고구려 양쪽에서 시조모(始祖母)이자 태후로 모셔진 유화부인의 이야기 정도다.

우선 유화부인의 이야기를 살펴보자. 『삼국사기』와 『삼국유사』, 『동명왕편』에서 유화부인에 대한 기록을 찾을 수 있다.

주몽의 어머니 유화부인

하백에게는 유화와 훤화, 위화라는 세 딸이 있었다. 어느 날 세 자매는 웅심산 아래의 연못에서 놀고 있었는데, 마침 하늘에서 내려온 천제의 아들 해모수와 마주쳤다. 해모수는 세 자매에게 술을 먹인 뒤 붙잡으려 했는데, 두 동생은 도망쳤지만 술을 많이 마신 유화는 그만 붙잡히고 말았다. 해모수는 유화와 하루를 같이 보낸 뒤 떠나버렸고, 그 사실을 알게 된 하백은 진노했다.

"중매도 없이 멋대로 통정을 하다니, 너는 이제 내 딸도 아니다!"

하백은 유화의 입을 잡아당겨 새 부리처럼 만든 뒤 우발수로 내쫓았다. 유화는 우발수에서 동부여 왕 금와에게 발견되었는데, 말을 하지 못하던 유화는 부리를 잘라내자 겨우 말을 할 수 있게 되었다.

"저는 하백의 딸인 유화라 하옵니다. 천제의 아드님인 해모수와 정을 통한 죄로 집에서 쫓겨나고 말았습니다."

"그렇다면 그대는 나를 따라오너라."

금와는 유화를 후비로 삼아 자신의 내궁으로 데려갔다. 그런데 이상한 일이 생겼다. 유화가 그늘진 곳에 있는데도 햇빛이 자꾸 따라와 몸을 비추더니, 유화가 그만 임신한 것이었다. 시간이 흘러 유화는 산실에 들었는데, 유화가 낳은 것은 사람이 아닌 닷 되 크기의 커다란 알이었다.

"사람이 알을 낳다니. 이런 상서롭지 못한 일이 있나."

금와왕은 알을 길가에 버리게 했다. 하지만 지나가던 소와 말이 모두 알을 피하며 무릎을 굽혔다. 알을 들판에 내다 버리자 이번에는 새들이 모여 날개로 덮어주었다. 알을 부숴버리려 했지만, 도끼를 아무리 휘둘러도 알에는 가느다란 금 한 줄 가지 않았다. 어떻게 해도 이 알을 없애버릴 수가 없자, 금와왕은 두려워하며 알을 유화에게 돌려주었다.

유화가 알을 비단 이불로 싸두자, 얼마 지나지 않아 사내아이가 알껍데기를 깨뜨리고 나왔다. 이 아이가 고구려를 세우는 주몽이다.

주몽은 활을 잘 쏘고 영특해 어릴 때부터 영웅의 풍모가 있었다. 금와의 아들 대소와 그 형제들은 주몽을 시기해 처치하려 했지만, 금와는 허락하지 않았다. 훗날 주몽은 대소의 음모를 피해 남쪽으로 도망쳤는데, 유화는 동부여를 떠나는 아들에게 오곡의 종자를 싸서 보내려 했다. 하지만 주몽은 임신한 아내와의 애절한 이별에 정신이 팔려 그만 종자를 두고 가고 말았다. 며칠 뒤 동부여를 떠난 주몽이 나무 밑에서 쉬고 있는데, 비둘기 두 마리가 날아왔다.

"신모(神母)께서 내가 두고 온 종자를 보내셨구나."

주몽은 비둘기가 가져온 종자를 가지고 다시 남쪽으로 향했고, 고구려를 세워 동명왕으로 불렸다. 동명왕 14년, 유화부인은 동부여에서 세상을 떠났고, 금와는 태후의 예를 갖추어 유화부인을 장사 지내며 신당을 세웠다. 이후 고구려에서도 동명왕 주몽이 세상을 떠난 뒤 주몽과 유화를 함께 모시고 국가 의례로 제사를 지냈다.

이 이야기에서는 유화부인이 단순히 해모수의 자손을 낳았기 때문에 여신인 것이 아니라, 애초부터 농경신이었음을 짐작할 수 있다. 하백은 물을 다스리는 신이니, 하백의 따님인 유화부인 역시 물을 다스리는 수신 계통일 것이다. 주몽이 부여에서 떠나던 중 대소에게 쫓길 때, 엄사수가 앞을 가로막자 물고기와 자라들이 다리를 만들어 주몽을 도왔다는 이야기에서 그 점을 분명히 알 수 있다. 그런 데다 유화부인이 오곡의 종자를 싸서 보냈다는 점에서 농경을 주관했다는 사실을 알 수 있다. 즉 유화부인은 물을 다스리는 농경신이니, 그 자손인 주몽이 새 나라를 세우고 다스리는 것은 당연했다는 이야기다.

유화부인은 살아서는 부여 금와왕의 후비였다. 대소와 일곱 왕자들의 친어머니는 아니었으나, 그들의 계모이자 금와왕의 왕비였던 것이다. 부여의 왕비이자 고구려 시조의 어머니인 유화는 죽어서는 부여와 고구려, 두 나라의 태후가 되었다. 이는 유화부인이 부여계 집단 공동의 시조 어머니이자 농경신으로 자리 잡았다는 이야기다.

한편 가야에도 왕을 낳은 어머니 여신이 있었다. 바로 가야산의 산신인 정견모주(正見母主)다.

가야의 어머니 정견모주

옛날 가야산에는 정견모주라는 여신이 살고 있었다. 정견모주는 가야 땅의 백성들이 착하고 부지런하나, 그들을 다스릴 이가 없는 것을 안타깝게 여겼다.

"누군가 저들을 지혜롭게 다스린다면 백성들이 더욱 살기 좋아질 텐데."

정견모주는 가야 땅에 현명한 지도자를 내려달라 하늘에 빌었다. 그 정성을 갸륵하게 여긴 천신 이비가가 오색구름으로 된 수레를 타고 가야산에 내려왔다.

"이 가야의 땅을 다스리는 그대가 하늘을 다스리는 나와 연분을 맺고 왕을 낳아 백성을 편안히 하는 것이 어떻겠습니까."

그 말에 정견모주는 이비가와 부부의 연을 맺고, 뇌질주일과 뇌질청예라는 두 아들을 낳았다. 뇌질주일은 대가야의 시조 이진아시왕이 되었고, 동생인 뇌질청예는 금관가야국의 수로왕이 되었다.

정견모주가 대가야와 금관가야의 왕들을 낳았다는 이 이야기는 우리가 익히 알고 있던 가야 건국 이야기와는 조금 다르다. 우리가 흔히 아는 가야의 건국 신화는 『삼국사기』와

『삼국유사』「가락국기」에 소개된 「구지가」에 얽힌 이야기다.

「가락국기」에 실린 가야 수로왕 탄생 신화

후한 세조 광무제 건무 18년, 구지봉에서 이상한 소리가 들려왔다.

"하늘이 내게 명해 이곳에 나라를 세우고 임금이 되라 했으니, 그대들은 이 봉우리의 흙을 파면서 노래하고 춤추어라."

백성들을 다스리는 구간(九干)들은 왕을 얻기 위해 노래를 부르며 땅을 파기 시작했다.

"거북아, 거북아. 머리를 내놓아라. 내놓지 않으면 구워서 먹으리."[17]

그러자 하늘에서 보라색 줄을 타고 금빛 상자 하나가 내려왔다. 그 상자 안에는 알 여섯 개가 들어 있었는데, 그중 제일 먼저 태어난 수로가 금관가야의 왕이 되었고, 다른 형제들도 각각 왕이 되어 여섯 가야를 다스리게 되었다.

이 이야기는 금관가야의 왕인 수로왕을 맏이로, 가야 연맹의 중심으로 보고 있다. 하지만 최치원의 『석이정전』에 소개된 정견모주 이야기는 그와는 조금 다르다. 정견모주는 천신에 감응해 장차 대가야와 금관가야의 왕이 될 아들들을 낳았는데, 이중 맏이인 뇌질주일이 대가야의 시조 이신아시왕이 되었다.

이와 같은 차이는 가야 연맹의 역사와 이어져 있다. 가야 연맹은 전반에는 금관가야를, 후반에는 대가야를 맹주로 삼았다. 대가야가 새 맹주가 될 때 이 사실을 모두가 받아들이게 하기 위해, 가야산의 위대한 산신인 정견모주가 낳은 맏이가 대가야의 왕이라고 못을 박을 필요가 있었던 것이다.

한편 신라에도 시조를 낳은 여신의 전설이 전한다. 우리가 흔히 알고 있는 박혁거세와 알영의 전설과는 조금 다르지만, 『삼국유사』 등에 기록된 이 이야기는 당시 신라 사람들의 생각을 보여주고 있다. 바로 선도성모 사소(娑蘇)의 이야기다.

박혁거세와 알영을 낳은 선도성모

진평왕 때의 일이다. 안흥사의 불전이 낡았으나 고칠 돈이 없어 비구니인 지혜가 안타까워하고 있었다. 그러던 어느 날 지혜의 꿈에 한 선녀가 나타나 위로했다.

"나는 선도산의 신모인데, 불전을 수리하겠다는 네 생각이 기특하고 갸륵하구나."

지혜는 깜짝 놀라 엎드렸다. 선도성모는 지혜에게 자상하게 말했다.

"금 열 근을 주겠으니, 내가 있는 자리 밑에서 가져가거라. 그 금으로 세 부처님의 상을 꾸미고, 벽에는 53불과 함께 제천신과 5악의 신령을 그려 모시거라. 해마다 3월과 9월이면 선남선녀를 모아 일체중생을 위한 법회를 베풀라는 법도를 세우거라."

지혜는 깜짝 놀라 일어났다. 다음 날 아침, 지혜는 사람들을 데리고 선도성모를 모신 신사 자리 밑을 파보았는데, 과연 꿈에서 보고 들은 대로 황금이 나왔다. 지혜는 안흥사를 수리하고, 성모가 이르는 대로 도교의 신령들을 함께 그려 모실 수 있었다.

일설에 따르면 선도성모는 본래 중국 황제의 딸로 이름은 사소(娑蘇)라 했다. 일찍이 신선술을 익혀 해동으로 왔는데, 이곳에서 오래 머물며 돌아가지 않자 황제가 솔개의 발에 편지를 묶어 띄웠다.

"솔개가 날아가 앉은 곳에 자리를 잡고 살거라."

사소는 그 말대로 솔개를 날렸다. 솔개는 날아가다 어느 산에 내려앉았는데, 사소는 이 산을 선도산, 혹은 서연산이라 이름 짓고 이곳에 살며 신이 되었다. 사소는 오래 이곳에 살며 신령한 이적을 보이고 나라를 지켰기에, 사람들은 선도산 성모가 나라를 지킨다 여겨 신라가 생긴 이래 호국의 뜻을 담은 제사인 삼사(三祠)의 대상이 되었다.

선도성모 설화는 『삼국유사』 제5권 감통편 「선도성모수희불사(仙桃聖母隨喜佛事)」라는 제목으로 전하며, 『삼국사기』에도 언급되어 있다. 기록에 따르면 신라 54대 경명왕이 산에 매사냥을 나갔다가 그만 매를 잃어버렸는데, 선도성모상이 있는 것을 보고 사냥매를 찾아달라 빌었다. 며칠 뒤 사냥매가 경명왕의 책상 위에 날아와 앉자, 경명왕은 선도성모를 대왕으로 봉했다. 그만큼 선도성모에 대한 숭배가 국가적으로 있었음을 짐작할 수 있다.

『삼국유사』에 따르면 선도성모는 처음 진한에 왔을 때 성자를 낳았는데 이들이 동국의 첫 임금이 된 박혁거세와 알영이다. 계룡, 계림에서 백마가 낳은 알에서 혁거세와 알영이 태어났다거나, 알영의 입이 닭 부리 모양이었다는 혁거세 설화도 있는데, 계(雞)는 서쪽에서 온 것이기 때문에 그렇게 알려졌다고 설명되기도 한다. 한편 알영을 두고 "계룡이 상서로움을 나타내어 알영이 탄생했으니 선도성모가 현신한 것"이라는 기록도 있어, 선도성모와 알영, 혁거세가 밀접한 관계임을 보여준다.

이 이야기는 신라에만 전하는 것이 아니었다. 김부식이 송 휘종 때 송나라에 사신으로 갔다가 우신관의 어떤 당(堂)에 여자 신선상이 있는 것을 보았다. 훗날 재상이 되는 관반학사 왕보가 김부식에게 다음과 같이 말했다. "이건 그대의 나라의 신이라네. 옛날에 중국 황실의 딸이 바다를 건너가 진한에 닿아 아들을 낳았는데 해동의 시조가 되었고, 딸은 지선이 되어 오랫동안 선도산에 머물렀다네."

또한 송나라의 사신 왕양 역시 고려에 왔을 때 동신성모(東神聖母)에게 제사를 지냈는데, 제문에는 "어진 이를 낳아 나라를 세웠다."라는 구절이 있었다. 선도성모의 이야기가 중국에서도 전해지고 있었음을 짐작할 수 있다. 서거정도 『필원잡기』에서 이 이야기를 언급하며, "신라, 고구려, 백제의 시초에 황제의 딸이 있었다는 기록이 없고, 다만 동명왕의 출생 때 하백의 딸인 유화의 일이 있었으니 중국에서 잘못 알고 이런 말이 나온 게 아닌가 한다."라고 덧붙였다.

중국 황실의 딸이 신라를 수호하는 선도산의 산신이 되고, 신라의 시조를 낳았으며, 도교의 신들을 함께 섬기도록 권했다는 이야기는 지금의 감각으로는 선뜻 믿기 어렵다. 하지만 왕족이 다른 나라에 뿌리를 두고 있다는 식의 믿음은 의외로 흔하다. 설화에 따르면 가야의 왕족들은 수로왕과 아유타국 공주 허황옥의 자손들이고, 고려 태조 왕건의 조상인 작제건은 당나라 황제의 아들로 용왕의 딸과 결혼하여 자손들을 낳았다. 이런 이야기들이 전부 역사라고 받아들일 수는 없다. 하지만 신라 건국이 고구려나 백제, 가야보다 늦었다는 점, 신라의 화랑이 단순히 호국불교뿐 아니라 유·불·선의 장점을 받아들인 풍류로 사람들을 교화했다는 점, 그리고 당과 신라의 관계가 돈독했다는 점을 생각하면, 어떤 경로로 이와 같은 이야기가 형성되었는지도 상상해볼 수 있다.

나라를 지키는 선도산의 산신이 있고, 그 산신이 나라의 시조를 낳았으며, 그는 더 강하고 커다란 나라에 뿌리를 두고 있다는 생각은, 아마도 당시 신라 사람들의 자부심이 되어 삼국 통일의 동력이 되었을지도 모른다.

목멱산신의 아내 정녀부인

송강 정철의 제자였던 석주 권필이 젊었을 때 백악산에 올랐다. 백악산 정상에 올라갔는데 한 사당 앞에 사람들이 줄을 지어 있었다.

"여기가 대체 무엇인데 사람들이 이리 줄을 서 있는 거냐."

"정녀부인묘입니다. 사람들의 복을 빌어주고 오랜 한을 풀어주는 영험이 있습죠. 선비님도 복을 빌고 가시렵니까."

그 말을 들은 권필은 사람들을 밀치고 사당 안으로 들어갔다. 사당 안에는 흰 저고리에 푸른 치마를 입은 정녀부인의 초상화가 걸려 있었다. 권필은 그 초상화를 뜯어내며 사람들에게 호통을 쳤다.

"어리석은 자들 같으니. 이런 여자가 무슨 신령이란 말이냐. 세상 곳곳에 신령들이 각각 제 자리를 지키고 있는데, 고작 여자 귀신이 복을 주고 한을 풀어준다는 거냐."

권필은 영정을 찢어버렸다. 사람들은 그런 권필을 보고 두려워하며 수군거렸다.

"영험하신 정녀부인께 죄를 지었으니, 화를 면하기 어려울 것이다."

그날 밤 권필은 꿈을 꾸었다. 안개 속에서 홀연히 바람이 일더니, 흰 저고리에 푸른 치마를 입은 여성이 홀연히 나타나 권필을 꾸짖었다.

"나는 하늘나라 천제(天帝)의 딸로, 천제의 신하인 국사(國士)와 혼인해 정부인이라 불렸느니라. 고려가 제 운이 다하고 조선이 이 땅에 들어설 적에, 하늘이 이씨를 도와 나라를 세우게 하고 내 낭군인 국사에게 목멱산(남산)에 내려가 이 나라를 보호하게 하였다. 내가 오랫동안 낭군과 만나지 못해 외로워하자, 천제께서 가엾게 여겨 이곳 백악산에 자리 잡고 목멱을 바라보게 하셨는데, 지금 너 같은 어린아이에게 모욕을 당하다니. 이 원한을 잊지 않을 것이다."

벼락이 치는 소리와 함께 권필은 눈을 떴다. 목멱산에 국사당이 있다는 것은 권필도 알고 있었다. 그런데 백악산의 정녀부인이 그 목멱대왕의 부인이라고? 등줄기에 소름이 돋았지만, 권필은 곧 고개를 저으며 태연한 척했다.

"어리석은 자들이 수군거리는 말을 듣고 공연히 뒤숭숭한 꿈을 꾸었구나. 선비란 마땅히 괴력난신을 두려워하지 않는 법. 하물며 사람에게 원한을 품는 잡귀 따위에 연연해서야 되겠느냐."

권필은 뛰어난 학자이자 시인이었지만 관직에 뜻을 두지 않았다. 그래도 시재가 뛰어나 원행에서 시나 글을 짓는 제술관으로 임명되기도 했다. 하지만 영광은 그때까지였다. 권필은 광해군의 처남인 유희분의 부패와 권력 남용을 풍자하는 시를 지었다가 끌려가 문초를 받았다. 귀양을 가게 되어 한성을 떠나 동대문 밖 여사에 묵었는데, 권필의 베갯머리에 정녀부인이 나타났다. 그날 밤 권필은 세상을 떠났다.

오만한 석주 권필과 그에 분노한 백악산신 정녀부인의 이야기는 『천예록』에 실려 있다. 정녀부인은 직접 조선을 세우지는 않았지만, 이씨를 도와 조선을 건국하게 한 하늘나라 천제의 딸이며, 그의 남편은 남산의 산신이자 조선의 수호신으로 국가의 제사를 받았던 목멱대왕(木覓大王)이다. 백악산신 역시 조선 태조로부터 진국백(鎭國伯)에 봉해졌으니, 서로 부부인 두 산신이 나란히 태조로부터 봉작을 받은 것이다.

유화부인이나 정견모주, 선도성모가 아버지를 거역하거나 집을 나와 자신의 의지로 나라를 세울 자식을 낳았다면, 정녀부인은 천제의 딸이자 목멱대왕의 아내인 가부장제 속의 부인으로 묘사된다. 영험하다고는 하나 『천예록』에 기록된 이야기만으로는 작은 원한을 잊지 않고 복수하는 여신에 가깝다. 앞서 다른 여신들의 이야기와 달리, 정녀부인 이야기는 성리학이 근간이 되고 가부장제가 강화되던 조선 시대에 만들어지고 기록된 이야기라는 점을 염두에 두어야 할 것이다.

인간과 닮아가는 산신들

고대부터 많은 산신은 여신이었다. 이들은 산각시, 산마누라, 산신할머니 등으로 불렸다. 많은 학자들은 소수의 몇몇 산신만이 남자였을 것이라고 설명하지만, 최근 300여 년간 그려진 산신도에서는 대부분 나이가 많은 남자로 묘사되어 있다. 조선의 주류 사상이었던 성리학과 가부장제의 영향을 받아 여신보다는 나이 많은 남신에게 권위가 있다고 여겼기 때문일 것이다.

월간 《산(山)》에 「한국의 산신을 찾아서」라는 제목의 칼럼을 연재하던 데이비드 메이슨 경희대 교수는 1,500여 장의 산신도를 촬영했는데, 이 중 여신이거나 남신과 여신이 함께 있는 것은 50점도 되지 않았다고 설명한다.

그렇게 잊힌 여산신들 중에 가장 유명하며, 우리나라 무당들의 조상이 되는 이가 있다. 바로 지리산 성모다. 지리산 성모의 유래에 대해서는 천신의 딸인 성모 마고에서 유래했다거나, 선도성모의 딸이라거나, 혹은 고려 태조 왕건의 어머니인 위숙왕후나 석가모니의 어머니인 마야고가 지리산에 좌정해 산신이 되었다는 이야기가 전한다. 이는 시대에 따라 존경의 대상이 달라졌는데 그때마다 경모의 대상을 지리산 산신에게 대입했다고 보아야 한다.

중요한 것은 지리산 성모가 여덟 딸을 낳았으며, 이 딸들이 무당들의 조상이 되었다는 사실이다.

지리산 성모천왕

옛날 지리산에 반야라는 승려가 살았다. 어느 날 산간에 비가 내리지 않아 이상하게 생각했는데, 갑자기 물이 불었다. 이상한 일이라고 생각한 반야가 산에 올라갔더니 키가 36척에 다리가 15척이나 되는 거대한 여신이 천왕봉 꼭대기에 앉아 있었다.

"나는 선도성모의 딸인 마야고라 한다. 사람들은 나를 성모천왕이라고도 부르고 있지."

"성모께서 지리산에는 어인 일이시옵니까."

"내가 인간 세상에 귀양을 와서 이곳에서 짝을 찾고자 했는데, 그대가 눈에 띄어 불러들이려 하였다. 연유 없이 물이 불어난 것을 보면 반드시 이곳까지 올 거라 생각했지. 그대는 나와 혼인할 뜻이 있느냐."

반야는 승낙했다. 성모천왕과 반야는 혼인해 딸 여덟을 낳았다. 하지만 반야는 다시 불도를 닦으러 길을 떠났다. 곧 돌아온다고 말했지만, 아무리 기다려도 오지 않았다. 기다리다 지친 성모천왕은 긴 손톱으로 나무 밑동들을 긁고 헤집었는데, 그래서 지리산 나무들은 모두 껍질이 벗겨지고 말았다.

성모천왕은 반야를 기다리며 나물에서 실을 뽑아 반야에게 줄 옷을 지었다. 그러던 어느 날 반야는 구름으로 변해 지리산으로 돌아왔다. 하지만 성모천왕을 못 보고 그대로 예전에 자기가 불도를 닦던 봉우리로 향했다. 사람들은 성모천왕이 옷을 짓던 곳을 천왕봉이라 부르고, 반야가 불도를 닦던 봉우리를 반야봉이라 이름 붙였다. 화가 난 성모천왕이 찢어버린 반야의 옷이 반야봉으로 날아가 걸려 풍란이 되었다고 말했다.

성모천왕의 여덟 딸은 금방울과 부채를 쥐고 춤을 추었다. 반야가 그들의 아비라 부를 때 반드시 아미타불을 함께 불렀기에 세상 만신들은 신을 부를 때 부처의 이름을 함께 부르게 되었다. 이들은 무업(巫業)의 시조가 되어 팔도 무당들이 다 이들에게서 나왔기에, 세상의 큰 무당들은 반드시 지리산에서 성모천왕께 기도했다고 한다.

지리산 산신인 성모천왕은 혼인해 여덟 딸을 낳았다. 그 남편은 천신이라는 말도 있고, 승려인 반야나 법우화상이라는 말도 있다. 이는 고려 태조 왕건의 어머니인 위숙왕후나 석가모니의 어머니인 마야부인이 지리산 성모천왕이 되었다는 전승처럼 불교의 영향을 받은 흔적으로 보아야 할 것이다. 즉 사회의 지배 이데올로기가 산신의 속성까지 바꾸어 놓은 것이다.

성모천왕은 국가적인 숭배의 대상이었다. 『제왕운기』에 따르면 신라 시절 천왕봉에는 산신을 섬기는 제장이 있었는데, 고려 시대에 노고단으로 옮겨 지금까지 지리산 산신제를 지내고 있다. 이는 조선에 들어와 국가 제사에 편입되어 유교식 산신제로 이어졌다. 현재 구례군에서는 지리산 산신제를 재현해 매년 거행하고 있으며, 2005년에는 전국의 유림 대표가 지리산 산신제에 참여하기도 했다.

하지만 성모천왕의 석상은 여러 수난을 당했다. 고려 우왕 6년(1380), 이성계에게 패해 도망치던 왜군 패잔병들이 지리산 성모상의 어깨를 칼로 내리쳐 지금도 그 흔적이 남아 있고, 일제강점기에는 일본인들이 성모상을 벼랑 아래로 떨어뜨렸다. 광복 후 성모상은 다시 천왕봉에 자리를 잡았지만, 이번에는 산신 숭배를 타파해야 할 미신이라 여긴 종교 단체가 성모상을 벼랑 아래로 내던지기도 했다.

우리가 앞서 살펴본 세상을 만들고 나라를 세운 여신들과 성모천왕은 조금 다르게 보인다. 성모천왕은 자식을 낳고 돌아오지 않는 남편을 묵묵히 기다리는 것이 아니라 화를 내고 질투도 한다. 신이 인간화된 흔적이다. 이제 살펴볼 구룡산의 과부 산신 이야기에서도 그런 인간화된 신의 모습을 찾아볼 수 있다.

구룡산 과부 산신의 재혼

옛날에 백두산에서 온 호경이라는 자가 있었는데, 신라의 후예로 무척 부유한 데다 두려움이 없고 활을 잘 쏘아 사람들은 그를 성골 장군이라 불렀다. 호경은 송악 부소산 근처에 집안을 이루고 살았는데, 다른 것은 부족함이 없었으나 슬하에 아이가 없었다.

하루는 성골 장군이 다른 사냥꾼 아홉 명과 함께 평나산에서 사냥을 하다가 날이 저물었다. 밤이 깊어 하룻밤 쉴 곳을 찾고 있는데, 마침 큼직한 굴이 있어 사냥꾼들이 모두 안으로 들어갔다. 그런데 밖에서 호랑이의 울음소리가 아주 가까이에서 들려왔다.

"여기가 호랑이 굴이었나 보오."

"호랑이가 들어와 우리 모두를 잡아먹으면 어쩌지?"

일행은 누군가 한 사람이 나가서 호랑이와 싸워야 한다는 결론을 내렸다. 그들은 쓰고 있던 벙거지를 벗어 호랑이에게 집어던지고, 호랑이가 물어 가는 벙거지의 주인이 굴 밖으로 나가기로 했다. 모두가 벙거지를 벗어 던지자 호랑이는 성골 장군의 것을 덥석 물었고, 성골 장군은 활을 들고 밖으로 나갔다. 그런데 굴 밖에 호랑이의 모습이 보이지 않았다.

"어떻게 된 거지? 호랑이가 아무 데도 없는데."

그때였다. 갑자기 무시무시한 소리가 나더니, 산사태가 일어나며 조금 전까지 있었던 굴이 흔적조차 없이 사라져버렸다. 성골 장군은 급히 마을로 돌아와 이 이야기를 했다.

"산신이 노하신 게 틀림없습니다."

사람들은 심상치 않은 일이라 여겨, 아홉 사람을 장례를 치르기 전에 산신께 제사를 지내 노여움을 풀기로 했다. 그런데 산신제를 지내자 곧 산에 안개가 끼고 기이한 향기가 퍼지더니, 위엄 있는 여성이 모습을 드러냈다.

"나는 이 산의 산신이다. 본래 내게 남편이 있었으나 세상을 떠나 퍽 외롭던 중, 성골 장군의 풍모가 눈에 띄었다. 나는 호랑이로 모습을 바꾸어 곧 허물어질 굴에서 그를 구해냈다. 이제 성골 장군을 새 남편으로 맞아 함께 이 산을 다스리고자 하니, 그대들은 성골 장군을 이 산의 대왕으로 알고 받들라."

곧이어 사람들이 놀라워하는 가운데, 회오리바람이 한 번 불더니 성골 장군은 그대로 사라졌다. 사람들은 성골 장군을 이 산의 대왕으로 봉하고 사당을 세워 제사를 지냈다. 그리고 아홉 사람이 굴속에서 죽었으므로, 이 산의 이름을 구룡산으로 바꾸었다.

성골 장군은 산신의 남편이 된 것에는 불만이 없었으나 아들 없이 세상을 떠난 것이 마음에 걸렸다. 그는 아내의 꿈에 나타나 위로하고 돌아갔는데, 이후 아내에게 태기가 있었다. 그렇게 태어난 아이가 강충이며, 강충의 증손녀가 작제건을 낳았다. 작제건은 고려 태조 왕건의 증조부가 된다.

구룡산 과부 산신이 성골 장군 호경의 풍모에 반해 그의 목숨을 구하고 남편으로 삼은 이야기는 『편년통록』에 실려 있다. 이는 고려 태조 왕건의 조부 작제건에 얽힌 설화 중 하나다. 당나라의 황제가 즉위하기 전에 송악에 머무르다가 진의라는 여성과 동침해 낳은 아들이 작제건이라거나, 작제건이 장성한 다음 아버지를 찾아 증표인 활을 가지고 당나라 상선을 탔다가 풍랑을 만났는데 서해 용왕을 괴롭히던 늙은 여우를 쏘아 죽이고 용왕의 딸과 혼인했다거나 하는, 왕건의 정통성을 강조하기 위한 이야기들 말이다. 이 이야기 역시 작제건에 얽힌 다른 설화처럼, 결국 왕건의 조상이 산신마저 청혼할 정도로 신령한 영웅이었음을 강조하고 있다.

하지만 한편으로 이 이야기에서 흥미로운 것은 구룡산 과부 산신의 성격이다. 혼인하고 과부가 되었다가 다시 재혼하려는 신, 사냥 솜씨가 훌륭하고 잘생긴 남자에게 구애하는 신의 태도가 퍽 적극적이다. 여성 산신이 적극적으로 구혼하는 이야기는, 그만큼 고려 시대까지 여성의 사랑과 재혼이 좀 더 자유로웠음을 보여준다.

죽령 산신 다자구 할매

충청도와 경상도를 잇는 죽령고개는 예로부터 영남지방과의 주요 교통로이자 많은 물자가 오가는 길이었지만, 그만큼이나 도적도 많았다. 원님은 관군을 풀어 이 산적들을 잡으려 했지만 산이 워낙 험해 잡을 수가 없었다.

그러던 어느 날 한 할머니가 원님을 찾아왔다.

"저는 도적들에게 집과 아들들을 잃었습니다. 제가 산에 들어가서, 아들을 찾으러 산에 온 것처럼 행동하며 도적들의 은신처를 살필 테니, 더자구야, 하고 신호를 하면 군사를 숨기고, 다자구야, 하고 신호를 하면 군사를 풀어 도적들을 잡으시지요."
원님이 듣기에도 좋은 생각이었다. 할머니는 곧 죽령 여기저기를 돌아다니며 더자구야, 더자구야 하고 소리쳤다. 이를 본 산적들이 할머니를 두목에게 데려갔다.
"할매는 무슨 일로 이 산속을 돌아다니는 거요."
"아들이 호랑이에게 물려 갔는데, 혹시라도 살아 있을까 싶어서 왔지."
"호랑이에게 물려 갔는데 사람이 어찌 살겠소."
"그래도 찾아야지……."
"할 수 없구만. 그럼 할매 혼자 산속에서 아들을 찾으려면 힘들 테니, 우리 산막에서 밥이나 해주며 지내시우. 할매 아들은 우리도 찾아볼 터이니."
할머니는 좋다며 산적들의 밥을 짓기 시작했다. 산적들은 할머니가 중간중간 더자구야, 더자구야 하고 아들을 부르는 것에도 익숙해졌다. 그러다 두목의 생일이 되어 산적들은 대낮부터 술을 마시기 시작했다. 한밤중이 되자 산적들은 모두 술에 취해 깊이 잠들었다. 할머니는 기다렸다는 듯이 외쳤다.
"다자구야! 다자구야!"

그러자 관군들이 여기저기에서 나타나 술에 취한 산적들을 모두 잡아들였다. 하지만 할머니의 모습이 보이지 않았다. 원님은 그제야 이 할머니가 죽령의 산신령임을 깨닫고 다자구 할머니를 위해 제사를 지냈다.

충북과 경북, 죽령 일대는 물론 경기도 양평 쪽에도 이와 비슷한 설화들이 전하고 있지만, 다자구 할머니는 기본적으로 죽령의 산신령으로 알려져 있다. 울면서 잃어버린 아들들을 찾으러 다니고 산적들에게 밥을 지어주는 자그마한 할머니의 모습은 무척 친근하고 안쓰럽지만, 그건 어디까지나 위장된 모습이다. 다자구 할머니는 관군과 손을 잡고 백성들을 힘들게 하는 산적을 물리치는, 일종의 호국신이다. 이야기에 따라서는 산적 대신 왜적이나 역모군, 백제군의 잔당 등으로 나오기도 한다. 할머니 산신령이 호국신으로 좌정해 군사작전에 협력하고 백성들을 지킨다는 점에서, 어쩌면 다자구 할머니도 아주 오래전에는 정견모주나 성모천왕처럼 한 나라나 한 지역을 세우고 수호한 여신이었던 것은 아닐까 상상하게 된다.

하지만 모든 산신이 이렇게 선하지는 않았다. 강원도 『삼척군지』에 기록된 백월산의 서구할미는 어린아이를 병에 걸려 죽게 하는 기괴하고 요사스러운 산신으로 묘사된다.

서구할미 이야기

옛날 삼척군 백월산에 산신인 서구할미가 살았다. 산 중턱 바위굴에서 지내는 서구할미의 모습은 본래 손톱이 길고 앙상하며 흉측하지만, 때때로 요염한 젊은 여자로 변신해 남자들을 홀리고, 때로는 어린아이들이 홍역을 앓게 했다. 그뿐만 아니라 산을 지나가는 사람들이 재물을 바치지 않으면 반드시 해를 입혔다. 백월산을 지나는 사람들은 대낮에도 여럿이 무리를 지어 서구할미에게 홀리지 않게 하고, 여럿이 추렴해 재물을 바쳐 서구할미의 노여움을 면하곤 했다.

그러던 어느 날 효자인 최진후가 나타나 서구할미를 이렇게 꾸짖었다.

"사람에게 해만 입히는 것이 무엇이 산신이냐! 요물이 산신으로 가장해 사람들을 괴롭히니, 이는 용납할 수 없는 일이다!"

최진후는 서구할미를 끌어내 태형을 가하고 서구할미의 머리에 쑥뜸을 떴다.

"하늘이 내린 효자가 벌을 내리니 달게 받을 수밖에."

서구할미는 그렇게 말하더니 며칠 만에 죽고 말았다. 서구할미는 죽은 뒤 바위로 변했는데, 이것이 백월산 서구암이다.

산신은 곧 대지모신이다. 대지모신이 악한 모습으로 나타나는 것이 어쩐지 낯익다. 앞서 이야기했던 지모신 이슈타르가 기독교의 악마 아스타로트가 된 것이나, 만물의 어머니 티아마트가 그리스 신화의 괴물이 되어버린 것과 유사하다. 우리의 산신들 역시 남성 중심으로 재편된 신화 세계에 복속되어 죽거나 악신으로 변했을 것이다. 악신이 된 서구할미를 물리친 사람이 누구인지 살펴보면 이 점은 더 확실해진다. 서구할미를 물리친 최진후는 효자, 즉 성리학적 세계관에 충실한 사대부였다. 즉 이 이야기는 그 자체로 성리학적 세계관이 기존의 토속 신을 밀어냈다는 사실을 보여주는 증거일 것이다.

여성의 고난을 겪고 인간의 신이 되다

우리의 많은 여신들은 밀려나거나 축소되고 사라졌다. 하지만 우리의 여신들은 여전히 여성들의 세계 속에 살아 있다. 이를테면 여성들이 해녀 일로 경제를 지탱해왔던 제주도에는 강하고 용감한 자청비와 같은 여신들의 이야기가 남아 있다. 또한 무속 신앙의 서사 무가 속에서도 우리 여신들이 살아 있다.

여신이 주관한 것은 삶과 죽음이었다. 사람이 태어날 때 마땅히 돌보신다는 삼신할미와, 죽은 자들의 영혼을 저승으로 인도하는 무조신이 바로 그들이다. 삼신할미는 무속의 농경신인 제석신 삼 형제의 어머니요, 무조신은 저승 시왕의 어머니였다. 이들은 인간으로 태어나 고난을 겪어내고 마침내 신이 되어, 인간의 삶과 죽음을 보살피게 되었다.

삼신이 된 당금애기

조선 제일 부자인 만년장자에게는 아홉 아들 밑으로 고명딸 당금애기가 있었다. 당금애기는 마치 선녀처럼 맑고 고운 얼굴에 선한 마음씨를 지닌 아름다운 아씨로 자라났는데, 만년장자는 명산대천에 빌어 얻은 그 딸을 지극히 사랑했다.

어느 날 만년장자 부부는 산천 유람을 떠나고 아홉 오라비는 벼슬을 하러 집을 비운 사이, 한 시주승이 나타나더니 굳게 잠긴 열두 대문을 열고 들어왔다.

"나무관세음보살. 금불암의 화주승이 당금애기께 시주를 청합니다."

"스님, 부모님은 산천 유람을 가셨고 오라버니들도 집을 비워 곳간이 꼭꼭 잠겨 있습니다. 오늘은 시주를 드릴 수 없겠습니다."

그러자 시주승은 주문을 외워 곳간 문을 열었다. 당금애기는 더는 거절하지 못하고 시주를 하기로 했다. 그런데 시주승은, 아버지가 드시던 쌀은 누린내가 난다, 어머니가 드시던 쌀은 비린내가 난다, 아홉 오라버니가 먹던 쌀은 땀내가 난다며 당금애기가 먹던 쌀을 서 말 서 되 서 홉 달라 했다.

마침내 시주를 하자 시주승은 날이 저물었다며 하루 묵어가기를 청했다. 이번에도 시주승은 이 방 저 방을 다 마다하고 굳이 당금애기가 자는 방에서 묵기를 청했다. 끝내 거절하지 못한 당금애기가 시주승에게 자기 방 윗목을 내어주자, 시주승은 당금애기에게 주문을 외워 잠들게 했다.

새벽 무렵 당금애기는 오른쪽 어깨에 달이 얹히고 왼쪽 어깨에는 해가 얹히고 맑은 구슬 세 개를 입으로 삼키는 꿈을 꾸었다. 시주승은 귀한 아이를 낳을 꿈이라며 박씨 세 알을 주고 길을 떠났다. 그리고 그날부터 당금애기는 입덧을 하더니 배가 불러오기 시작했다.

돌아온 부모와 아홉 오라비는 당금애기가 임신한 것을 알고 크게 놀랐다. 만년장자는 딸을 내쫓으려 하고, 아홉 오라비는 당금애기를 죽이려 했다. 어머니가 겨우 뜯어말려 집에서 내쫓기만 하기로 하자, 아홉 오라비는 당금애기를 뒷산으로 끌고 가 돌구멍 속에 밀어 넣었다. 그러자 푸른 하늘에서 천둥 번개가 치더니 돌비가 쏟아지기 시작했다. 오라비들은 돌비를 맞고 모두 쓰러졌다.

며칠 뒤 돌비가 멎자마자 어머니는 뒷산으로 향했다. 돌구멍 안을 들여다보니 아기 울음소리가 들리기 시작했다.

"애야, 당금애기야! 내 딸아!"

어머니는 칡덩굴을 붙잡고 돌구멍 속으로 기어 내려갔다. 그 안에는 세 아이를 품에 안은 당금애기가 앉아 있었다.

"집으로 가자. 하늘이 너를 살렸는데 누가 너를 감히 해친단 말이냐."

어머니는 당금애기와 세 아기를 데리고 집으로 돌아왔다. 당금애기는 후원 별당에서 아이들을 키웠지만, 아이들은 아비 모르는 자식이라고 서러운 일을 많이 당했다. 어느 날 아이들이 울며 당금애기에게 우리는 왜 아버지가 없냐고 묻자, 당금애기는 그간의 이야기를 들려주고 시주승이 남기고 간 박씨 세 알을 꺼냈다.

박씨를 받은 삼형제는 곧바로 뒤뜰에 씨를 심었다. 그러자 하룻밤 사이에 싹이 돋아 덩굴이 멀리멀리 뻗어 나가기 시작했다. 삼형제는 어머니 당금애기를 모시고 박덩굴을 따라가기 시작했다.

수많은 물과 산을 건너 박덩굴이 가리킨 곳은 서천 서역의 낯선 땅이었다. 덩굴은 황금빛 산으로 접어들더니 금불암이라는 작은 암자 앞에 멈추었다. 안에서 염불하는 소리를 듣고 당금애기가 말했다.

"내가 왔습니다. 당금애기가 아이들을 데리고 왔습니다."

그러자 그때의 시주승이 밖으로 나오더니, 세 아들을 보고 죽은 지 삼 년 된 소뼈를 살려서 타고 오고, 짚으로 산 닭을 만들어 보라며 문제를 냈다. 마지막으로 시주승은 그릇을 내어주며 손가락의 피를 한 방울씩 내어보라 한다. 삼형제가 피를 내어 그릇에 흘리니, 시주승도 피를 그릇에 흘렸다. 그

> 러자 네 사람의 피가 마치 한 사람의 피인 듯 뭉쳤다. 그제야 시주승은 세 아들을 자기 자식으로 인정하고 세 쌍둥이 삼형제를 삼불제석 제석신으로 삼았다. 제석신의 모친인 당금애기는 아이를 점지하고 순산하게 도와주며 아이를 수호하고 돌보는 삼신이 되었다.

당금애기는 요즘으로 치면 미혼모였다. 남녀관계에 대해 모르던 순진한 규중처자는 하루아침에 혼인도 하지 않은 채 임신을 한다. 당금애기를 그렇게 애지중지하던 가족도 이제 그의 편이 아니다. 아버지는 당금애기를 내쫓으려 하고, 아홉 오라비는 죽이려 한다. 현대에도 미혼모가 사회에서 백안시당하지만, 당금애기는 그 이상으로 냉대받고 집에서 쫓겨나 죽을 고비를 넘긴다.

한번 어머니의 태에서 태어나 어린 딸로서 생명을 얻었던 당금애기는 토굴 속에서 세 아이를 낳고 어머니로 변신한다. 어머니가 된 당금애기를 토굴에서 다시 끄집어내어 생명을 얻게 해주는 이는 당금애기의 어머니다. 당금애기의 세 아들은 외가의 별당에서 구박받으며 자란다. 당금애기는 슬퍼하는 아들들을 데리고 아들들의 아비를 찾아 길을 떠난다. 고난 끝에 당금애기는 딸에서 어머니로, 다시 삼신으로 화해 아이를 낳는 여성들과 아이들을 돌보게 된다.

당금애기와 동침한 시주승은 애초에 신적인 존재였다. 하지만 당금애기 이야기에서 그의 역할이란, 시주받을 쌀과 잠자리에 까탈이나 부리다가 덜컥 임신을 시키고 도망친 무책임한 남자에 지나지 않는다. 당금애기는 삼신이 되었고, 당금애기의 세 아들은 삼불 제석신이 되어 농사를 수호하게 되었다. 하지만 시주승은 처음에도 마지막에도 변화 없이 그냥 시주승이나 시준님일 뿐이다. 물론 그는 불도가 높은 스님이자, 무속에서는 세존을 의미한다. 그러나 평범한 인물이 평범하지 못한 고난을 겪고 신으로 자리 잡아 인간을 돌보는 우리 신화에서, 그는 당금애기와 세 아들들에게 신으로 거듭날 만큼의 고통만을 안겨주었을 뿐, 스스로는 무엇으로도 변화하지 않았다. 어쩌면 아무것도 아니라고 말해도 될지도 모르겠다.

바리데기 이야기

먼 옛날 불라국에 인물과 재주가 출중한 오구대왕이 길대부인과 혼인해 여섯 공주를 낳았다. 일곱 번째에는 꼭 아들을 낳아야겠다고 생각한 길대부인은 정성껏 축원하다가 깜빡 잠이 들었는데, 궁궐 대들보에 청룡과 황룡이 어우러지고, 오른손에 보라매, 왼손에는 백마가 들어왔으며, 양어깨에 해와 달이 돋는 상서로운 꿈을 꾸었다. 그 말을 들은 오구대왕은 왕자가 태어날 꿈이라며 크게 기뻐하고 나라의 죄인들을 모두 풀어주었다.

하지만 태어난 일곱 번째 아이는 딸이었다. 오구대왕은 그 소식에 청천벽력과 같은 명령을 내렸다.
"내가 전생에 죄가 많아 딸만 일곱을 두었으니, 이 나라를 누구에게 물려주랴. 일곱째 딸이라니 보기도 싫다. 함에 넣어 열두 바다에 띄워 버려라."
길대부인은 갓 태어난 딸을 안고 통곡했지만, 왕명을 거역할 수 없었다. 길대부인은 일곱째 공주에게 바리라는 이름을 지어 주고, 옥함에 옷가지와 생년월일을 적어 바다에 띄워 보냈다.
바리를 실은 옥함은 열두 바다를 지나, 서쪽 바다에 사는 비리공덕할아비와 비리공덕할미에게 발견되었다. 바리는 할아비와 할미의 손에 고이고이 자랐지만, 어찌해 자신에게는 아버지와 어머니가 없는지 궁금해했다.
"제 부모는 누구입니까."
"네 아비는 하늘이요, 네 어미는 땅이지."
비리공덕할아비가 둘러대자, 바리는 고개를 저었다.
"어찌 하늘과 땅이 사람을 자식으로 두겠습니까. 제 부모는 대체 누구입니까."
"네 아비는 앞뜰 왕대나무요, 네 어미는 뒷동산 오동나무다."
비리공덕할미가 그리 말한 뒤로, 사람은 아버지가 세상을 떠나면 대나무 지팡이를, 어머니가 세상을 떠나면 오동나무 지팡이를 짚게 되었다. 결국 할아비와 할미는 바리에게, 바리가 담겨 있던 옥함과 생년월일이 적힌 배냇저고리를 보여주었다.

한편 오구대왕은 죽을병에 걸리고 말았다. 세상의 온갖 의원이란 의원은 다 불러 왕의 병을 보게 했지만, 세상 어떤 명의가 와도 오구대왕의 병은 낫지 않았다. 그러던 중 어떤 고승이 길대부인에게 말했다.

"대왕께서는 일곱째 공주를 버려 하늘의 벌을 받으신 것입니다. 대왕의 병은 서천서역 너머 저승 깊은 곳, 동대산의 약수를 마셔야 나을 수 있지요. 하지만 누가 그 길을 떠날 수 있단 말입니까."

길대부인은 바로 만조백관을 모아놓고 물었다.

"저승 깊은 곳, 동대산의 약수를 구해 오면 대왕님을 살릴 수 있다. 누가 대왕님을 위해 가겠느냐."

한 사람도 대답하지 않았다. 길대부인은 이번에는 여섯 공주에게 물었다.

"너희들 중에 아버지를 구하러 갈 아이가 있느냐."

"저희는 못 갑니다. 궁궐 바깥도 못 본 저희가 어찌 서천서역 저승 깊은 곳에 간단 말입니까."

길대부인은 슬퍼하며 일곱째 공주를 생각하다가 꿈을 꾸었다. 서쪽 바닷가에 예전 그 옥함이 놓여 있었다. 잠에서 깬 길대부인은 서쪽 바닷가를 거닐다 젊은 처녀를 만났는데, 자식을 버린 이야기를 하며 통곡을 하니 처녀가 옥함을 가져와 그 안에 적힌 생년월일과 바리라는 이름을 보여주었다.

"네 아버지인 오구대왕께서 죽을병에 걸리셨단다. 아버지를 찾아뵙겠느냐."

바리는 고개를 끄덕였다. 바리는 자신을 길러준 비리공덕할아비와 비리공덕할미와 이별하고 길대부인을 따라 궁으로 갔다.

자신을 버린 아버지였건만 병석에 누워 죽어가는 모습을 보니 바리는 마음이 아팠다.

"어찌하면 아버지를 살릴 수 있습니까."

"저승 깊은 곳, 동대산의 약수를 구해 오면 대왕님을 살릴 수 있다. 하지만 누가 그곳에 갈 수 있겠느냐."

"제가 다녀오겠습니다."

바리는 오구대왕과 길대부인에게 하직 인사를 하고 길을 떠났다. 사람이 없는 황야를 지나고, 가도 가도 끝이 없는 산을 지났다. 바리는 밭 가는 노인의 밭을 대신 갈아주고 길을 물어보고, 빨래하던 할미의 빨래를 대신 해주고, 할미의 옷을 기어다니는 이를 잡아준 뒤 또다시 길을 물어보았다. 이 할미는 자신이 바리를 시험하러 온 천태산 마고할미라며, 어려운 일이 생기면 쓰라고 삼색 꽃이 핀 가지와 금방울 하나를 건네었다.

바리는 마고할미가 알려준 대로 열두 고개를 건넜다. 고개마다 죽은 사람들이 울며 막아섰지만, 바리는 꿋꿋하게 앞으로 나아갔다. 고개를 다 건너고 나니 산 사람은 건널 수 없고, 죽은 자들만이 건널 수 있다는 황천수가 펼쳐져 있었다. 황천 나루터의 군졸들은 살아 있는 바리는 이 물을 건널 수 없다며 막아서다가, 마고할미가 준 꽃가지를 보고는 길을 비켜주었다.

황천을 건너고 나니 시왕(十王)이 다스리는 저승이었다. 죄지은 혼백들이 사방에서 고통스럽게 울부짖었다. 그 길을 지나고 나자 세 갈래 약수가 흐르는 물길이 보였다. 바리는 물을 건널 길이 없어 쩔쩔매다가, 마고할미가 준 금방울을 꺼내 던졌다. 그러자 물 위에 동대산으로 이어지는 오색 무지개가 피어올랐다.

동대산 입구는 무장승이 굳게 지키고 있었다. 남자 옷을 입고 여기까지 온 바리는 무장승에게 간곡하게 말했다.

"저는 오구대왕의 일곱째 아들입니다. 아버지께서 병에 걸려, 동대산의 약수가 아니면 살아날 길이 없으니 부디 물 한 병만 뜨게 해주십시오."

"세상일에 공짜는 없습니다. 길값으로 나무 해오기 삼 년, 삼값으로 불 때주기 삼 년, 물값으로 물 길어주기 삼 년, 도합 아홉 해를 이곳에서 일하면 물 한 병을 드리겠습니다."

바리는 9년 동안 무장승의 집에서 일한 뒤 물을 얻기를 청했다. 그러자 무장승은 다시 말했다.

"그대가 오구대왕의 아들이 아니라 딸이라는 것은 알고 있었습니다. 이만큼 같이 살았으니 나와 혼인하여 일곱 아들을 낳아주십시오."

바리는 그 말대로 했다. 마침내 일곱 아들을 낳고, 이제는 아버지를 살리러 돌아가야 한다고 하자 무장승은 바리가 찾던 것들을 알려준다.

"그동안 그대가 길어 온 물이 약수이니, 아버지 입에 흘려 넣으면 됩니다. 계속 베어오던 풀이 개안초이니 눈에 넣어드리면 눈을 뜰 것이고, 뒷동산 후원의 꽃이 숨살이, 살살이, 뼈살이 꽃이니 품에 넣어드리십시오."

마침내 바리는 무장승과 일곱 아들들과 함께 불라국으로 돌아갔다. 성으로 들어가려는데, 오구대왕의 상여가 나오고 있었다. 오구대왕은 이미 숨을 거두었지만 바리가 돌아오기를 기다리다 3년 만에 장례를 치르던 중이었다. 이때 3년 동안 바리를 기다렸기에, 사람들은 사람이 죽고 3년 동안 대상을 치르게 되었다. 바리는 달려가 상여를 붙잡고 소리쳤다.

"바리가 왔습니다. 저승 동대산의 약수를 구해 왔으니, 아버지를 뵙게 해주십시오."

여섯 언니들이 그 말을 믿지 못하는데, 길대부인이 바리를 불러들였다. 관뚜껑을 열어보자 오구대왕은 뼈만 남아 있었다. 숨살이, 살살이, 뼈살이 꽃을 오구대왕의 몸에 얹자 죽은 몸이 살아나기 시작했다. 약수를 그 입에 흘려 넣자 오구대왕이 숨을 쉬고, 개안초를 눈에 넣자 마침내 잠에서 깨어난 듯 일어났다. 오구대왕은 바리공주에게 나라를 물려주겠다고 말했지만, 바리는 대답했다.

"저는 저승에 다녀오는 동안 가엾고 불쌍한 오갈 데 없는 혼들을, 지옥에 떨어진 사람들의 고통을 보았습니다. 저는 만신의 왕이 되어 그 불쌍한 혼들을 인도하는 신이 되려고 합니다."

그렇게 바리는 무조신(巫祖神)이 되어 언월도와 삼지창, 방울과 부채를 들고 죽은 이들의 영혼을 인도하게 되었다. 바리를 주워 키운 비리공덕할아비와 비리공덕할미는 영혼의 길 안내를 맡는 신이 되어 저승 노자돈을 길삯으로 받으며 살게 되었다. 바리의 아들들은 저승 시왕이 되었고, 남편인 무장승도 신이 되었다.

바리데기의 이야기는 그 자체로 여성 잔혹사라 할 만하다. 아들을 기다린 끝에 태어난 막내딸은 태어나자마자 버림받는다. 그렇게 버린 자식이건만 죽어가는 아버지를 살려야 한다는 이유로 다시 찾아 불러들인다. 약을 구하기 위해 죽을 고비를 넘기는 정도가 아니라 아예 저승으로 가서 노역에 시달리고, 무장승과 혼인해 일곱 아들까지 낳아야 했다.

신화 속 여성의 신이 되기 위한 여정은 현실의 여성이 겪는 고난을 반영한다. 특히 당금애기와 바리데기가 어머니로서, 그리고 딸로서 겪은 수난은 여전히 현재진행형이다. 당금애기는 혼인하지 않은 처녀가 아이를 낳았을 때 겪을 온갖 고난을 감내했다. 바리데기의 고난 역시 마찬가지다. 딸이라는 이유로 아들을 바란다는 뜻의 이름을 받고 집에서 구박데기로 자라거나, 태어나자마자 살해당하거나, 혹은 부모가 엄연히 살아 있는데도 해외로 입양시켜 버렸다는 이야기들뿐만이 아니다.

1980년대에서 1990년대 무렵에도, 태아 성감별로 딸이라는 것이 확인된 수많은 여아가 낙태를 당했다. 태어난 딸에게는 네 위로, 혹은 네 밑으로 딸들을 낙태했다는 이야기를 여과 없이 들려주었다. 태어났다면 그야말로 운이 좋았던 셈이다. 태어난 아이라고 평등하게 키웠을까. 윗세대는 남자 형제를 공부시키기 위해 딸을 공장에 보냈다는데, 지금의 젊은 세대에게도 차별은 여전하다. 아들은 서울에 있는 사립대학에 보내기 위해 재수 삼수를 시켜도, 딸에게는 먼 데 가지 말라며 지역에 있는 대학을 강요하거나, 국공립대학에 갈 게 아니면 대학에 가지 말라고 으름장을 놓는다는 이야기는 여전히 들려온다. 딸에게는 늘 돈이 없다, 우리 집은 가난하고 너를 지원해주기 어렵다고 말했지만, 몇 년 지나 살펴보니 오빠나 남동생은 집안의 온갖 지원을 받고 있더라는 이야기는 흔하다.

평등하게 태어나지도 못하고, 성장 과정에서도 남자 형제와 동등한 대접을 받지 못했는데, 성인이 되어 보면 요구사항은 더욱 늘어난다. 나라와 언론은 인구가 줄어 큰일이라며 젊은 여성들 탓을 하고, 이제 나이가 든 부모는 애지중지하던 아들 대신 소홀했던 딸에게 당신들의 수발을 요구한다. 아버지나 금쪽같은 아들이 병에 걸려 장기 이식이 필요해지자 부모가 딸에게 맡겨두기라도 한 것처럼 장기를 요구하더라는 이야기가 인터넷 게시판의 괴담이기만 할까. 이처럼 여성의 삶은 과거에도 현재에도 고난의 계속이다.

무속의 여신 중 대표 격인 이들, 삼신할미와 무조신 바리데기는 과거의 여성들이 겪었던 고난, 그리고 지금도 여성들이 현재진행형으로 겪고 있는 고난을 맨몸으로 통과하며 근원으로 돌아가 마침내 신이 되었다. 여성으로서 고난을 겪고 살던 그들은 태어나고 죽어가는 모든 이들을 애틋이 여겨 우리 곁에 남았다.

호구신으로 좌정한 여성들

무속 신앙의 여신들이 삼신할미와 무조신 바리데기만 있는 것은 아니다. 평범한 인간 중에 호구신으로 좌정해 굿판에서 호명되는 여신들도 있다.

6장에서 이야기했지만, 호구말명은 혼인하지 못했거나 젊은 나이에 세상 떠난 여성들의 혼령이다. 이들은 조상이 될 수 없는 잡귀 잡신이지만 집안에서는 가족으로, 조상으로 대접받았다. 이들은 굿판에서도 당연히 호명된다. 그것도 굿을 베푸는 집안의 본향과 조상들을 불러들이기 전에.

호구말명은 젊어서 죽은 여성 신령인 동시에, 마을 신이나 천연두 신이기도 하다. 서울굿의 호구거리에서 언급되는 수풀당 아기씨 호구의 이야기에서, 우리는 이와 같은 젊은 여성의 혼령과 천연두신의 관계를 엿볼 수 있다.

수풀당 아기씨 호구

먼 옛날 북쪽 나라에 다섯 공주가 살았다. 나라가 망하자 이들 다섯 공주는 남쪽으로 피난을 오게 되었다.

왕십리 근처에 이르러 다섯 공주는 지쳐 더는 도망칠 수 없었다. 이 근처에는 수풀도 많고 나무도 많아, 다섯 공주는 이곳에 몸을 숨긴 채 풀 같은 것을 뜯어 먹으며 배를 채웠다. 그러던 어느 봄날, 다섯 공주는 산찔레를 뜯어먹다가 찔레꽃을 입에 문 채로 죽고 말았다.

이곳은 원래 공동묘지로, 사대문 안에서 장례 행렬이 나오던 광희문이 있었던 지역이었다. 이곳에 마을이 들어서자, 다섯 공주는 사람들의 꿈에 나타났다.

"우리 다섯 공주는 이곳에서 원통하게 숨을 거두었다. 부디 우리를 위해 이곳에 당을 지어 다오."

사람들은 다섯 공주의 꿈을 기이하게 여겼다. 그런 데다 동네에 흉한 일이 있고 전염병이 돌자 이들은 세 곳에 당을 지었다. 행당동 살군당에 한 분, 양지당에 한 분, 수풀당에 세 분을 모시고, 사람들은 산찔레가 피는 4월을 공주들의 기일로 여겨 4월 보름마다 탄신제와 기제를 올렸다. 공주들은 용궁대신, 산신호구, 큰아기씨, 작은아기씨, 당아기씨로 불렸는데, 과거에는 세 당에 따로따로 모셔져 있던 것을 현재는 수풀당에서 함께 모시고 있다.

수풀당과 살군당, 양지당은 왕십리 일대의 아기씨당이다. 공주 아기씨들은 나라를 잃고 피난을 왔다가 젊은 나이에 억울하게 죽고 말았다. 이들이 죽고 난 뒤 사람들이 그 원혼을 달래기 위해 사당을 짓고 마을 신으로 삼아 제사를 지내던 것이 지금까지 내려왔을 것이다.

공주들은 찔레꽃을 입에 물고 죽었다. 찔레꽃은 당시 천연두에 쓰던 약재 중 하나였으므로, 다섯 공주는 천연두에 걸려 죽었다고도 볼 수 있다. 게다가 이들이 피난 온 왕십리 일대는 본래 사대문 안의 시신을 내보내던 광희문, 가난한 병자들을 돌보던 활인서, 공동묘지 등이 자리한 곳이었다. 이곳에서 죽음은 일상이었고, 전염병에 걸린 사람이 활인서에 오거나 전염병으로 죽은 사람의 시신이 오가며 병이 쉽게 번

질 수 있는 환경이었다. 이런 이유로 다섯 공주는 전염병, 특히 천연두를 관장하는 호구신으로 여겨졌다.

권선경은 천연두신이 젊은 여성신으로 형상화되는 것은, 여성과 천연두신 모두 외부에서 온 위험한 존재로 보았고, 공동체의 존속을 위해 통과의례로 자리매김시켜야 한다고 여겼기 때문이라고 설명했다.[18] 여성은 태어난 집에서 죽지 못했다. 가문의 입장에서 여성은 외부에서 왔거나 언젠가 혼인해 다른 집으로 가야 하는 존재였다. 젊은 여성과 천연두신은 언젠가 결혼과 마마배송*이라는 통과의례를 통해 제대로 떠나보내야 하는 존재로 생각했다는 이야기다.

그렇다면 이들 다섯 공주 아기씨들은 어떤가. 이들은 나라를 잃고 왕십리로 도망쳐왔기에, 원래의 나라에도, 이 땅에도 온전히 소속되지 못했다. 나라를 되찾는다면 돌아갈 수 있을지도 모르지만 기약은 없다. 그렇다고 이곳에서 언제까지나 살 수도 없다. 이들은 통과의례를 거치지 못하고, 온전히 자리를 잡지도 못한 존재들이었다. 마치 결혼하거나 아이를 낳지 못하고 일찍 죽은 여성들처럼.

결혼하지 못한 여성들만이 호구신이 될 수 있었던 것은 아니다. 서울굿에서 종종 중요한 호구로 모셔지는, 화주당의 송씨 부인과 유씨 부인** 이야기를 잠시 살펴보자.

---

* 천연두를 물리치기 위한 굿.

** '나씨 부인'으로 전해지기도 했다.

이회 대감과 부인들

이회 대감은 세종대왕의 다섯 번째 아들인 밀성군의 후손으로, 인조 3년 축성도감으로 임명되었다. 이때 남한산성 축성의 총 책임자는 이서였는데, 산성을 북쪽과 남쪽으로 나누어 북쪽은 벽암대사와 승병들이, 남쪽은 이회가 쌓게 했다.

북쪽은 상대적으로 산세가 덜 험한 데다, 벽암대사와 그를 따르는 승병들의 수가 많았으므로 공사는 순조롭게 진행되었다. 하지만 이회가 맡은 남쪽은 달랐다. 나라에서는 성을 쌓는데 물자를 주지 않았고, 산세도 험했다. 이회는 공사 비용을 대기 위해 사재를 팔아 경비를 충당했지만 부족했다.

이때 이회의 부인 송씨가 나섰다.

"이런 식으로는 성을 완성할 수 없겠습니다, 대감."

"나라를 위해 하는 일인데 어떻게든 성을 완성해야지요."

"그렇습니다. 하지만 성을 지으려면 돈이든 쌀이든 있어야 하지 않겠습니까. 제가 삼남에 가서 축성미를 모아 오겠습니다."

송씨 부인은 이회의 소실이자 당시 임신 중이던 유씨 부인과 함께 삼남으로 내려가 축성미를 모아들였다. 무척 고된 일이었지만, 두 부인은 성을 쌓는 데 필요한 비용을 마련하기 위해 최선을 다했다. 하지만 그들이 축성미를 다 모아 돌아오던 중에, 큰일이 벌어지고 말았다.

"벽암대사는 이미 북쪽 성을 다 쌓고도 남았는데, 그대는 어찌하여 아직 남쪽 성을 다 쌓지 못했단 말이냐!"

이회 대감이 그만, 성을 다 쌓지 못한 죄로 붙잡힌 것이다. 이회의 부하들은 산세가 험하다는 점, 비용이 부족하다는 점을 들어 이회를 변명했지만 소용없었다.

"성을 쌓을 비용이 부족하다니. 그게 무슨 말도 안 되는 소리냐."

"벽암대사를 따라 온 승병들이야 밥만 먹고도 일을 한다지만, 성을 쌓는 데 징발한 이들은 그렇지 않습니다."

"변명하지 마라. 안 봐도 뻔한 일이다. 경비를 주색에 탕진하다가 모자란 것을 엉뚱한 백성들에게 뒤집어씌우는 게 아니냐. 부끄러운 줄을 알라!"

이회는 구차하게 변명하지 않았다. 축성이 늦어지는 것에 대해 누군가 책임을 져야 하는 상황에 자신에게 덮어씌우기로 작정하고 온 이들이었다. 자신이 결백하다고 말한다 한들 들어 줄 리 없다는 것을 이회는 잘 알고 있었다. 결국 그는 공사비를 횡령했다는 누명을 쓰고 참형을 당했다.

사형을 집행하기 직전에 이회가 말했다.

"내 죄가 없다면 매 한 마리가 날아올 것이다."

이회가 처형당하자 곧 매 한 마리가 날아왔다. 사람들은 그 매를 보고 두려워하며 말했다.

"역시 이회 대감은 죄가 없으셨어."

"훌륭한 분께서 억울하게 돌아가셨는데 이 원한을 어찌하면 좋을까."

매는 수어장대 동쪽 바위에 발자국을 남기고 자취를 감추었는데, 이후 사람들이 그 바위를 매봉, 또는 응봉이라 부르게 되었다.

축성미를 모아 돌아오던 송씨 부인은 송파나루에서 남편의 죽음을 알고 통곡했다.

"오직 나라를 위해 견고하게 성을 쌓으려던 분이 억울하게 돌아가셨으니, 모아 온 쌀이 무슨 소용이겠는가."

송씨 부인과 유씨 부인은 모아 온 쌀을 강물에 뿌리고 배에서 뛰어내렸다. 사람들은 두 부인이 쌀을 쏟아버린 곳이라 해 이곳을 쌀섬여울이라 불렀다. 그리고 그날 이후, 저녁 무렵이면 쌀섬여울 주변에서 귀곡성이 울려 퍼지고, 지나던 배들이 바위에 부딪쳐 파선되거나 뱃사공이 죽는 일이 자주 일어났다.

"이회 대감의 부인들이 충의로운 마음으로 쌀을 모아 오시다가, 대감께서 억울한 죽음을 당했다는 말을 듣고 스스로 목숨을 끊었으니, 그 원한이 하늘에 닿고도 남을 게 아닌가."

"스스로 목숨을 끊은 여인의 한도 지극한 법인데, 이회 대감의 소실은 그때 수태 중이었다네. 수태 중인 여인이 한을 품으면 더욱 한스러운 일이지 않은가."

사람들은 이회 대감과 두 부인의 억울함을 이야기하고 부군당을 지어 두 부인의 원혼을 위로했다. 훗날 관에서 나와 이회 대감의 일을 다시 조사해 이회 대감이 죄가 없음을 밝혀내었다. 이회 대감이 신원된 뒤, 관에서는 남한산성에 청량당을 세워 이회 대감과 두 부인, 벽암스님을 모셨고, 다시 두 부인을 위해 화주당을 세웠다.

화주당은 사후 혼사굿을 종종 했던 곳으로, 무가에서는 '물 건너 화주당'으로 부르곤 했다. 혼기의 남녀가 결혼하지 못하고 죽으면 그 혼을 말명 상자에 모셔서 이곳 화주당에 모셨는데, 안치된 말명 중에 서로 궁합이 맞는 경우가 있다면 이곳에서 사후 혼사굿*을 했다. 귀신은 물을 건너지 못하니, 이곳에서 사후 혼사굿을 지내고 강을 건너가면 뒤탈이 없다고 생각했기 때문이었다.

송씨 부인과 유씨 부인은 혼인은 했지만 후손을 남기지 못했다. 특히 사람들은 임신 중 한을 품고 스스로 목숨을 끊은

---

* 총각 귀신과 처녀 귀신은 사후혼사굿으로 진혼(鎭魂)하기도 했지만, 말썽을 부리지 못하도록 진압(鎭壓)을 통해 다스리기도 했다. 예를 들면 혼기의 처녀가 죽으면 무덤을 만들지 않고, 말을 하지 못하도록 입에 인절미를 물리고, 쉽게 일어나지 못하도록 엎드리게 해 사거리 한복판에 묻었다. 길 가는 사람들에게 자꾸 밟혀서 일어나지 말라는 뜻이었다.

유씨 부인이 죽어 산활호구가 되었다고 생각했다. 여성은 혼인을 통해 집을 떠나 새로운 공동체로 옮겨가지만, 아이를 낳지 않은 새신부는 아직 외부자일 뿐이다. 임신과 출산이 가능한 젊은 여성이 혼인과 출산을 하지 못하고 죽으면, 어느 공동체에도 온전히 자리를 잡지 못한 채 세상을 떠난 것이나 다름없었다. 이렇게 한을 품고 죽은 젊은 여성의 호구말명은 불안정한 존재, 떠나갈 존재였기에 위험하고 말썽을 부릴 수 있는 존재였다.

하지만 공주 아기씨들이나 화주당의 송씨, 유씨 부인은 평범한 호구말명이 아닌, 호구신으로 불리고 있다. 젊은 나이에 한 많은 생을 마친 이들의 죽음은 해당 지역의 문제를 고스란히 반영하고 있었다. 공주 아기씨들은 전염병 피해가 크던 왕십리의 상황을, 송씨와 유씨 부인은 남한산성 축성과 관련된 문제들을 안고 세상을 떠났다. 다시 말해 그들의 죽음에는 사회적인 의미가 있었기에 지역 사람들은 한스러운 죽음을 기리고 신격으로 삼았던 것이다. 이들은 지역 공동체를 통해 마침내 머무를 곳을 찾아 당신이자 호구신으로서 좌정했다.

서울굿의 순서

서울 · 경기 지방에서 가정의 안녕을 비는 재수굿을 벌일 때, 만신은 먼저 부정거리로 굿판을 정화하고 가망거리로 신령들을 청해 술잔을 올린다. 그다음은 높은 순서대로 신령을 호명한다. 불사거리라 해 부처나 제석, 옥황상제와 같은 천신을 모신 뒤에는 호구거리라 해 천연두신, 혹은 억울하고 한스럽게 죽은 젊은 여성들을 위해 자리를 마련한다.

본향에서는 자신의 성과 씨를 준 고향의 산신을 불러들인다. 이때 내외 4대 조상과 노란 옷을 입은 대신할머니도 모신다. 전안거리에서는 관운장과 같은 중국의 장군신을, 상산거리에서는 최영 장군을 모신다. 별상이라 해 광해군이나 사도세자와 같이 왕위를 지키지 못하거나 계승하지 못하고 죽은 이들을 불러들이고 대감이라 해 벼슬한 조상이나 집안의 터줏대감, 만신의 몸주신을 불러 놀기도 한다. 제석거리에 성주거리로 천신과 집을 지키는 가신들을 모시며 그 지역을 지키는 장군신들을 부른다. 창부거리라 해 만신이 광대놀음을 하고 나면 뒷전거리라 해 마당에 뒷전상을 차리고, 굿판 주변으로 물려 놓았던 잡귀 잡신들을 불러 놀게 한다. 사람의 잔치로 치면 먼저 주요 인물들이 나와서 인사한 뒤 잔치를 구경하던 사람들을 모두 불러 대접하는 셈이다.

천연두신의 여러 이름

천연두신은 두신, 호구별성, 마마(媽媽), 별성, 객성, 손님마누라, 서신국마누라 등의 이름으로도 불렸다.

마마는 본래 왕의 가족들의 칭호 뒤에 존칭으로 붙거나, 고관대작의 첩이나 상궁에게 쓰던 말이었다. 마누라는 신분 높은 여성을 가리키던 말이다. 이런 단어가 천연두신의 이름이 된 것은 사람들이 천연두신을 두려워했기 때문이지만, 동시에 많은 지역에서 천연두신을 여성, 그것도 젊은 여성으로 생각했기 때문이었다.

별성이나 객성, 손님 같은 이름은 천연두신이 잠시 머물렀다가 다시 이동한다고 생각했기 때문에 붙은 이름이었다.

나가는 글

지금도 계속되는 여성들의 이야기

지금까지 살펴본 이야기들은 귀신과 신령들의 이야기인 동시에 여성 잔혹사이다. 여성이 겪은 고난들이 축소되고, 여성이 시달리는 범죄들이 남성의 별것 아닌 장난으로 치부되거나 여성이 행실을 똑바로 하지 않아서 벌어진 일이 되어버리고, 마침내 가부장제를 통해 여성들의 말할 입마저 틀어막았던 시대. 여성들은 죽은 다음에야 세상을 향해 말할 수 있었기에 여성의 이야기는 귀신의 이야기로 변주될 수밖에 없었다.

이런 이야기는 비단, 사대부들의 관심을 끌어 기록된 필기·야담집의 이야기에만 국한되는 것은 아니었다. 입에서 입으로 전해지는 민담 속에서, 조선 후기의 한글 소설 속에서, 끝없이 현재형으로 이어지고 재생산되었다. 근대에 이르러서도 전설과 민담은, 월간 《야담과 실화》, 《소설계》와 같은 대중 문예지, 라디오 드라마 〈전설따라 삼천리〉나 드라마 〈전설의 고향〉, 그리고 여러 편의 영화, 웹툰, 만화, 소설 등으로 전승 혹은 변주되며 이어져 왔다.

가족제도와 여러 가치관이 변화하는 가운데 정상성에 대한 억압이 심해졌던 근대화 시기, 공포영화와 드라마 속에서, 가부장적 세계관 안의 가족 비극담은 영상화를 통해 더욱 자극적이고 직설적인 형태로 바뀌었다. 씨받이로 들어갔다가 본처에게 살해당한 여자, 과거 보러 가던 길에 깊은 산중의 여자들만 사는 집에서 하룻밤 머물게 된 유생, 계모에게 살해당한 전처 자식들 등의 전통적인 이야기에서 여성들은 억울한 사연을 품고 죽었다. 영상 시대에 이들은 공권력에 호소하거나 가해자 본인에게 복수하는 것을 넘어, 자신들의 억울함을 방관하던 이들에게까지 복수하게 되었다. 죽은 당시의 모습으로 등장하던 귀신들은, 영상 매체의 자극적인 표현을 위해 구미호와 같은 짐승의 형상이나 손톱과 이빨이 긴 괴물, 피를 빠는 흡혈귀, 혹은 시체 그 자체 등 흉측한 모습의 괴물이 되었다.

공포영화에서 가족의 갈등은 이전 시대와는 다른 양상으로 전개된다. 새로운 시대에 새롭게 불거진 가족의 문제들이 반영된 것이다. 핵가족화가 진행되어 이전처럼 여러 가족이 한집에 살지 않게 되었고, 부부의 애정은 이전보다 적극적이고 솔직한 형태로 표현된다. 그런 부부를 질투하며 아들에 대해 근친상간적인 집착을 보이는 시어머니는 그 자체로 공포의 대상이 된다. 사대부 가문의 남자가 첩과 하인들을 거느리던 시대에 처첩 갈등이 남편의 총애를 두고 벌어지는 갈등이었다면, 자본주의 사회에서 중산층 가정을 배경으로 부인과 하녀가 벌이는 갈등은 남자의 총애가 아닌, '안락한 중산층 가정의 안주인' 자리를 놓고 벌이는 갈등에 가깝다.

공포영화나 공포드라마는 가정의 문제뿐 아니라 사회의 문제도 그대로 반영했다. 성감별 여아 낙태가 최고조에 달했던 1994년 무렵 방영된 드라마 〈M〉은 딸이라고 낙태당할 뻔했던 마리에게 미혼모가 낙태한 수자령 M이 빙의되어 일어나는 복수극이다. M의 초능력으로 마리는 언니를 강간한 남자들, 마리를 추행하려 한 불량배들, 산부인과 의사, 자신의 비밀을 밝히려던 양부 등에게 복수하고, 마리의 미모에 반해 접근하는 남자들에게 에볼라 바이러스를 옮긴다. 영화 〈여고괴담〉 시리즈는 친구도 경쟁자가 되는 입시 중심의 학교 교육과 성적이나 친구와의 우정으로 고민하고 갈등하는 여성 청소년들을 다루었다. 베트남 전쟁의 희생자를 원귀로 등장시킨 영화 〈알포인트〉나, 젊음과 아름다움을 강요당하는 여성들의 억압을 다룬 영화 〈요가학원〉도 있다.

이처럼 현실의 이야기는 귀신에게 투영되어 새로운 모습으로 우리에게 다가온다. 그 낯섦 속에서 우리는 우리가 무심히 넘겼던 모순들을, 지나쳐간 지점들을 다시 짚어보게 된다. 여성 귀신들의 이야기는 여전히 약자의 억울함을 다루는 서사로서 당대의 문제들을 반영해 보여준다.

귀신은 한때 인간이었고 인간의 형상을 띤 인간이 아닌 존재다. 현세에 미련과 원한이 있으며, 그를 해결하고자 하는 욕망을 품고 있다. 현실에서 철저히 부정당한 억울함과 분노를 호소하며 해소해줄 것을 요구하고, 더러는 살아서 하지 못한 복수에 나선다. 억울하게 죽은 귀신이 해원하거나 복수하는 이야기가 여전히 반복된다는 것은 현실에서 그런 복수와 해원이 가능하지 않다는 이야기와 같다.

21세기가 되어서도 우리가 여전히 귀신 이야기에 귀를 기울이는 것도, 지금 이 순간에도 인터넷 게시판에 오싹한 괴담들이 올라오는 것도 결국 우리의 현실에 자리잡은 문제점과 모순들을 다시 한번 들여다보기 위함이다. 그렇기에 우리는 지금까지 살아남은 여성들의 귀신 이야기에서 고통과 슬픔 속에서도 서로를 지탱해온 여성들의 목소리를 다시 한번 들을 수 있을 것이다.

부록

여성 귀신에 대한 자료, 어디서 찾을 수 있을까

어쩌면 이 책을 읽고 나서 여성 귀신 이야기를 더 읽고 싶어졌을 수도 있다. 물론 이 책의 맨 뒤에는 참고 문헌을 따로 수록했지만, 마음에 드는 이야기의 출전을 찾아 읽어볼 수 있도록 정리해보았다.

▩ 필기·야담 속 여성 귀신 이야기

필기·야담은 같은 이야기라도 여러 곳에 조금씩 변형되어 수록되어 저자마다 같은 이야기를 어떤 식으로 다루었는지 비교해볼 수 있다. 시대별로 사대부들이 어떤 여성 귀신에 더 관심을 보였는지도 참고할 수 있을 것이다.

15세기

제목: 절개를 지킨 여종[19]
주제: 절개를 지키려 한 원혼
출전: 『청파극담』, 『태평한화골계전』
내용: 하성부원군 댁 부유한 종의 딸이 안윤과 혼인했다. 부원군이 억지로 여종을 끌고 가자 여종은 목을 매어 죽었다. 장례 후 안윤은 그의 귀신을 만나고 상심해 병들어 죽었다.

16세기

제목: 안생과 노비 출신 아내의 비극적 사랑[20]
주제: 절개를 지키려 한 원혼
출전: 『용재총화』
내용: 안생이 정승댁 부유한 종의 딸과 혼인했는데 다른 사위들의 질투로 아내는 정승에게 붙들려 가 다른 하인과 혼인하게 되었다. 아내는 목을 매어 죽었고 이튿날 안생의 앞에 혼령으로

나타났다. 아내의 죽음을 알고 안생은 반미치광이가 되어 죽었다.

제목: **뱀이 되어 나타난 여승**[21]
주제: 상사뱀의 복수
출전: 『용재총화』
내용: 홍 재상이 젊었을 때 어린 여승과 정을 통하고 떠났다. 여승은 마음에 병을 얻어 죽었다. 홍 재상이 남방절도사로 갔는데 뱀이 나와 그의 이불에 들어왔다. 쫓아내고 죽이려 해도 소용이 없어 홍 재상은 구렁이를 데리고 다니다가 병들어 죽었다.

제목: **이기빈**[22]
주제: 관리에게 신원을 호소
출전: 『음애일기』
내용: 강계 수령 이기빈에게 여자 귀신이 나타나 남편이 자신의 재산을 후처 자식에게 다 주었다고 호소했다. 이기빈은 증서를 만들어 전처의 아들에게 주고 남편이 함부로 바꾸지 못하게 했다.

제목: **송원의 선비가 벌레를 죽여서 일가족이 몰살됨**[23]
주제: 빙의 관련
출전: 『용천담적기』
내용: 송원의 선비가 집터의 벌레들을 죽이자 그의 아내가 벌레 귀신에게 씌었다. 선비는 이사를 했지만 몇 년 지나지 않아 가족 모두 죽었다.

제목: **성현의 외가 정씨 가문에 살던 귀신**[24]

주제: 빙의 관련

출전: 『용재총화』

내용: 빙의된 계집종이 점을 잘 쳤는데 상국 형제가 오면 귀신이 두려워해 달아났다.

제목: **귀신을 본 안씨 가문 사람들**[25]

주제: 귀신을 쫓아냄

출전: 『용재총화』

내용: 붉은 옷을 입은 여자 귀신이 안종약을 보고 달아났다. 안종약은 그 외 다른 귀신들도 쫓아냈다.

제목: **기건과 이두의 집에 붙은 귀신들**[26]

주제: 귀신에게 시달림

출전: 『용재총화』

내용: 이두의 집에 행패를 부리는 고모의 귀신이 나타났다. 제사도 소용이 없었고 이두는 병에 걸려 죽었다.

제목: **분묘**[27]

주제: 무덤 관련

출전: 『사재척언』

내용: 양윤원이 어느 날 죽은 아내의 목소리를 들었고 그의 장모도 딸이 꿈에 나와 애원하는 것을 보았는데 알고 보니 화재로 아내의 무덤까지 불탔다.

제목: 5대조 할머니의 묘소를 찾아낸 성현 형제[28]

주제: 무덤 관련

출전: 『용재총화』

내용: 성현 형제가 조상들이 살았던 개성 근처로 말을 몰아가다가 길을 잃었는데 5대조 할머니의 무덤가였다.

제목: 소릉의 폐위와 복귀 때 생긴 기이한 일들[29]

주제: 소릉 관련

출전: 『용천담적기』

내용: 소릉이 폐위되기 전날 밤에 능에서 울음소리가 났다. 능에서 나온 석물을 가져다 집을 지은 사람은 병을 앓았고, 가축이 묘를 밟으면 맑았던 날이 어두워지고 폭풍이 불었다. 복구상소를 올렸으나 시행되지 않자 종묘의 나무에 벼락이 떨어졌다. 관은 사라졌는데 감독관의 꿈에 현덕왕후가 보인 뒤 발견되었다. 소릉을 현릉 옆으로 이장했더니 두 능 사이의 잣나무가 말라 죽어 두 능이 마주 보게 되었다.

제목: 단종의 어머니 현덕왕후의 능(소릉)을 회복시킨 이유[30]

주제: 소릉 관련

출전: 『음애일기』

내용: 안산리의 중이 여자 울음소리를 듣고 나와 보니 관이 있어 흙으로 덮어주었는데 그 자리가 육지가 되었다. 소릉을 복권할 때 감역관의 꿈에 신인이 나타나서 1척이 넘게 파보라고 했고 그 밑에 관이 있었다.

제목: 여귀에게 홀려 하룻밤을 즐긴 채생[31]

주제: 여귀에게 홀림

출전: 『용천담적기』

내용: 채생이 소복을 입은 부인을 따라가 저택에서 융숭한 대접을 받고 밤에 잠자리를 함께 하려는데 천둥소리가 나서 눈을 떠 보니 태평교 돌다리 아래였다.

17세기

제목: 귀신과 정을 나눈 박엽[32]

주제: 무덤, 제사 관련

출전: 『어우야담』

내용: 박엽이 미인을 만나 하룻밤을 보냈다. 미인은 옆집에서 술을 얻어왔다. 다음 날 보니 여자와 일가족이 죽어 있었고 옆집의 주발이 이 집에 와 있었다. 장례를 치러준 박엽은 과거에 급제했다.

제목: 종랑의 시신을 묻어 준 무사[33]

주제: 무덤, 제사 관련

출전: 『어우야담』

내용: 무사가 미인을 만나 밤을 보냈는데, 다음 날 이웃 사람이 그 집은 일가족이 전염병으로 죽어 장례도 치르지 못했다고 말했다. 장례를 치러준 무사는 과거에 급제해 높은 관직에 올랐다.

제목: 권손용[34]

주제: 무덤, 제사 관련

출전: 『효빈잡기』

내용: 전쟁이 끝난 뒤 권손용이 부친 시신을 찾아 장례를 지내며 옆에 있던 여자 시신을 합장했다. 꿈에 모친의 혼령이 나타나 자신의 시체 위치를 알려 다시 합장했다.

제목: 득옥(1)[35]

주제: 득옥 관련

출전: 『국당배어』

내용: 성천 기생 득옥이 인평대군의 시녀가 되었다. 대군의 처남이 득옥을 유혹하자 그 부인이 질투해 득옥이 황금을 훔쳤다고 무고했다. 대군 부인은 득옥을 벌해 죽였다. 이후 대군이 병들었는데 희미한 불빛 아래 득옥이 앉아 있었다. 대군이 죽은 뒤 팔각정에서 소리가 나며 대군 부인의 침실에 득옥이 나타났고 부인 역시 병들어 죽었다.

제목: 원혼으로 나타나 수령에게 하소연한 여자[36]

주제: 관리에게 신원 호소

출전: 『부계기문』

내용: 『음애일기』의 「이기빈」과 동일

제목: 김효원[37]

주제: 관리에게 신원 호소

출전: 『어우야담』

내용: 삼척 부사 김효원의 앞에 서낭신(여자)이 나타나 신라왕의 셋째 딸을 섬기는 요사한 무당이 자신의 신위를 치우게 했다고 호소했다. 신위를 제자리로 돌려놓자 서낭신이 감사를 표했고 그 뒤로 나타나지 않았다.

제목: **최영수의 꿈 이야기**[38]
주제: 관리에게 신원 호소
출전: 『송도기이』
내용: 최영수가 사신 맞을 준비를 하고 꿈을 꾸었는데 공민왕과 여섯 신하, 흰옷 입은 부인이 나왔다. 이들은 정도전을 잡아 형틀을 씌우려다가 내일 이곳에 사신이 들어올 테니 심문할 수 없다며 사라졌다. 사람들은 특히 흰옷 입은 여인은 우왕의 어머니가 억울함을 하소연한 것이라 했다.

제목: **구봉서**[39]
주제: 관리에게 신원 호소
출전: 『서곽잡록』
내용: 아내를 죽인 남편이 옥에 갇혀 있었다. 관찰사 구봉서가 시를 지으려다 고심하는데 살해된 여자가 나타나 대구를 지어준 뒤 남편의 친구가 자신을 겁탈하려다 살해했다고 말했다. 구봉서는 남편의 무죄를 입증하고 풀어주었다.

제목: **북교의 제사**[40]
주제: 관리에게 신원 호소
출전: 『어우야담』

내용: 북교에서 제사 받지 못하는 이들의 여제를 지내는데 한성 부윤의 꿈에 한 여자가 피를 흘리며 나타난 이후로 아기를 낳다 죽은 여자의 위패도 배설했다.

제목: **귀신을 물리치는 경귀석**[41]

주제: 귀신을 쫓아냄

출전: 『어우야담』

내용: 원사안의 누이에게, 일찍 죽은 형수의 원혼이 빙의되었다. 원씨의 조상이 꿈에 나타나 모래톱에서 자수정을 주워오게 했는데 그중 경귀석이 있어 형수의 원혼을 쫓아낼 수 있었다.

제목: **여귀가 된 궁녀와 황건중**[42]

주제: 귀신을 쫓아냄

출전: 『어우야담』

내용: 황건중의 앞에 미녀의 귀신이 나타나 자신은 궁예 시절의 궁녀로 황건중의 조상이 자신을 묻어주었다고 하며 유혹했다. 황건중은 집에 여러 마리의 개를 길러 그를 쫓아내었다.

제목: **기녀 귀신의 빌미**[43]

주제: 귀신을 쫓아냄

출전: 『어우야담』

내용: 전라도사가 기녀 귀신을 가까이하며 나날이 쇠약해졌다. 감사 고형산은 여자는 굿을 좋아하는 법이라며 굿판을 열어 귀신을 꾀어내고 그 틈에 전라도사가 도망치게 했다.

제목: 조카 집을 탕진한 안씨 귀신[44]

주제: 귀신에게 시달림

출전: 『어우야담』

내용: 자녀 없이 죽은 안씨의 혼령이 조카에게 나타나 봉양을 요구하며 파괴적으로 횡포를 부린다. 온 가족이 도망쳤지만 따라왔으며 몇 년 사이에 죽는 자가 이어졌으나 대처할 수 없었다.

제목: 귀신의 곡소리가 부르는 죽음[45]

주제: 귀신에게 시달림

출전: 『어우야담』

내용: 유희서의 집에서는 매일 저녁 여자의 곡소리가 들렸다. 전쟁 때 왜적에게 죽은 혼이라고 생각되었는데, 그 후 유희서는 적에게 죽고 일가족이 차례로 죽었다.

제목: 나무 요괴[46]

주제: 귀신에게 시달림

출전: 『지봉유설』

내용: 신씨 선비가 묘지의 나무를 베어 여자 요괴가 따라왔다. 밤마다 동침해 신씨는 시름시름 앓다가 죽었다.

제목: 저승의 복식[47]

주제: 어머니 혼령

출전: 『어우야담』

내용: 홍중성의 아들이 붉은 장옷에 푸른 치마를 입은 여자가 자신을 아들이라 부르며 우는 꿈을 꾸었다. 유모가 그 생김새를

물으니 아이의 죽은 어머니를 염습할 때 입혔던 것들이었다.

18세기

제목: **인평대군 부인**[48]
주제: 득옥 관련
출전: 『공사문견록』, 『동소만록』, 『풍암집화』
내용: 인평대군 댁 계집종이 미쳐 대군의 사당 중문으로 들어가 대군의 아들인 복창군과 복선군에게 위기를 알리고 통곡을 한 뒤 땅에 쓰러졌다. 며칠 뒤 정원로의 고변으로 두 아들은 사형을 당했다.

제목: **득옥**(2)[49]
주제: 득옥 관련
출전: 『이순록』
내용: 인평대군은 시비 득옥을 총애했는데 대군이 중국에 간 사이 부인이 득옥을 영파정에서 죽였다. 득옥의 원혼은 담 위나 지붕 위에 나타났다. 이후 경신대출척으로 멸문당했는데 득옥의 재앙이다.

제목: **득옥**(3)[50]
주제: 득옥 관련
출전: 『성호사설』
내용: 복창군은 인평대군의 아들로 그 부인이 투기가 심해 시비 득옥을 죽였다. 득옥의 귀신은 용마루에 올라앉았고 이후 경신

대출척으로 멸문당했다.

제목: **득옥(4)**[51]

주제: 득옥 관련

출전: 『풍암집화』

내용: 『국당배어』의 「득옥」과 유사한 내용

제목: **조광원**[52]

주제: 관리에게 신원 호소

출전: 『명엽지해』

내용: 밤에 객사에서 조광원의 앞에 사람의 조각이 떨어지더니 합쳐져 피흘리는 여인이 되었다. 그는 기생으로 관노가 자신을 욕보이려다 저항하자 큰 돌로 눌러 죽였다고 호소했다. 조광원이 억울함을 풀어주자 귀신은 나오지 않았다.

제목: **김홍조**[53]

주제: 어머니 혼령

출전: 『이순록』

내용: 김홍조의 아들이 구수훈 밑에 있는데 꿈에 모친 혼백이 아이가 위독함을 알렸다. 그 뒤에도 모친 혼백이 일이 있을 때 마다 현몽해 알려주었다.

제목: **이수재가 집을 빌렸다가 괴변을 당하다**[54]

주제: 귀신에게 시달림

출전: 『천예록』

내용: 가난한 이창이 집을 구하려다 묵사동 흉택에 가 보았더니 마루에 신주가 있고 밤이 되자 귀매가 횡포를 부렸다. 마루의 신주를 불태우자 여종이 피를 토했다. 다른 사람이 들어가니 푸른 치마를 입은 여자 귀매가 소란을 피웠고, 다른 무리가 이 집 후원을 보니 노파가 소나무 아래에서 울고 있었다.

제목: **최 첨사가 남의 집에 세 들었다가 귀신을 만나다**[55]
주제: 귀신에게 시달림
출전: 『천예록』
내용: 최원서가 집을 얻어 혼자 자다가 여종을 불러들였는데 여종은 뒷걸음질로 계속 도망치다 사라졌고, 푸른 털이 천장을 헤치고 나오더니 방에 불이 붙었는데 동이 트니 불길이 사라졌으며, 청색 군복을 입은 건장한 남자가 최원서를 끌어내어 내동댕이치기를 반복했다. 날이 새어 최원서 부친이 마당에 쓰러진 아들을 발견했고 이 집에서 나왔다.

제목: **선비의 집에서 늙은 할미가 요괴로 변하다**[56]
주제: 귀신에게 시달림
출전: 『천예록』
내용: 한 노파가 죽전방의 선비 가정에 몸종 일을 하겠다며 찾아왔다가 며칠 뒤 남편과 함께 다락을 차지하고 음식을 내놓으라 하며 조금만 소홀해도 가족들이 병에 걸리게 했다. 가족은 물론 방문하는 친척들도 그들에게 시달리다 병들어 죽었다.

제목: 영정을 훼손했다가 마침내 화를 당하다[57]

주제: 원귀의 복수

출전: 『천예록』

내용: 권필이 백악산 정녀부인묘 사당을 훼손했다. 그날 밤 꿈에 흰 저고리에 푸른 치마를 입은 정녀부인이 나타나 원한을 갚겠다고 했다. 훗날 권필이 귀양을 가다가 여사에 묵었더니 꿈속의 부인이 나타났고 이날 권필은 죽었다.

제목 : 노봉 민정중[58]

주제 : 원귀의 복수

출전 : 『삽교별집』

내용 : 노봉이 비장의 집에서 술에 취해 비장의 누이에게 시중들게 했는데 다음 날 자신은 모르는 일이라고 호통쳤다. 누이는 다른 데로 시집갈 수 없다고 하다가 한이 맺혀 죽었다. 노봉의 인생은 잘 풀리지 않았는데 처녀의 원한 때문이다.

제목: 석주 권필[59]

주제: 원귀의 복수

출전: 『삽교별집』

내용: 권필은 세 과부의 집에 묵어가다가 처녀로 과부가 된 손자며느리와 동침해 달라는 부탁을 거절한다. 손자며느리는 자결했고 권필의 인생은 순탄치 않았다.

제목: 이생과 토관의 딸[60]

주제: 원귀의 복수

출전: 『삽교별집』

내용: 이생에게 한 처녀가 사랑을 고백하자 이생은 꾸짖고 그 아비를 불러들인다. 처녀는 딸이 죽는 것보다 절개를 잃는 게 나으리라고 하고, 아비는 차라리 죽으라고 한다. 처녀는 자결하며 자신이 죽어 여귀가 될 것이라고 했다. 이후 이생은 인생에 난관이 많았다.

제목: 용산강 사당의 일로 아들이 감격하다[61]

주제: 무덤·제사 관련

출전: 『천예록』

내용: 재상 최원이 새벽에 꿈에서 돌아가신 모친을 보았다. 모친은 용산의 신굿에 음식을 먹으러 간다며, 제사보다 무당의 신굿에서 배불리 먹는다고 했다. 용산에 가보니 굿을 하던 중 무당이 대부인 마님께 음식을 드리라 했으며, 오시다가 아드님을 만나셨다고 말했다. 재상은 제사 때마다 신굿을 올렸다.

19세기

제목: 원사안 형수[62]

주제: 귀신을 쫓아낸 경우

출전: 『계산담수』

내용: 『어우야담』「귀신을 물리치는 경귀석」과 같은 내용

제목: 남구만과 민정중[63]

주제: 귀신을 쫓아낸 경우

출전: 『계압만록』

내용: 민정중이 함영 감사로 갔다가 귀신이 나오는 선화당에 들어 갔더니 모친을 닮은 노파가 나타났다. 민 공은 귀신을 꾸짖어 쫓았다. 뒤에 남구만이 감사로 와서 선화당에 갔더니 노파가 모친이라며 유혹하자 마음이 약해져 따라 나오다가 겨우 정신 차렸다.

제목: **밀양 부사 딸**(1)[64]

주제: 관리에게 신원 호소(아랑 설화)

출전: 『청구야담』

내용: 밀양 부사의 딸이 유모와 함께 실종되었다. 이후 밀양 부사들은 부임하고 곧 죽었는데 한 무변이 아내의 권유로 부사가 되었다. 밤에 부사의 아내가 남복을 하고 촛불을 밝히고 있는데 밤중에 처녀 귀신이 붉은 기를 들고 나타났다. 다음 날 부사는 주기라는 사람을 잡아 원한을 풀어주었다.

제목: **밀양 부사 딸**(2)[65]

주제: 관리에게 신원 호소(아랑 설화)

출전: 『교수잡사』

내용: 밀양 부사의 딸이 유모와 함께 실종되었다. 이후 밀양 부사들은 부임하고 곧 죽었는데 한 무변이 지원했다. 밤에 촛불을 밝히고 있는데 밤중에 처녀 귀신이 형방이 자신을 죽여 북 속에 숨겼다고 말했다. 부사는 형방을 잡아 원한을 풀어주었다.

제목: 밀양 부사 딸(3)[66]

주제: 관리에게 신원 호소(아랑 설화)

출전: 『동야휘집』

내용: 밀양 부사의 딸이 유모와 함께 실종되었다. 이후 밀양 부사들은 부임하고 곧 죽었는데 한 무변이 아내의 권유로 부사가 되었다. 밤에 부사의 친구 이 상사가 촛불을 밝히고 있는데 밤중에 처녀 귀신이 붉은 기를 들고 나타났다. 다음 날 부사는 주기라는 사람을 잡아 원한을 풀어주었다.

제목: 김 재상[67]

주제: 관리에게 신원 호소

출전: 『계서야담』, 『동야휘집』, 『청구야담』

내용: 김 재상이 젊었을 때 머리를 풀고 피를 흘리는 여자 귀신이 나타나 첩이 자신을 모함해 살해했고 남편과 친정은 자신이 다른 남자와 도망친 줄 안다고 호소하며 그가 장차 형조참의가 되면 해결해달라고 부탁했다. 수년 뒤 김 재상은 형조참의가 되어 원한을 풀어주었다.

제목: 원통하게 죽은 여인의 한을 풀어 준 김 상공[68]

주제: 관리에게 신원 호소

출전: 『기문총화』

내용: 김 공이 급제 전 여자 귀신이 나타나 첩이 자신을 모해하고 살해해 내다 버렸으니 장차 형조참의가 되어 이 일을 풀어달라고 부탁한다. 김 공은 형조참의가 되어 원한을 풀어주었다.

제목: 조광원[69]

주제: 관리에게 신원 호소

출전: 『연려실기술』

내용: 『명엽지해』 「조광원」과 동일

제목: 성황신의 신위를 돌려준 김효원[70] [71]

주제: 관리에게 신원 호소

출전: 『기문총화』, 『속제해지』

내용: 『어우야담』 「김효원」과 동일

제목: 살인 사건을 해결한 조현명[72] [73]

주제: 관리에게 신원 호소

출전: 『계서야담』, 『청구야담』 권 5, 『필기야담』, 『기문총화』

내용: 조현명의 앞에 처녀 귀신이 나타나 자신의 배이발의 딸인데 숙부와 계모의 손에 살해당했다고 고했다. 무덤을 파 보니 시신이 생전 그대로이며 맞은 상처가 나 있었다. 심문하자 숙부가 재산을 탐내어 후처인 형수와 짜고 조카를 음해한 뒤 살해하고 자진한 것으로 꾸민 것이 밝혀져 원한을 풀어주었다.

제목: 조현명(변형)[74]

주제: 관리에게 신원 호소

출전: 『청구야담』 권 6

내용: 전라 감사 앞에 처녀 귀신이 나타나 자신이 배이발의 딸인데 계모와 외숙에게 살해당했다고 고했다. 무덤을 파 보니 시신이 생전 그대로이며 맞은 상처가 나 있었다. 심문하자 계모의

친정 동생이 재산을 노리고 누이와 짜고 처녀를 음해한 뒤 살해하고 자진한 것으로 꾸민 것이 밝혀져 원한을 풀어주었다.

제목: 모함을 받고 죽은 성천 기생 득옥[75]

주제: 득옥 관련

출전: 『기문총화』

내용: 성천 기생 득옥이 인평대군의 시녀가 되었다. 대군의 처남이 득옥을 유혹하자 그 부인이 질투해 득옥이 황금을 훔쳤다고 무고했다. 대군 부인은 득옥을 벌해 죽였다. 이후 대군이 병들었는데 희미한 불빛 아래 득옥이 앉아 있었다. 대군이 죽은 뒤 팔각정에서 소리가 나며 대군 부인의 침실에 득옥이 나타났고 부인 역시 병들어 죽었다.

제목: 오씨 부인의 혼이 내린 인평대군의 계집종[76][77]

주제: 득옥 관련

출전: 『기문총화』, 『동국쇄담』

내용: 인평대군 댁 계집종이 미쳐 대군의 사당 중문으로 들어가 대군의 아들인 복창군과 복선군에게 위기를 알리고 통곡을 한 뒤 땅에 쓰러졌다. 며칠 뒤 정원로의 고변으로 두 아들은 사형을 당했다.

제목: 질투로 죽은 옥이의 혼령[78]

주제: 득옥 관련

출전: 『기문총화』

내용: 신익성의 첩 옥이는 신익성이 원주 기생을 첩으로 들이자 질

투로 자결했다. 신익성은 병이 들고 옥이의 혼령이 나타나더니 곧 죽고 말았다.

제목: **소릉의 변**[79]

주제: 소릉 관련

출전: 『금계필담』

내용: 세조가 단종을 죽이자 현덕왕후의 원혼이 동궁을 죽이고 세조는 소릉을 파내어 버린다. 훗날 조광조가 능을 복원하려 하자 예관의 꿈에 현덕왕후가 현몽한다. 다음 날 촌로가 나타나 관이 묻힌 곳을 가르쳐주어 현릉 옆에 이장한다. 소릉과 현릉 사이에 있던 나무가 말라 죽어 두 능이 마주 보게 되었다.

제목: **심정**[80]

주제: 원귀의 복수

출전: 『계압만록』

내용: 심정이 선비의 부인을 범하려다가 살해했다. 장님이 그가 정오에 죽을 것이라고 하고 이문동 조씨 댁에 숨으라고 했는데, 그 댁에 가서 숨자 큰 불덩이가 다가와 심정을 죽이려다 실패하고 돌아갔다. 심정은 조씨 댁을 떠나 다시 돌아오지 않았다. 그는 기묘사화를 일으켰다가 몰락했는데 악을 쌓은 것 때문이다.

제목: **장현경 딸**[81]

주제: 원귀의 복수

출전: 『여유당전서』

내용: 장현경 집안사람들이 신지도로 귀양을 갔는데, 신지도의 진졸이 큰딸을 희롱하며 자신의 아내가 되라고 강요했다. 큰딸과 모친은 이 억울함을 관가에 고소하라고 유언하고 바다에 투신했지만, 진졸은 뇌물을 바쳐 처벌되지 않았다. 이후 그가 자살한 날이면 해일이 일어 섬의 곡식과 초목을 모두 말라죽게 했다.

제목: 선비 이용묵[82]

주제: 원귀의 복수

출전: 『양은천미』

내용: 젊은 과부가 이용묵에게 고백하나 이용묵은 수절하라고 꾸짖는다. 과부는 자살하고, 계집종이 장례라도 치러 달라고 부탁하나 이용묵은 가버렸다. 계집종은 "저자가 과거에 오르지 못하는 것을 보겠다."라고 외친다. 이용묵은 과거에 낙방한다.

제목: 풍채와 인물이 빼어났던 이병상[83]

주제: 기타

출전: 『기문총화』

내용: 이병상의 앞에 웬 노파의 시체가 나타난다. 알고 보니 사흘 전 죽은 노파의 시체로, 장례 중 시신이 사라졌는데, 그는 살아생전 그의 풍모를 흠모했었다.

제목: 귀신이 지은 시를 알아본 김정국[84]

주제: 기타

출전: 『기문총화』

내용: 송생은 아내에게 글을 배워 시를 잘 짓는다는 명성을 얻었는데 집안사람들이 요망하다며 그를 내쫓았다. 아내가 절명시를 쓰고 떠나자 송생은 예전처럼 글을 알지 못하게 되었다.

제목: 강생 처[85]

주제: 기타

출전: 『동야휘집』

내용: 강생이 상처하고 후처를 들였는데 집안 살림을 망쳐놓았다. 강생이 웅덩이에 빠져 저승에 갔다가 죽은 가족들을 만났는데, 전처의 영혼을 후처의 몸에 넣어주고 후처의 영혼을 데려다가 착하게 만들기로 했다. 전처의 혼령은 후처가 망친 살림을 바로잡고 돌아갔고, 후처도 반성하고 돌아왔다.

『한국구비문학대계 소재 설화 해제』 속 여성 귀신 이야기

한국학중앙연구원(한국정신문화연구원)에서 간행한 『한국구비문학대계』에서, 구비문학을 통해 전해진 귀신담을 찾아볼 수 있다. 단, 『한국구비문학대계』는 총 82권에 달하며 설화 15,107편을 수록하고 있어[86], 이 책에서는 『한국구비문학대계 소재 설화 해제』를 활용해 여성 귀신들의 이야기를 찾아보았다. 독자들이 『한국구비문학대계』에서 관련 자료를 찾아볼 수 있도록 자료 코드를 함께 수록했다.

불효해서 재앙 받기

자료 코드: 332-16-(7)
내용: 시어머니가 실수로 아이를 죽인다. 시어머니를 쫓아내려 하자 벼락을 맞았다.

자료 코드: 624-2-(8)
내용: 어머니가 제사보다는 살아서 맛있는 걸 먹고 싶다고 하자 아들이 어머니를 잘 봉양하고 사후에 제사를 지내지 않았다. 어머니는 아들이 두통을 앓게 한다.

자료 코드: 641-2-(4), 323-3-(2)
내용: 가난하게 살다 죽은 시어머니가 뱀으로 환생해 아들 집으로

들어간다. 며느리가 쫓아내었다가 벼락을 맞는다.

쫓겨난 며느리

자료 코드: 323-2-(4)

내용: 시아버지가 과부가 된 며느리를 내쫓는다. 며느리는 원귀가 되어 시댁을 망하게 한다.

신립장군형 설화

자료 코드: 212-(10), 212-(18), 212-(8), 212-1-(6), 212-3-(26), 624-2-(2), 323-3-(19)

내용: 신분 낮은 여자가 사대부 남자에게 구애했다가 거절당하고 자살해 원귀가 되어 남자를 괴롭히거나 망하게 한다.

상사뱀

자료 코드: 212-3-(24), 213-2-(10)

내용: 처녀가 사대부 남자에게 반해 상사병이 걸렸다. 처녀의 부모가 남자에게 애원했지만 거절당하자, 처녀는 병들어 죽어 뱀이 되어 남자를 망하게 했다.

자료 코드: 231-6-(4), 323-3-(16), 644-6-(1), 644-6-(5)

내용: 남자가 신분 낮은 여자를 가까이하고 버린다. 여자는 원귀 또는 뱀이 되어 복수한다.

자료 코드: 624-2-(3)

내용: 처녀가 상사병에 걸려 죽어 구렁이가 되었다. 남자가 구렁이와 동침하자 원귀는 원한을 풀고 남자를 출세시킨다.

소박맞은 신부

자료 코드: 311-5-(24)

내용: 남자가 여자 덕에 성공하고는 여자를 버리고 새장가를 든다. 여자는 원귀가 되어 복수한다.

자료 코드: 231-1-(6), 441-13-(4), 213-1-(26), 231-1-(12)

내용: 신랑이 신부를 소박 놓았다. 신부는 죽어 원혼이 되었다. (신랑에게 복수하거나, 호구말명이 되거나, 좌정한다)

겁탈당한 여자

자료 코드: 624-2-(4)

내용: 남이가 젊어서 서당집 며느리를 겁탈하려다 저항하자 죽였다. 남이는 원혼의 복수로 역적으로 몰려 죽었다.

담대한 원님-신원형

자료 코드: 412-3-(9), 436-2-(5), 624-2-(3)

내용: 남자가 여자를 겁탈하려다가 실패하자 살해했다.(아랑 설화) 이후 부임한 원님마다 죽었는데 대담한 원님이 원귀의 사연

을 듣고 범인을 잡아 원한을 풀어준다.

자료 코드: 624-2-(15)

내용: 젊은 부인이 외간 남자에게 겁탈당했던 것을 알고 자결한다. 이후 부임한 원님마다 죽었는데 대담한 원님이 원귀의 사연을 듣고 범인을 잡아 원한을 풀어준다.

자료 코드: 436-2-(3)

내용: 장화는 계모에게 살해당하고 홍련은 자살했다.(장화홍련전) 이후 부임한 원님마다 죽었는데 대담한 원님이 원귀의 사연을 듣고 범인을 잡아 원한을 풀어준다.

자료 코드: 624-2-(16)

내용: 사람이 묵으면 반드시 죽는 객사에 대담한 남자가 묵었다. 시체 토막이 낱개로 떨어지며 겁탈당하려다 살해당한 여성 원귀가 되어 사연을 알렸다. 남자는 원님을 불러 범인을 잡고 장사를 지내준다.

자료 코드: 633-7-(2)

내용: 콩쥐는 팥쥐에게 살해되고, 남편인 원님 앞에 나타나 억울함을 고한다. 원님은 콩쥐의 원한을 풀어주고 콩쥐는 되살아난다. (콩쥐팥쥐전)

담대한 원님-제사·장례를 부탁

자료 코드: 441-13-(3)

내용: 임진왜란 때 아버지를 모시고 살던 처녀가 왜구에게 겁탈당할 위기에 처해 자결했다. 이후 원귀가 원님에게 나타나 아버지의 제사를 부탁한다.

자료 코드: 644-5-(1), 644-4-(5), 644-6-(7)

내용: 원귀가 담대한 남자에게 자신의/일가족의 장례를 부탁한다.

원귀가 은혜를 갚음

자료 코드: 414-(12), 436-2-(2), 624-2-(14)

내용: 중이 신분 높은 여자를 겁탈하려다 실패하고 살해했다. 이야기를 들은 선비가 중을 죽인다. 처녀의 원귀가 은혜를 갚는다.

자기가 살해당한 사실을 알림

자료 코드: 436-2-(1), 644-5-(5)

내용: 원귀가 자기가 살해당한 사실을 알린다. 새가 날아와 남자의 허리끈을 물고 무덤으로 들어갔다. 무덤을 파보니 여자 시신에 살해당한 흔적이 있었다.

자료 코드: 436-2-(4)

내용: 선비가 살해당한 원귀의 이야기를 들어주고 억울함을 해결해준다. 원귀가 선비를 보호해준다/급제시킨다.

고소설 속 여성 귀신 이야기

고전소설 연구자료총서 IV 『고전소설 줄거리 집성』[87]에는 학계에서 거론된 고소설 865종의 내용이 발췌 수록[88]되어 있으며, 그중 여성 귀신이 나오는 소설은 총 54편으로, 여성 원귀가 등장하거나, 혹은 여성 인물이 자결했다가 억울함을 풀고 되살아나는 이야기는 총 40편에 등장한다. 이 책에서는 『고전소설 줄거리 집성』에 표현된 귀신에 대해 간략하게 양상을 소개하겠다. 소설 자체의 자세한 내용은 해당 소설의 번역본 등을 찾아보자.

강도몽유록: 병자호란 이후 사족의 부인들(귀신)이 조신의 몸으로 나라를 그르친 부모, 남편, 시아버지, 자식들의 처사를 고발하고 규탄한다.

권익중전: 권익중을 두고 옥낭목의 아들과 결혼하게 된 이 소저가 자결한다. 이 소저는 선녀가 되었다가 자살하려던 익중과 재회하고 부부의 정을 나눈다. 5년 뒤 이 소저는 아들 선동을 보내준다. 선동이 복수를 하자 무덤이 갈라지며 어머니 이 소저가 되살아난다.

귀영전: 꿈에 죽은 아내가 나타나 자신의 자결을 알린다. 이후 억울함을 풀고 되살아난다.

금섬전: 정인이 아닌 다른 남자에게 시집가게 된 춘련이 자결했으나 주인공의 스승인 천축도사의 도움으로 되살아난다.

김인향전: 도입부는 장화홍련전과 유사하며 인향 자매의 원혼이 부사 앞에 나타난다. 언주부사 김두룡이 원한을 갚아주어 억울함을 푼 뒤, 인향 자매는 정혼자의 꿈에 나타난다. 정혼자가 무덤을 파헤치니 인향 자매가 살아난다.

김학공전: 학공의 아내인 별덕이 학공을 대신해 죽는다. 별덕은 학공의 꿈에 나타나 과거가 임박함을 알린다. 학공은 과거에 합격해 출세해 돌아와 원수를 갚는다. 모든 복수가 끝나고 학공이 별덕에게 제사하자 별덕이 되살아난다.

난초재세록: 권세에 눌려 원통하게 죽은 젊은 부부인 초중경과 난지의 한이 하늘로 올라가 석가세존을 만난다. 석가세존은 난지는 공주로, 초중경은 재상의 아들로 점지해 다시 만나게 한다.

동선기: 서문생의 정인 동선이 절개를 지키려 굶어서 자결한다. 며칠 뒤 서문생의 아내 유씨가 찾아오자 되살아난다. 동선은 서문생의 꿈에 드나들어 편지를 전한다.

만복사저포기: 양생은 부처님과의 주사위놀이로 배필을 점지받고 처녀와 만나 혼인한다. 처녀는 자신이 전쟁 중 절개를 지키다 자결했다고 말하며, 은주발을 신표로 주어 돌려보낸다. 양생은 처녀의 부모를 만나 사위로 인정받고 처녀를 위해 재를 올려주고 지리산에 들어가 종적을 감추었다.

명황계감: 명황이 죽은 양귀비를 그리워해 도사를 불러 혼을 불러내자 양귀비의 혼은 사랑의 증표로 합과 비녀를 건네주었다.

박효낭전: 억울하게 죽은 아버지와 언니의 죽음을 여동생이 고발한다. 묻힌 지 1년이 지났는데도 시체가 썩지 않아 사실이 밝혀진다.

반씨전: 할머니의 영혼이 꿈에 나타나 조언한다.

백년한: 정인에게 배신당한 여자가 자결한다.

부벽몽유록: 부벽루에서 잠이 들었더니 양귀비, 이부인, 우미인이 나타나 자신들의 한에 대해 이야기한다.

삼한습유: 절개를 지키기 위해 죽은 향낭이 꿈에 나타나 환생을 알린 뒤 다시 태어난다.

서화담전: 처녀 귀신의 울음소리를 듣고 원한을 풀어준다.

석태룡전: 계모가 전처 자식들을 죽이려 하는데 죽은 어머니가 꿈에 나타나 보호한다.

석화룡전: 하늘이 정한 배필과 결혼하지 못함을 고민하다 죽은 처녀가 천정배필인 화룡과 인연을 맺고 앞날을 예언한 뒤 자신의 금잔옥대를 주어 자신의 아버지에게 사위로 인정받게 한다.

선분기담: 시를 지었더니 절세가인이 나타나 혼인했는데 그는 혼령이었고 정표를 주며 환생해 15년 뒤 가약을 맺기로 약속한다. 15년 뒤 그를 만나 혼인한다.

선연전: 계모의 음모로 죽을 위기에 처한 선연의 꿈에 죽은 어머니가 나타나 살 방도를 알려준다.

설공찬전: 공찬의 누이는 귀신이 되어 빙의해 사촌을 병들게 했다. 공찬 역시 사촌에게 수시로 빙의되었는데, 빙의된 동안에는 공찬과 같이 왼손으로 밥을 먹었다. 공찬의 혼이 무덤 밖으로 나오지 못하게 하자 공찬의 혼은 사촌을 괴롭힌다.

설월매전: 설조는 남의 첩으로 팔려가게 되어 자살한다. 설조의 무덤을 파내자 되살아나 피해를 당한 연유와 명부에서의 일을 이야기한다.

숙영낭자전: 숙영 낭자는 시부모에게 결백을 의심받고 자결한다. 그 시체에서는 칼이 뽑히지 않고, 시체를 움직일 수도 없다. 한편 숙영 낭자는 남편인 선군의 꿈에 나타나 자신의 억울함을 알린다. 남편이 돌아와 억울함을 푼 뒤 숙영 낭자는 되살아난다.

순군부군청기: 순군부의 감옥을 지키는 여신이 꿈에 나와 200년 전 자신의 사연을 말하고 남근목을 바쳐 복을 비는 것 좀 그만두라고 말한다.

신계후전: 신립장군이 여귀의 말에 따라 탄금대로 옮겼다가 패배하고 자결한다.

신립신대장실기: 신립장군이 원귀의 꾀에 빠져 여자를 죽인다. 원한을 품은 여귀가 신립장군을 탄금대로 데려간다.

안락국전: 억울하게 죽은 원앙부인을, 아들인 안락국이 삼색 꽃을 가지고 돌아와 되살린다.

안생전: 정승 댁 여종이 혼인했는데 정승이 다른 하인에게 시집보내려 하자 목을 매어 자살한다. 여종의 혼령은 사흘 동안 남편 앞에 나타난다.

연화몽: 여성 귀신이 이만영을 괴롭힌다. 귀신은 노승에 의해 환생해 이만영의 은혜를 입은 김천석의 딸로 태어난다.

염라왕전: 이비(李妃)가 총애를 받자, 귀비 유씨가 이비를 시샘해 죽이려 한다. 충직한 궁녀 구주는 이비와 옷을 바꿔입고 대신 사약을 받고 죽고, 이비는 도망친다. 이후 구주의 원귀가 나타나 밤마다 귀비의 궁에서 울음소리를 낸다. 포삼이 그간의 사정을 듣고 제사 지내자 울음소리가 사라진다.

옥선몽: 가문에 누를 끼쳤다고 자살한 채릉이 자신의 정인인 몽옥의 무고함을 알리기 위해 6촌인 두사영의 꿈에 나타난다.

옥원전해: 경 소저가 잉태한 채 죽지만 태아는 살아 있다. 세경이 의술을 발휘하자 경 소저는 아이를 낳고 죽은 지 사흘 만에 깨어난다.

왕소군새소군전: 정조를 잃게 된 왕소군이 투신 자살했고, 소군의 시체는 물결에 실려 한나라에 이르렀는데 조금도 변하지 않았다.

왕제홍전: 살해당한 황 소저의 진짜 살인범이 붙잡히고, 황소정은 제홍의 꿈에 나타나 활인초를 써서 자신을 살리라고 알려준다.

운영전: 김 진사는 대군의 시녀인 운영과 사랑에 빠지나 이루어질 수 없다. 운영은 자살하고 김 진사는 병으로 죽었으며, 두 사람의 영혼이 자신들의 이야기를 한다.

유문성전: 죽은 정인인 이 소저가 꿈에 나와 자신의 죽음을 알린다. 유문성이 이 소저의 무덤을 찾아 제사를 지내자 무덤이 갈라지며 이소저가 살아난다.

유생전: 원치 않은 결혼을 하게 된 유 소저가 자결한다. 장례를 치르려 문을 여니 들어가는 사람마다 죽어 장례를 치르지 못하고 수년이 지났다. 정인인 유생이 돌아와 소생시킨다.

유소낭전: 효영의 정인인 계선이 죽자 효영의 무덤에 합장했더니 두 혼령이 나타나 감사를 표한다.

유최현전: 계모에 의해 누명을 쓴 최현이 자결해 계모를 불태워 죽인다. 아버지는 병을 앓다 죽는다. 어사가 그 일을 알고 천자가 위로하니 최현이 살아났다.

이생규장전: 죽은 아내(최 부인)이 돌아오고 이생은 아내가 죽은 줄

알면서도 수년간 함께 살았다.

이조양문록: 약혼자와 정혼이 깨질 위기에 처한 추연이 연못에 투신 자살한다. 정혼자인 금섬이 제문을 읽자 천축도사가 나타나 추연을 살려준다.

이춘매전: 숨을 거둔 춘매가 염라왕의 배려로 유 부인 앞에서 잠시 눈을 떴다가 다시 죽고, 유 부인도 슬픔으로 뒤따라 죽어 혼백이 춘매의 혼백을 따라간다. 염라왕은 수명이 다하지 않은 유 부인이 올 수 없다며 만류하다 부인의 정성에 감동해 춘배의 수명을 늘려준다.

인현왕후전: 어느 날 숙종의 꿈에 죽은 인현왕후가 울면서 나와 장희빈의 저주를 고한다.

장화홍련전: 장화가 강요로 자살하고 홍련도 뒤따라 자살하자 그 원혼이 억울함을 밝히고자 부사 앞에 나타난다. 다른 부사들은 줄줄이 죽고 새 철산 부사가 사연을 듣고 억울함을 풀어준다. 한을 푼 장화와 홍련은 아버지의 새 부인의 딸들로 환생한다.

접동새: 남편이 죽고, 재산을 노린 일가가 자객을 보내 도망치다가 부인 강씨가 연못에 빠져 죽는다. 이후 연못에서 접동새가 나와 울었고, 그 고을에 오는 원님마다 죽었다. 이후 안찰사가 파견되어 접동새의 인도로 범인을 찾아낸다.

정생전: 정생이 손댄 처녀가 임신해 쫓겨나고, 아이를 낳고 자살한다. 처녀의 혼이 정생에게 나타나 언제 유모가 아들을 안고 나와 있을 테니 데려가라고 알린다. 정생은 아들을 데려오다가 집안의 분란이 두려워 놓고 도망친다 아들은 죽은 어머니의 현몽으로 아버지인 정생을 찾아내고 아들의 도술로 정생과 처녀는 재회한다.

정을선전: 계모에 의해 결혼 첫날밤 누명을 쓴 유 소저가 혈서를

쓰고 자살한다. 이후 허공에서 곡성이 나며 그 곡성을 듣는 사람은 모두 죽었다. 남편인 정을선이 돌아오자 뼈만 남은 유 소저가 자신을 살릴 방법을 알려준다. 정을선이 약을 구해오자 유 소저는 살아난다.

조생원전: 계모가 전처 아들의 혼수로 장만한 물건을 모두 자기 아들을 위해 돌려놓자 전처가 남편의 꿈에 나타나 후처의 소행을 일러준다.

주봉전: 시비 옥염이 주인을 구하기 위해 도적을 꾸짖고 물에 뛰어들어 자결한다. 훗날 수륙재를 지내니 용왕이 정성에 감동해 옥염을 돌려보낸다.

최치원: 최치원이 혼처가 불만스러워 죽은 두 여성 혼령과 만나 회포를 푼다.

취유부벽정기: 홍생이 부벽정에서 기자조선 기씨의 딸과 만나 시문을 나누다가 헤어진다.

콩쥐팥쥐전: 팥쥐에게 살해당한 콩쥐가 남편인 감사의 앞에 나타나 억울한 사연을 고하고 감사는 팥쥐와 계모를 처벌한다. 콩쥐는 염습하던 중 되살아나고 감사와 백년해로한다.

탄금대: 만득의 아내 주씨가 살해당할 위기에 처한 만득을 대신해 죽는다. 만득이 복수를 끝내고 제사를 지내자 주씨의 시체가 떠오른다.

하생기우전: 하생이 사흘 전 죽은 여자와 잠자리를 했으며, 그가 자신이 가졌던 금척을 주어 자기 아버지를 만나게 한다. 무덤을 열자 그가 되살아났으며 하생과 혼인한다.

참고 문헌

고혜경, 『태초에 할망이 있었다』, 한겨레출판, 2010.

권태효, 『한국 거인설화의 지속과 변용』, 역락, 2015.

김순이, 『제주신화』, 여름언덕, 2020.

김태곤, 『무속과 영의 세계』, 한울, 1993.

김풍기, 함복희, 김복순, 이은희(이상 강원대학교), 『전통창작소재 자료집 제작 – "국역 대동야승"』, 2015년 전통창작소재 자료집 제작사업 성과, 한국고전번역원 콘텐츠 기획실, 한국고전번역원, 2015.

김현룡, 『한국문헌설화』 제5책, 건국대학교출판부, 2000.

로렐 켄달, 『무당, 여성, 신령들 – 1970년대 한국 여성의 의례적 실천』, 김성례 · 김동규 옮김, 일조각, 2016.

무라야마 지쥰, 『조선의 귀신』, 김희경 옮김, 동문선, 2008.

박정원, 『신이 된 인간들』, 민속원, 2018.

백문임, 『월하의 여곡성 – 여귀로 읽는 한국 공포영화史』, 책세상, 2008.

성현, 『용재총화』, 김남이 옮김, 휴머니스트, 2015.

신동흔, 『살아있는 한국 신화』, 한겨레출판, 2014.

신이와 이단의 문화사 팀, 『귀신 · 요괴 · 이물의 비교문화론』, 소명출판, 2014.

아키바 다카시, 『조선민속지』, 심우성 옮김, 동문선문예신서25, 동문선, 1993.

아키바 다카시, 『한국 근대 민속.인류학 자료대계 16 : 조선 무속의 연구 (상)』, 최석영, 민속원, 2008.

아키바 다카시, 『한국 근대 민속.인류학 자료대계 17 : 조선 무속의 연구 (하)』, 최석영, 민속원, 2008.

유몽인, 『어우야담』, 신익철, 이형대, 조융희, 노영미 옮김, 돌베개, 2006.

윤열수, 『산신도』, 대원사, 1998.

윤혜신, 『귀신과 트라우마 - 한국 고전 서사에 나타난 귀신 탐색』, 지식의 날개, 2014.

이능화, 『조선무속고』, 창비, 2008.

이인경 외, 『한국구비문학대계 소재 설화 해제』, 한국학중앙연구원, 민속원, 2008.

이찬수 외, 『우리에게 귀신은 무엇인가』, 도서출판 모시는 사람들, 2010, 6쪽.

일연, 『사진과 함께 읽는 삼국유사』, 리상호 역, 까치, 1999.

조현설, 『우리 신화의 수수께끼』, 한겨레출판, 2006.

조현설, 『마고할미 신화 연구』, 민속원, 2013.

조혜정, 『한국의 여성과 남성』, 문학과지성사, 1988.

조희웅, 『고전소설 줄거리 집성』 상권, 고전소설연구자료총서 IV, 집문당, 2002.

조희웅, 『고전소설 줄거리 집성』 하권, 고전소설연구자료총서 IV, 집문당, 2002.

최기숙, 『처녀 귀신 - 조선 시대 여인의 한과 복수』, 문학동네, 2010.

최길성, 『한국인의 한』, 예전사, 1996.

한상수, 『한국인의 신화』, 문음사, 2003.

현용준, 『제주도 신화』, 서문당, 1996.

『국역 삼척군지(조사연구총서8)』, 배재홍 옮김, 삼척시립박물관, 2009.

『무당내력』, 서울대학교 규장각 서대석 해제, 민속원, 2005.

『새벽강가에 해오라기 우는 소리 – 국역기문총화』(하), 김동욱 옮김, 아세아문화사, 2008.

강상순, 「조선 전기 귀신 이야기에 잠복된 사회적 적대」, 『민족문화연구』 56호, 97~136면, 고려대학교 민족문화연구원, 2012, 103~106쪽.

강상순, 「조선 시대 필기·야담류에 나타난 귀신의 세 유형과 그 역사적 변모」, 『귀신 · 요괴 · 이물의 비교문화론』, 신이와 이단의 문화사 팀, 소명출판, 2014, 128쪽.

강상순, 「괴물은 무엇을 표상하는가 –한국 고전서사문학 속의 괴물」, 우리어문학회, 『우리어문연구』 55권, 2016.

강진옥, 「마고할미 설화에 나타난 여성신 관념」, 한국민속학25, 한국민속학회, 1993.

고영란, 「근세기의 한일 여성 괴담」, 『귀신 · 요괴 · 이물의 비교문화론』, 328~358면, 신이와 이단의 문화사 팀, 소명출판, 2014. 328쪽 주석.

권선경, 「여성 원혼의 존재양상과 신격화의 의미 – 서울 지역 호구를 중심으로」, 민족문화연구 65권, 고려대학교 민족문화연구원, 2014.

김동규, 「어그러진 질서와 회복, 그 표상으로서의 귀신 – 무속의 귀신론」, 이찬수 외, 『우리에게 귀신은 무엇인가』, 도서출판 모시는 사람들, 2010.

김소영, 신동흔, 「근대성과 여성 귀신」, 『한국학논집』 30, 계명대학교 한국학연구원, 2003.

김정숙, 「조선 시대 필기·야담집 속 귀신 · 요괴담의 변화 양상 – 귀신 · 요괴 형상의 변화와 관심축의 이동을 중심으로」, 『한자한문교육』 21권, 한자한문교육학회, 2008, 555~577쪽

문현선, 「이류(異類)는 어떻게 사람이 되는가? – 중국 대중문화의 이류연애담 수용을 중심으로」, 신이와 이단의 문화사 팀, 『귀신 · 요괴 · 이물의 비교문화론』, 소명출판, 2014.

박상완, 「텔레비전 역사드라마의 야담(野談) 수용 과정 연구」, 『인문학연구』 91권, 충남대학교 인문과학연구소, 2013.

박종천, 「조선 시대 유교적 귀신론의 전개」, 신이와 이단의 문화사 팀, 『귀신 · 요괴 · 이물의 비교문화론』, 소명출판, 2014.

법현, 「귀, 아귀, 마, 신 모두 교화의 대상」, 이천수 외, 『우리에게 귀신은 무엇인가』, 도서출판 모시는 사람들, 2010.

사에키 다카히로, 「일본의 유령 · 요괴 – 연구사와 일본인의 괴이관(怪異觀) 변천, 신이와 이단의 문화사 팀, 『귀신 · 요괴 · 이물의 비교문화론』, 소명출판, 2014.

송현동, 「현대 한국 원혼의례의 양상과 특징」, 『종교연구』 61, 2010.

윤주필, 「귀신론과 귀신 이야기의 관계 고찰을 위한 시론」, 신이와 이단의 문화사 팀, 『귀신 · 요괴 · 이물의 비교문화론』, 소명출판, 2014.

조현설, 「마고할미 – 개양할미 – 설문대할망」, 『민족문학사연구』 41, 고려대학교 민족문화연구원, 2009.

조현설, 「정신분석학적 페미니즘과 고전 여성문학 ; 원귀의 해원 형식과 구조의 안팎」, 『한국고전여성문학연구』 7권, 한국고전여성문학회, 2003.

최기숙, 「여성 원귀'의 환상적 서사화 방식을 통해 본 사위 주체의 타자화 과정과 문화적 위치 – 고전 소설에 나타난 '자살'과 '원귀' 서사의 통계 분석을 바탕으로」, 한국고소설학회, 『고소설연구』 22, 2006.

김형근, 「왕십리 아기씨당」, 『한국민속대백과사전』, https://folkency.nfm.go.kr/kr/topic/detail/2608, 2020-11-25.

김열규, 「귀신」, 『한국민족문화대백과사전』, http://encykorea.aks.ac.kr/Contents/Index?contents_id=E0007205, 2020-11-25.

구미화, 「한국 무속 연구 30년, 로렐 켄덜 美 컬럼비아대 교수」, ≪신동아≫, 2006-07. https://shindonga.donga.com/3/all/13/105570/

조현설, 「조현설의 아시아 신화로 읽는 세상(10) 태초의 창세신들 '경쟁과 협력'으로 인간세상을 다스리다」, ≪경향신문≫ 2018.1.24. http://news.khan.co.kr/kh_news/khan_art_view.html?art_id=201801242133005

권선경, 「아기씨」, 〈지역N문화〉, https://ncms.nculture.org/faith/story/1369, 2020-11-25.

국사편찬위원회, 『조선왕조실록』, http://sillok.history.go.kr

강상순, 「조선 시대 귀신 Best 5」, 〈스토리테마파크 웹진담담 77호〉, 한국국학진흥원. http://story.ugyo.net/front/webzine/wzinSub.do?wzinCode=1007&subCode=202007, 2020-07-31.

미주

1 문상기, 「원귀설화연구」, 『부산한문학연구』 4, 부산한문학회, 1989.

2 최길성, 『한국인의 한』, 예전사, 1996, 105~106쪽.

3 송현동, 「현대 한국 원혼의례의 양상과 특징」, 『종교연구』, 61, 2010, 135~136쪽.

4 최기숙, 『처녀귀신-조선 시대 여인의 한과 복수』, 문학동네, 2010, 21~22쪽.

5 최기숙, 『처녀귀신-조선 시대 여인의 한과 복수』, 문학동네, 2010, 16~19쪽.

6 정명기, 「문헌설화」, 『한국민속대백과사전』, http://folkency.nfm.go.kr/main/dic_index.jsp?P_MENU=04&DIC_ID=6688, 2013년 7월 8일.

7 『논어』 옹야편

8 『논어』 선진편

9 일제강점기 당시 무라야마 지쥰이 조선 총독부의 촉탁을 받아 조선의 민속에 대해 기록한 내용.

10 『논어』 안연편에는 제나라 군주가 정치에 대해 묻자 공자가 대답한 "君君臣臣父父子子(임금은 임금답고 신하는 신하답고 아버지는 아버지답고 자식은 자식다워야 한다)"라는 말이 나오고, 통일신라 때의 향가 「안민가」의 첫 구절은 "君隱父也(임금은 아버지요)"다.

11 최기숙, 「'여성 원귀'의 환상적 서사화 방식을 통해 본 하위 주체의 타자화 과정과 문화 적 위치 – 고전 소설에 나타난 '자살'과 '원귀' 서사의 통계 분석을 바탕으로」, 한국고소설학회, 『고소설연구』 22, 2006, 325~355쪽.

12 이인경, 『한국구비문학대계 소재 설화 해제』, 민속원, 2002.

13 『태종실록』 권 1, 태종 1년 1월 14일 갑술 3번째 기사 "참찬문하부사 권근이 치도 6조목을 임금에게 권고하다."

14 구미화, 「한국 무속 연구 30년, 로렐 켄덜 美 컬럼비아대 교수」, 《신동아》 2006년 7월호

15 추엽륭(아키바 다카시), 『조선민속지』, 심우성 옮김, 동문선, 1993. 58~59쪽.

16 고혜경, 『태초에 할망이 있었다』, 한겨레출판, 2010.

17 龜何龜何 首其現也 若不現也 燔灼而喫也

18 권선경, 「여성 원혼의 존재 양상과 신격화의 의미 – 서울 지역 호구를 중심으로」, 고려대학교 민족문화연구원, 『민족문화연구』 65권, 2014, 319~344쪽.

19 김풍기, 함복희, 김복순, 이은희, 「전통창작소재 자료집 제작-『국역 대동야승』」, 한국고전번역원, 2015, 485쪽.

20 성현, 『용재총화』, 김남이 옮김, 휴머니스트, 2015, 263쪽.

21 성현, 『용재총화』, 김남이 옮김, 휴머니스트, 2015, 194쪽.

22 김현룡, 『한국문헌설화』 제5책, 건국대학교출판부, 2000, 322쪽.

23 김풍기, 함복희, 김복순, 이은희, 「전통창작소재 자료집 제작-『국역 대동야승』」, 한국고전번역원, 2015, 591쪽.

24 성현, 『용재총화』, 김남이 옮김, 휴머니스트, 2015, 176쪽.

25 성현, 『용재총화』, 김남이 옮김, 휴머니스트, 2015, 176쪽.

26 성현, 『용재총화』, 김남이 옮김, 휴머니스트, 2015, 243쪽.

27 김현룡, 『한국문헌설화』 제5책, 건국대학교출판부, 2000, 185쪽.

28 성현, 『용재총화』, 김남이 옮김, 휴머니스트, 2015, 426쪽.

29 김풍기, 함복희, 김복순, 이은희, 「전통창작소재 자료집 제작-『국역 대동야승』」, 한국고전번역원, 2015, 546쪽.

30 김풍기, 함복희, 김복순, 이은희, 「전통창작소재 자료집 제작-『국역 대동야승』」, 한국고전번역원, 2015, 502쪽.

31 김풍기, 함복희, 김복순, 이은희, 「전통창작소재 자료집 제작-『국역 대동야승』」, 한국고전번역원, 2015, 567쪽.

32 유몽인, 『어우야담』, 신익철, 이형대, 조융희, 노영미 옮김, 돌베개, 2006, 253쪽.

33 유몽인, 『어우야담』, 신익철, 이형대, 조융희, 노영미 옮김, 돌베개, 2006, 255쪽.

34 김현룡, 『한국문헌설화』 제5책, 건국대학교출판부, 2000, 245쪽.
35 김현룡, 『한국문헌설화』 제5책, 건국대학교출판부, 2000, 325쪽.
36 김풍기, 함복희, 김복순, 이은희, 「전통창작소재 자료집 제작-『국역 대동야승』」, 한국고전번역원, 2015, 1148쪽.
37 김현룡, 『한국문헌설화』 제5책, 건국대학교출판부, 2000, 551쪽.
38 김풍기, 함복희, 김복순, 이은희, 「전통창작소재 자료집 제작-『국역 대동야승』」, 한국고전번역원, 2015, 1080쪽.
39 김현룡, 『한국문헌설화』 제5책, 건국대학교출판부, 2000, 316쪽.
40 유몽인, 『어우야담』, 신익철, 이형대, 조융희, 노영미 옮김, 돌베개, 2006, 271쪽.
41 유몽인, 『어우야담』, 신익철, 이형대, 조융희, 노영미 옮김, 돌베개, 2006, 259쪽.
42 유몽인, 『어우야담』, 신익철, 이형대, 조융희, 노영미 옮김, 돌베개, 2006, 263쪽.
43 유몽인, 『어우야담』, 신익철, 이형대, 조융희, 노영미 옮김, 돌베개, 2006, 273쪽.
44 유몽인, 『어우야담』, 신익철, 이형대, 조융희, 노영미 옮김, 돌베개, 2006, 270쪽.
45 유몽인, 『어우야담』, 신익철, 이형대, 조융희, 노영미 옮김, 돌베개, 2006, 813쪽.
46 김현룡, 『한국문헌설화』 제5책, 건국대학교출판부, 2000, 306쪽.
47 유몽인, 『어우야담』, 신익철, 이형대, 조융희, 노영미 옮김, 돌베개, 2006, 229쪽.
48 김현룡, 『한국문헌설화』 제5책, 건국대학교출판부, 2000, 223쪽.
49 김현룡, 『한국문헌설화』 제5책, 건국대학교출판부, 2000, 326쪽.
50 김현룡, 『한국문헌설화』 제5책, 건국대학교출판부, 2000, 326쪽.
51 김현룡, 『한국문헌설화』 제5책, 건국대학교출판부, 2000, 325쪽.
52 김현룡, 『한국문헌설화』 제5책, 건국대학교출판부, 2000, 312쪽.
53 김현룡, 『한국문헌설화』 제5책, 건국대학교출판부, 2000, 247쪽.
54 임방, 정환국 옮김, 『교감 역주 천예록』, 성균관대학교출판부, 2005, 269쪽.
55 임방, 정환국 옮김, 『교감 역주 천예록』, 성균관대학교출판부, 2005, 273쪽.
56 임방, 정환국 옮김, 『교감 역주 천예록』, 성균관대학교출판부, 2005, 261쪽.
57 임방, 정환국 옮김, 『교감 역주 천예록』, 성균관대학교출판부, 2005, 301쪽.
58 최기숙, 『처녀귀신 – 조선시대 여인의 한과 복수』, 문학동네, 2010, 133쪽.
59 최기숙, 『처녀귀신 – 조선시대 여인의 한과 복수』, 문학동네, 2010, 138쪽.
60 최기숙, 『처녀귀신 – 조선시대 여인의 한과 복수』, 문학동네, 2010, 151쪽.
61 임방, 정환국 옮김, 『교감 역주 천예록』, 성균관대학교출판부, 2005, 329쪽.
62 김현룡, 『한국문헌설화』 제5책, 건국대학교출판부, 2000, 221쪽.
63 김현룡, 『한국문헌설화』 제5책, 건국대학교출판부, 2000, 387쪽.
64 김현룡, 『한국문헌설화』 제5책, 건국대학교출판부, 2000, 313쪽.

65 김현룡, 『한국문헌설화』 제5책, 건국대학교출판부, 2000, 313쪽.

66 김현룡, 『한국문헌설화』 제5책, 건국대학교출판부, 2000, 313쪽.

67 김현룡, 『한국문헌설화』 제5책, 건국대학교출판부, 2000, 319쪽.

68 김동욱 옮김, 『새벽강가에 해오라기 우는 소리 – 국역기문총화』 (중), 아세아 문화사, 2008, 135쪽.

69 김현룡, 『한국문헌설화』 제5책, 건국대학교출판부, 2000, 312쪽.

70 김동욱 옮김, 『새벽강가에 해오라기 우는 소리 – 국역기문총화』 (하), 아세아 문화사, 2008, 39쪽.

71 김현룡, 『한국문헌설화』 제5책, 건국대학교출판부, 2000, 551쪽.

72 김동욱 옮김, 『새벽강가에 해오라기 우는 소리 – 국역기문총화』 (중), 아세아 문화사, 2008, 521쪽.

73 김현룡, 『한국문헌설화』 제5책, 건국대학교출판부, 2000, 320쪽.

74 김현룡, 『한국문헌설화』 제5책, 건국대학교출판부, 2000, 320쪽.

75 김동욱 옮김, 『새벽강가에 해오라기 우는 소리 – 국역기문총화』 (하), 아세아 문화사, 2008, 44쪽.

76 김동욱 옮김, 『새벽강가에 해오라기 우는 소리 – 국역기문총화』 (중), 아세아 문화사, 2008, 630쪽.

77 김현룡, 『한국문헌설화』 제5책, 건국대학교출판부, 2000, 223쪽.

78 김동욱 옮김, 『새벽강가에 해오라기 우는 소리 – 국역기문총화』 (하), 아세아 문화사, 2008, 462쪽.

79 김현룡, 『한국문헌설화』 제5책, 건국대학교출판부, 2000, 274쪽.

80 김현룡, 『한국문헌설화』 제5책, 건국대학교출판부, 2000, 233쪽.

81 김현룡, 『한국문헌설화』 제5책, 건국대학교출판부, 2000, 341쪽.

82 최기숙, 『처녀귀신 – 조선시대 여인의 한과 복수』, 문학동네, 2010, 144쪽.

83 김동욱 옮김, 『새벽강가에 해오라기 우는 소리 – 국역기문총화』 (중), 아세아 문화사, 2008, 229쪽.

84 김동욱 옮김, 『새벽강가에 해오라기 우는 소리 – 국역기문총화』 (하), 아세아 문화사, 2008, 526쪽.

85 김현룡, 『한국문헌설화』 제5책, 건국대학교출판부, 2000, 228쪽.

86 이인경 외, 『한국구비문학대계 소재 설화 해제』, 한국학중앙연구원, 민속원, 2008, 12쪽.

87 조희웅, 『고전소설 줄거리 집성』 상권, 고전소설연구자료총서 IV, 집문당, 2002.

88 조희웅, 『고전소설 줄거리 집성』 상권, 고전소설연구자료총서 IV, 집문당, 2002, 4쪽.